桂文我上方落語全集

第七巻

四代目
桂文我

Pan Rolling

ごあいさつ

思い返せば、小学校から高校まで、学校の先生に恵まれました。生徒から先生を選ぶことは出来ず、縁を以て、出会うしかないだけに、この運の善し悪しで、人生の道筋が変わってしまうことも否めません。

そして、高校卒業後、入門した二代目桂枝雀には当然のことながら、大師匠・三代目桂米朝師にも数多くのネタを習うことが出来たのは幸運としか言いようがなく、今から思えば、夢のような日々を送ることが出来ました。

先輩から濃厚な芸のエッセンスもいただき、後輩から学ぶことも多かったと思います。牛歩でありながら、一段ずつ階段を上るように芸を高めるには、気が遠くなるような時間が掛かるだけに、落語から離れたことをしていると、その効果が表れるのが難しくなるのは当然と言えますが、違う分野の要素を採り入れ、落語に生かす者もあるだけに、何れかの道で、高い山を登るかということになるのでしょう。

最近、「いつまで、このような日々を送ることが出来るのだろう?」と考えることが多くなりました。

これは悲観的な考え方ではなく、「この状態が続くことが、一番望ましい」と思えるような現状であることの表れであり、ひょっとすると、今が一番安定した状態で、落語に向き合えているのかも知れません。

そして、そのように思わせてくれる状況を拵えてくれている周りの方々に感謝する日が増えました。

噺家になり、四十年以上経ち、落語界の状況も変貌し、私が考える理想の世界とは掛け離れてきましたが、私個人の活動として、暗い要素は無く、一筋の光に導かれながら、理想の形を目指す道が見えてきたようです。

いつの間にか、この全集も七巻目となり、百席以上のネタを掲載することが出来ましたが、先は長く、予定の七分の一にも達していません。

しかし、全国各地で上演する落語の数も増え、眠っているネタを掘り起こす作業にも拍車が掛かり出しました。

一体、どれほどの数を書籍・ＣＤで残すことが出来るのか、自分でも予想が出来ないだけに、闇の中を手探りで、一筋の光を追いながら、気長に、少しずつ前進して参りますので、宜しくお付き合い下さいませ。

今回、一文を寄せて下さったのは、ベタベタの大阪人の代表とも言える、濃厚な雰囲気の燃焼社社長・藤波優氏。

出版物に、他の出版社の社長が一文を寄せること自体、極めて稀なことでしょう。

しかし、いつも飾ること無く、思った通りのことを述べている御方だけに、ユニークな文章がいただけるのではないかと期待しましたが、ここまで赤裸々に、話し言葉に近い文章を寄せて下さるとは思いませんでした。

また、どこかで藤波氏と対談をすることもあるでしょうから、その時に今回の文章と比べていただければ、「なるほど、こんな御方か！」と納得していただけると思います。

各巻毎に御縁のある御方へ依頼し、有難い文章を頂戴している中で、今回は少々、雰囲気が異なりますが、そこをお楽しみいただきますように……。

未だコロナに脅かされている昨今、一日も早く、コロナ禍から脱することを祈念し、ボチボチ高座を務めて参りますし、引き続き、次の巻に取り掛かることに致します。

令和五年一月吉日　　四代目　桂文我

目次

一眼国

いちがんこく

旦「何遍も聞くけど、ほんまに珍しい話は無いか？」

六「はい、何もございません」

旦「日本中廻ってる巡礼の六十六部やったら、不思議な物の一つや二つには出会うと思う。丼飯を八杯食べる女子《おなご》とか、口の中へ拳骨《げんこつ》が入る男とか、ケッタイな者は大坂に仰山《ぎょうさん》居るけど、不思議な物を見ることは無い。一つでええよって、思い出さんか？」

六「お昼を御馳走になった御礼に何かと思いますけど、何も思い出しません。六十六部は、珍しい話を集めて廻る仕事でも無し」

旦「あァ、わかってる。もうええよって、仰山食べなはれ」

六「食べ過ぎると、身体へ障《さわ》ります。誠に、お世話になりました」

旦「あァ、気を付けて行きなはれ。大坂へ来たら、また寄ったらええわ」

六「ほな、失礼します。不思議な物と言うて、一ツ目小僧と会《お》うた話では面白無い」
旦「コレ、一寸待った！　今、一ツ目小僧と会うたと言うたか？」
六「はい、そんな話では面白無い」
旦「いや、面白いわ！　さァ、お座布を当てなはれ。お清、お茶を淹《い》れて。コレ、羊羹《ようかん》を摘《つま》みなはれ。一ツ目小僧と会うたというのは、ほんまか？」
六「誰にも信じてもらえんし、旦那様にも馬鹿にされると思て、申しませんでした」
旦「いや、馬鹿にせん。一ツ目小僧と、どこで会うた？」
六「去年の秋、奥州を廻りまして。仙台のお城下を離れ、半日ほど南へ下った所で、鬼婆が出ると言われてる、安達ケ原という広い草原へ出ました。日が暮れになると、西の空が真っ赤。黄色の薄《すすき》の穂が夕焼けに染まり、美しかったことを覚えてます。唯、それは一刻《いっとき》だけで。西の空が赤黒なると、草原は血の池地獄みたいになって、私の身が呑み込まれるようで、恐ろしなりまして」
旦「ほゥ、なるほど」
六「虫一匹見掛けん草原で、涼しい風が吹いてきました。ここで夜を明かすかと思た時、大きな木が見えまして。広い所へ立木があると、吸い寄せられるように近付く。小便する時も、目の前へ棒がある方が宜しい。何百年も経ってる、草原の主《ぬし》みたいな榎の根方へ腰を下ろして、煙草《たばこ》へ火を点けると、風が止みました。日が暮れて、月明かりが草原を照らす風情は、凪《なぎ》の大海原を見てるみたいで。月に見惚れてると、風も無いのに、ガサガサッ！　急に、辺りの草が波打ちまして」
旦「ほゥ、何じゃ？」
六「ピョコンと草原から出たのが、子どもの後ろ姿。絣《かすり》の着物を着て、擦り切れた帯を締めてる。別の子が、ピョコン。また、ピョコン。十五、六人の子どもが、頭を出しました。皆、向こう向きに立ってる。『あんたら、この辺りの子どもか？』と聞くと、皆が頷《うなず》いて。此方《こっち》を振り向いた顔を見て、ビックリしました。子どもは皆、ノッペラボウ。顔の真ん中へ、大きな目玉が一つ、パチッと開いてました。どこを、どう走ったか。気が付いた時は、どこかの家の布団へ寝かされてました。どうやら、道へ倒れてたみたいで。あの時のことを思い出すと、今でも頭から水を浴びせられたみたいに、ゾォーッとします。話というのは、一ツ目小僧と会うたという、しょうもないことで」
旦「いや、結構！　いろんな話を聞いたけど、今の話が一番面白かった。念のために聞かしてもらうけど、夢で見たとか、酒に酔うてたのと違うか？」
六「確かに、この目で見ました。私は、お酒をいただきません」
旦「ほな、狐・狸に化かされたとか？」

六「狐・狸は、火を怖がります。煙草の火を点けた時に出てきたよって、獣やない」
旦「確かに、その通りじゃ。その後、一ツ目小僧を見たことは無いか？」
六「あれから一遍もございませんし、あのような恐ろしい所は二度と行きとない」
旦「ほゥ、余程怖かったらしい。何と、世の中には不思議な話がある。あァ、今日は良え話を聞いた。もう一遍、一ツ目小僧の居った所を教えてくれるか。(紙へ書いて)仙台のお城下から、半日ほど南へ下った、安達ケ原という草原。鬼婆が出ると言われて、誰も近付かん。あァ、おおきに。大坂へ来たら、また寄りなはれ」

話を聞いた旦那は、女房・奉公人に店を任せ、旅支度を調え、江戸へ出る。
道を北へ取り、仙台のお城下へ泊まると、朝早《はよ》う宿屋を出て、半日ほど南へ下ると、日が暮れに着いたのが、広い草原。

旦「大坂の商いは、先が見えてる。一ツ目小僧を捕まえて、見世物へ出したら、日本中で大儲けが出来るわ。一ツ目小僧が大人になって、一ツ目オジさん・一ツ目爺ィになるまで儲かる。最前、年寄りに聞いたら、『あの草原は怖い所やよって、行くな』と言うてたけど、昔から『虎穴に入らずんば、虎児を得ず』と言うわ。六十六部が言うてたのは、この榎か。何百年どころか、千年は経ってる。今日も真っ赤な夕焼けで、涼しい風が吹いて、時候も秋。さァ、榎の根方へ腰を下ろして。（座って）日が暮れると、薄が鈍い色へ変わった。あァ、秋の日は釣瓶《つるべ》落とし。早々に日が暮れて、風が止んだ。六十六部は、榎の根方で煙草を喫《す》うたらしい。（煙草を喫って）フゥーッ！」〔ハメモノ／銅鑼《どら》〕

煙草を喫いながら、草原を見ると、一寸離れた辺りが、ガサガサガサッ！

目を凝らして見ると、草原の中から、絣の着物を来た子どもが向こうを向き、彼方此方《あちらこちら》から、ピョコピョコピョコピョコピョコ！

旦「ほゥ、出た！　此方もピョコッ、彼方もピョコッ。一ツ目小僧かどうか、確かめたろか。皆、此方を向きなはれ」

子「オッちゃん、遊んでくれる？」

旦「あァ、何ぼでも遊んだる」

子「ほな、其方《そっち》を向く」

旦「わッ、一ツ目小僧じゃ！〔ハメモノ／銅鑼〕一人だけでも捕まえて、大坂へ連れて帰ったろ。（子どもの手を掴《つか》んで）さァ、此方へ来なはれ！」

子「(大声を出して) キャーッ!」
この声を聞いた周りの子どもが、旦那の身体へ縋《すが》り付く。
旦「おい、何じゃ! コレ、離さんか!」
彼方此方から、大人の一ッ目が、ピョコッ、ピョコッ、ピョコッと現れると、「おい、子捕りじゃ! さア、捕まえエーッ!」。
鷹手小手《たかてこて》に戒められると、奉行所へ連れて行かれ、お白州《しらす》へ引き出された。
早速、奉行のお裁きが始まる。
奉「安達ケ原にて、子どもを攫《さら》おうと致した不届き者。然《しか》らば、厳しく詮議致す。その方は、生国《しょうごく》は何処《いずこ》じゃ? コリャ、返答を致せ。もそっと、面《おもて》を上げい!」
役「(旦那の顔を、棒で捻《ね》じ上げて) コレ、面を上げんか!」
旦「(顔を上げて) ハハッ!」
奉「何と、目が二つあるではないか! コリャ、調べは後じゃ。早速、見世物へ出せ」

解説「一眼国」

約二十五年前、師匠（二代目桂枝雀）が「こないだ、東京で小三治さんの『一眼国』を見せてもろたけど、草原からピョコンと子どもが出てくる所が目に浮かぶようで、落語のおいしさを見事に出してはった」と述べたことが心に残り、「どの落語を演る時でも、受け狙いや、不自然なギャグではなく、それが大切」と、肝に銘じた次第です。

師匠の没後、平成十七年三月二十八日、東京歌舞伎座の追善落語会で、ゲストの柳家小三治師が「一眼国」を上演された時、胸を熱くしながら、舞台袖から見せていただいたことも、懐かしい思い出となりました。

元来、民話や仏教説話を土台にし、江戸で成立したネタのようで、六代目三遊亭圓生師が「珍しいネタを演った、『黒の里う馬《りば》』と言われた七代目土橋亭里う馬の持ちネタにも『一眼国』があり、大江山へ行くという筋になっていた」と述べています。

原話は『噺の種』（弘化四年）の「取りに来て取られた」で、一ツ目の人間を見世物へ出して大儲けを企む八兵衛が一眼国へ行き、半年も帰らないので、近所の者が一眼国へ捜しに行くと、八兵衛が見世物に出されていたという内容で、漢文体笑話本『奇談新編』（天保十三年）へも掲載されました。

第二次世界大戦前、三遊一朝・四代目柳家小さん・初代柳家三語楼・初代柳家権太楼・五代目柳亭左楽・五代目古今亭志ん生・八代目林家正蔵の各師が上演し、昭和十一年、七代目金原亭馬生時代の志ん生が「反対国」という演題で、ポリドールレコードへ吹き込んだようですが、私は存在を知らず、音を聞いたこともありません。

「志ん生は、変わった見世物を掛けたいという興行師の執念だけを描こうとした」という意見があり、高座時間の短い時、よく上演したと言いますが、放送へ出した数が多くないことは不思議です。

戦後も頻繁《ひんぱん》に上演した八代目正蔵師は、三遊一朝から教わり、四代目柳家小さんの型も採り入れ、香具師《やし》が一ッ目の子どもをさらう所で竹法螺《ぼら》を吹き、早鐘を突くという工夫も加えた上、三代目春風亭柳枝門下で、伊藤陵潮の倅《せがれ》・一柳斎柳一（奇術師・曲芸師）から教わった「鬼娘・鹿野山のうわばみ・両国の見世物」などを、枕に振っていました。

最晩年まで上演し、昭和五十六年十一月七日、噺家人生最後の高座となった、東京日本橋の洋食レストラン・たいめいけんで毎月第一土曜に催される「壱土会」でも演じたそうです。

また、正蔵師の筆頭弟子・五代目春風亭柳朝師の「一眼国」は、主人公の香具師の親方が似合っていたと、劇作家・榎本滋民氏が褒めていたそうですし、二代目三遊亭円歌が東京上野鈴本演芸場で上演した時は少しもウケず、「いや、酷い目に遭った。あァ、とても岡本（八代目正蔵師の本名）には適わない」と楽屋で言い、二度と上演しなかったことを、柳朝師が記憶していました。

正蔵師の構成・演出は、六部（※六十六部の略で、書き写した法華経を、全国六十六カ所の霊場へ、一部ずつ納めて歩く修行僧のこと）が一ツ目小僧を見つける場面の描写が細かく、周りの状況も明白になっています。

一ツ目小僧について、少しだけ触れておきましょう。

一ツ目小僧は、納所坊主《なっしょぼうず》（※寺の会計を扱う、下級の僧のこと）のような姿で、目は丸く、舌を出している絵が多く、日本全国に伝説があります。

一例を挙げると、和歌山県伊都郡では、雪が降り積もった夜、ユキンボという、一本足で飛んで歩く子どものような形の物が現れると言い、雪の朝、樹木の下などに丸い窪みがある所を、「ユキンボの足跡」と言いました。

岐阜県飛騨高山には、一ツ目小僧はいない代わりに、一ツ目入道（※雪の降る夜明けに現れる、目が一つで、足が一本の大入道のこと）がおり、雪入道とも呼ばれたそうです。

日本には、山中に一ツ目入道・ユキンボ・山鬼・山父・山爺・セコ子・山の神という、一眼一足の神や妖怪が住む伝承が数多く残っています。

神様が転び、草の棘《とげ》や、木の枝で片目を突き、片目だけになったとか、足の不自由な馬へ乗った神様が馬から落ち、目を突いたという由来や伝説が、全国各地にありました。

一ツ目小僧は、神様の零落した姿とも考えられ、『古語拾遺』（※平安時代の歴史書・神道資料）

へ掲載されている鍛冶の神・天目一箇神《あめのまひとつのかみ》も、一ツ目や片目とされてきましたが、それに関連することを言えば、紀州熊野の山中に住む一踏鞴《ひとたたら》という山賊は一眼一足だったそうで、雲取山で旅人を襲い、妙法山の大釣鐘を奪い取ったりしたので、狩場刑部左衛門という勇士が退治したと言われています。

また、奈良と和歌山の県境の果無山《はてなしやま》に住む一本踏鞴という妖怪は、一本足で、目が皿のようで、十二月二十日に山へ入ると出会うという伝承もあり、鍛冶や金属製錬と何かの関係を持つ妖怪と思われていました。

旧暦十二月八日・二月八日（※事八日）は、一ツ目小僧が来訪し、祀《まつ》りを要求するとのことで、この日は村人は外出せず、軒先へヒイラギ・目籠《めかご》・笊《ざる》など、棘のある葉や、目が数多くある物を吊るしますが、これは一ツ目小僧を驚かせる呪《まじな》いと言われています。

ナンジャモンジャ（※種類が判然としない大木のこと）より北しか現れないという土地もあったり、盆へ乗せた豆腐を持って出てくる一ツ目小僧もありました。

また、暗い夜道で突然現れ、腰を抜かした人の顔を、長い舌で舐める一ツ目小僧もあり、岡山県久米郡では、一口坂という坂道の由来にもなっているそうです。

一ツ目小僧が坊主の姿で描かれることが多いのは、比叡山にいたと言われる、一ツ目の坊主姿の妖怪・一眼一足法師の伝説によると言われていました。

もっと詳しいことを知りたい方は、『一目小僧その他』（柳田國男著、小山書店、昭和九年）、『日本の民話300』（池原昭治著、木馬書館、平成五年）、『一つ目小僧と瓢箪』（飯島吉晴著、新曜社、平成十三年）、『妖怪学入門／新装版』（阿部主計著、雄山閣、平成十六年）へ、目を通されると良いでしょう。

見世物についても述べたい所ですが、範囲が広過ぎ、どれを採り上げてよいかを悩むのも事実だけに、大まかな所だけ申し上げます。

見世物興行は室町時代に始まり、江戸時代に全盛を極めたそうですから、寄席の歴史より古いと言えましょう。

江戸は見世物が盛んで、江戸屈指の盛り場だった両国は、両国橋（※現在の橋より、やや川下にあった）で隔てられた、現在の中央区寄りにあり、見世物・食べ物店などが軒を並べていたことから、「両国八景」という落語も出来ました。

上方の見世物については、別の機会で述べることにしましょう。

話を「一眼国」へ戻すと、平成十年九月十六日、大阪梅田太融寺で開催した「第十八回／桂文我上方落語選（大阪編）」で初演し、その後も全国各地の落語会や独演会で上演していますが、伸縮自在に出来るネタだけに、枕を長く、内容を濃くすると、一時間以上掛かることもあり、短く演れば、十分以内でまとめることも可能。

不気味過ぎず、コントになり過ぎず、ドラマの雰囲気を残しつつ、怪しく、面白い世界を描きたいと思っています。

『新作お伽落語集／子供の時間』（柳家権太樓著、大道書房、昭和16年）の表紙と速記。

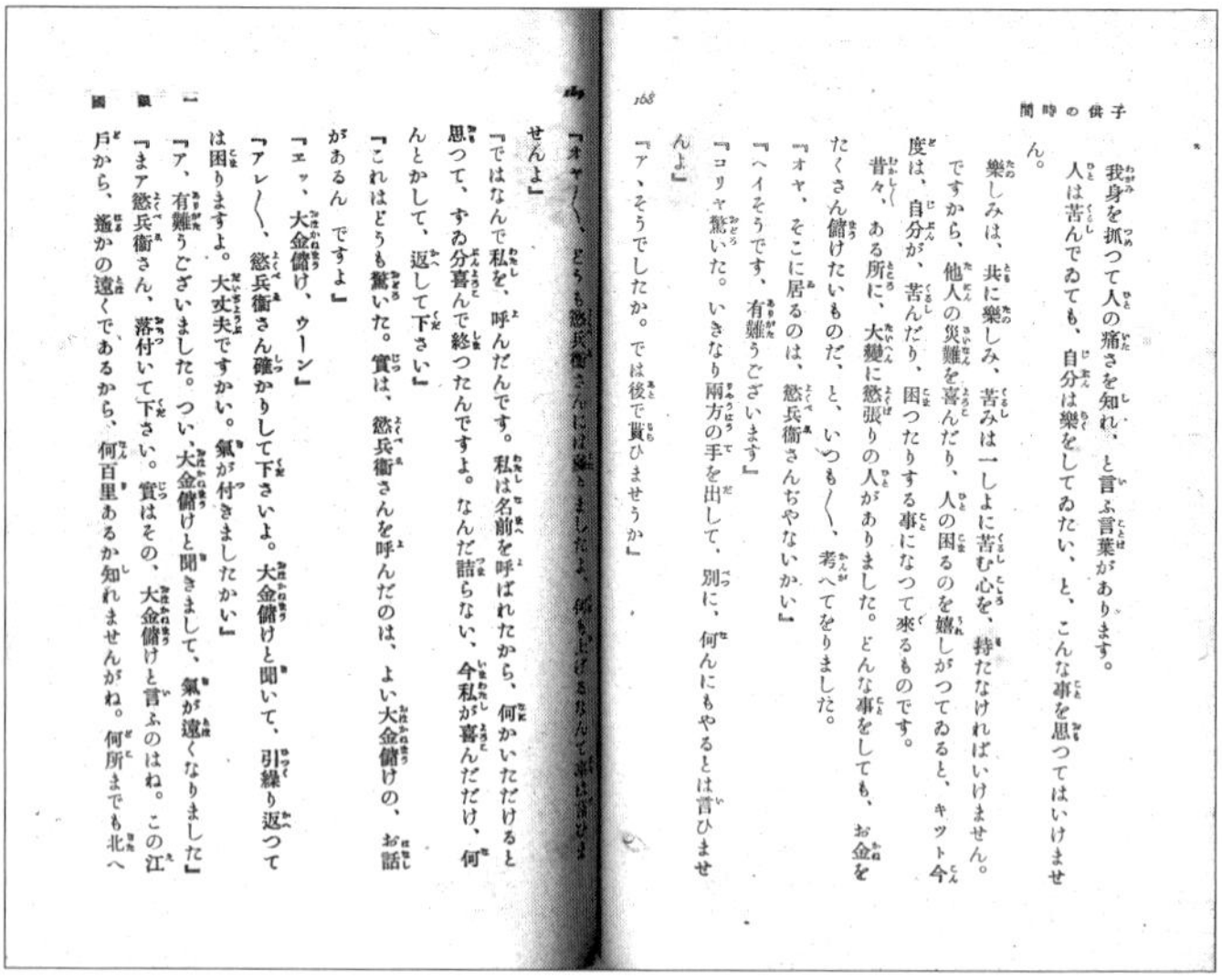

子供の時間　168

我身《わがみ》を抓《つめ》つて人《ひと》の痛《いた》さを知《し》れ、と言《い》ふ言葉《ことば》があります。

人《ひと》は苦《くるし》んでゐても、自分《じぶん》は樂《らく》をしてゐたい、と、こんな事《こと》を思《おも》つてはいけません。

樂《たの》しみは、共《とも》に樂《たの》しみ、苦《くるし》みは一しよに苦《くるし》む心《こころ》を、持《も》たなければいけません。

ですから、他人《たにん》の災難《さいなん》を喜《よろこ》んだり、人《ひと》の困《こま》るのを嬉《うれ》しがつてゐると、キツト今度《こんど》は、自分《じぶん》が、苦《くるし》んだり、困《こま》つたりする事《こと》になつて來《く》るものです。

昔々《むかしむかし》、ある所《ところ》に、大變《たいへん》に慾張《よくば》りの人《ひと》がありました。どんな事《こと》をしても、お金《かね》をたくさん儲《まう》けたいものだ、と、いつも〳〵、考《かんが》へてをりました。

「オヤ、そこに居《ゐ》るのは、慾兵衛《よくべゑ》さんぢやないかい」

「ヘイそうです、有難《ありがた》うございます」

「コリヤ驚《おどろ》いた。いきなり兩方《りやうはう》の手《て》を出《だ》して、別《べつ》に、何《な》んにもやるとは言《い》ひませんよ」

「ア、そうでしたか。では後《あと》で貰《もら》ひませうか」

「オヤ〳〵、どうも慾兵衛さんには驚きましたよ、何も上げるなんて事は言ひませんよ」

「ではなんで私《わたし》を、呼《よ》んだんです。私《わたし》は名前《なまへ》を呼《よ》ばれたから、何《なに》かいただけると思《おも》つて、すゐ分喜《ぶんよろこ》んで終《しま》つたんですよ。なんだ詰《つま》らない、今私《いまわたし》が喜《よろこ》んだだけ、何《なん》とかして、返《かへ》して下《くだ》さい」

「これはどうも驚《おどろ》いた。實《じつ》は、慾兵衛《よくべゑ》さんを呼《よ》んだのは、よい大金儲《おほかねまう》けの、お話《はなし》があるんですよ」

「エッ、大金儲《おほかねまう》け、ウーン」

「アレ〳〵、慾兵衛《よくべゑ》さん確《しつ》かりして下《くだ》さいよ。大金儲《おほかねまう》けと聞《き》いて、引繰《ひつく》り返《かへ》つては困《こま》りますよ。大丈夫《だいぢやうぶ》ですかい。氣《き》が付《つ》きましたかい」

「ア、有難《ありがた》うございました。つい、大金儲《おほかねまう》けと聞《き》きまして、氣《き》が遠《とほ》くなりました」

「まア慾兵衛《よくべゑ》さん、落付《おちつ》いて下《くだ》さい。實《じつ》はその、大金儲《おほかねまう》けと言《い》ふのはね。この江戸《えど》から、遙《はる》かの遠《とほ》くであるから、何《なん》百里《り》あるか知《し》れませんがね。何所《どこ》までも北《きた》へ

『二ッ目小僧』（日本教育紙芝居協会作品、原作／宇井忠、脚本／松葉町子、絵画／西正世志、昭和18年）。

戦前の速記本は『新作お伽落語集／子供の時間』（柳家権太樓著、大道書房、昭和十六年）があり、ＬＰレコード・カセットテープ・ＣＤは五代目古今亭志ん生・八代目林家正蔵・五代目春風亭柳朝の各師での録音で発売されました。

また、戦前の紙芝居で、『二ツ目小僧』（日本教育紙芝居協会作品、原作／宇井忠、脚本／松葉町子、絵画／西正世志、昭和十八年）という、ユニークな作品もあります。

落語の「一眼国」を土台にした紙芝居ですが、外袋には「昔支那の國に二人の見世物師が居りました。熊の皮をかぶつて踊つてみてもあまり見物がこなくなつたので二人で相談して一つ目小僧の居る一つ目村に行き、一つ目小僧をさらつてこやうと決心しました、山を越え　川を渡り漸く一つ目村に着いた二人は首尾よく一つ目小僧を二匹捕へて逃げだしましたが、なんと多勢の村人にあべこべに捕へられて二つ目小僧の見世物にされてしまつたのでした」という作品紹介文が掲載されました。

この紙芝居を、親子で楽しむ「おやこ寄席」で上演したところ、子どもたちに大ウケだったので、改めて、広い年齢層に受け入れられる内容のネタと確信した次第です。

乙女狐

おとめぎつね

昔から桜の名所は、大和吉野山の一目千本、四国伊予の桜三里が有名で、桜三里へ行くと、「桜三里を夜で越す時にゃ、親にゃ是非無い、妻（母）恋し」と唄《うと》たそうで。

九州の桜島も立派な桜で、京都は御室御所・平野の夜桜・渡月橋・嵐山が有名。

東京は、荒川の桜・小金井・向島の桜で、近年では皇居の千鳥ケ淵の桜が見事。

大阪は、生玉《いくたま》町の隆専寺・北の鶴満寺・桜ノ宮で、昨今は造幣局の桜に人気がある。

喜「おい、清《せえ》やん。仰山の人が、ゾロゾロ東へ歩いて行く」
清「あァ、桜ノ宮へ花見に行くわ」
喜「東へ行く者が花見やったら、空の鳶《とんび》や烏《からす》も花見へ行くか？」
清「コレ、鳥が花見へ行くか。人間が東へ行くと、花見に行くわ」

喜「人間が東へ行くと花見やったら、郵便屋が東へ走ってるのも花見か？」
清「一々、ケッタイなことを言うな。わしらも花見へ行くよって、しっかり歩け」
喜「行くのはええけど、銭が無いわ」
清「一文無しでも、美味《うま》い物を食べて、色事の一つも出来る。桜ノ宮へ行くと、年増《としま》の女子が桜の枝を担《かた》げて、ポッと目の端を赤《あこ》う染めて、ホロ酔い機嫌で歩いてることが多いよって、その女子へ当たりを付けるわ」
喜「ボォーンと、ぶつかるか？」
清「そんなことしたら、張り倒されるわ。チョイチョイ、コラコラと踊りながら、女子へ近付け。肩を叩いて、『姐《ねえ》さん、私は隣り町。お宅は一体、何方《どちら》の御方？』と聞くと、女子は気が緩んで、『私は清水町ですけど、お宅は誰方《どなた》？』。女子が清水町と言うたら周《す》防町《おう》、三休橋《さんきゅう》やったら心斎橋と、隣り町を言え。どこの町内も米屋はあるよって、『へェ、米屋の倅』と言うたら、気を許すわ。『ほな、担げてる桜の枝を貸しなはれ』と言うて、桜の枝を触る振りして、女子の指を握る。何も言わなんだら、絞め子の兎《うさぎ》や。二本、三本、四本、五本、六本、七本、八本！」
喜「一体、どこまで行く」
清「それから先は、どこかへ女子を連れて行って、遊ぶという算段や」

喜「ほゥ、面白い！　向こうから来た女子は、目の端を赤う染めて歩いてるよって、当たりを付けるわ。(踊って) チョイチョイ、コラコラ。(女子の肩を叩いて) 姐さん、わしらは隣り町。お宅は一体、何方の御方？」

一「(泣いて) そんなことは、どうでも宜しい。子どもが迷子になって、最前から泣きながら捜してます。どうぞ、お宅も一緒に捜しとおくなはれ」

喜「あァ、気の毒。お子さんの齢は、幾つで？」

清「(喜六の袖を引っ張って) コレ、迷子を捜すな！　向こうから来る、羽織を着て、桜の枝を担げてる別嬪へ当たりを付けてこい」

喜「ほな、そうするわ。(踊って) チョイチョイ、コラコラ。(女子の肩を叩いて) 姐さん、わしらは隣り町。お宅は一体、何方の御方？　清水町やったら周防町、三休橋やったら心斎橋。どこの町内でも米屋はあるよって、『へェ、米屋の倅』と言うたら、気を許す。桜の花を担げたいと言うて、指を一本握る。何も言わなんだら、絞め子の兎や。二本、三本、四本、五本、六本、七本、八本！」

二「もし、何を言うてなはる。気色悪いよって、其方へ行きなはれ！」

喜「おい、清やん。もう一寸で、顔を掻《か》き毟《むし》られる所やった」

清「コレ、不細工な奴や。どうやら、女子は諦めた方がええわ」

喜「あァ、仕方無いわ。この辺りに、手水《ちょうず》は無いか？」
清「堤の下は菜種畑やよって、堤の上からしてしまえ」
喜「ほな、そうするわ。堤の下を見たら、一面の菜種畑や。ここから小便をするのは、富士山の天辺《てっぺん》から、天女が小便をするのと同じ心持ちや」
清「天女が、そんなことをするか。さァ、周りに誰も居らん内にせえ！」

極楽トンボの喜六が、堤の上から菜種畑へ、ジャジャジャジャジャジャーッ！
最前から菜種畑で寝てた狐の頭へ、小便を掛けた。
パッと菜種畑を飛び出した狐が、池の畔《ほとり》へ走ってくると、頭へ藻《も》を乗せる。

狐「あァ、悪い奴な！〔ハメモノ／来序。三味線・〆太鼓・大太鼓・能管で演奏〕ようも稲荷の遣わしたる狐の頭へ、不浄な物を降り掛けたな。如何《いか》にせん、今に見よ！」

クルッとトンボを返ると、二十二、三の女子に化けた。

狐「お二人さん、オォイ、オォーイ！〔ハメモノ／しのぶ売り。三味線・当たり鉦で演奏〕最前から呼んでるのに、何で返事をしてくれん」
喜「おォ、わしらを呼んだか？」
狐「私は隣り町の者で、米屋のお米ですわ」
喜「えッ、お米さん？」
狐「知らん振りをして、テレてますの？　私は、お宅を知ってますわ。今日は旦那と一緒に来ましたけど、お酒に酔うて、旦那は先へ帰って。お宅みたいな様子の良え御方と呑み直したいよって、私に付き合《お》とおくなはれ」
喜「姐さんみたいな別嬪と呑めるのは、有難い話や」
狐「一足先に岩国屋で段取りをしときますよって、直《じき》に来とおくれやす」
喜「ヘェ、おおきに。（鼻の下を伸ばして）清やん、夢を見てるみたいや」
清「コレ、鼻の下を伸ばすな！　面白い顔が、余計面白なる。おい、最前の女子は人間と思うか？　お前が堤の上から小便をした時、狐が逃げて行った。狐が女子に化けて、わしらを呑みに連れて行って、小便を呑ましたり、馬の糞《ふん》を食わしたりするわ」
喜「えッ、狐！」
清「心配せんでも、良え算段がある。狐と散財して、隙《すき》を見て、逃げたらええわ」
喜「散財しても、小便や、馬の糞を食わされるのは嫌や」

清「岩国屋は老舗やよって、ケッタイな物は出さん。岩国屋で酒を呑まして、わしらに勘定をさして逃げるか、表へ誘い出して、次の店でケッタイなことをする算段や。念のために、眉毛へ唾を付けとけ。昔から、狐に化かされん呪《まじな》いや」
喜「なるべく化かされんように、仰山付けとくわ。（掌《てのひら》へ唾を吐いて）ペッ、ペッ！（眉毛へ唾を付けて）清やん、これで良えか？」
清「眉毛が、ベチャベチャや。汚いよって、手拭いで拭いとけ。ほな、岩国屋へ行こか。（店へ入って）えェ、御免！」
女「へェ、お越しやす」
清「この店へ、別嬪の女子が来たか？」
女「最前から、お待ちかねで。奥の間へ、お通り下さいませ」
清「ほな、上がらしてもらうわ。（座敷へ行って）あァ、お待たせしました」
狐「いえ、何を仰いますやら。さァ、ズッと此方へ。（盃を差して）先《ま》ず、お盃を」
清「へェ、頂戴します。（酒を呑んで）中々、結構なお酒で。喜ィ公も、よばれたらええわ。ほゥ、これは何です？」
狐「岩国屋の名物・鯛の天麩羅《てんぷら》で、私の大好物」
喜「狐は、油で揚げた物が好きや」

清「(制して) シャイ！　さァ、姐さんも一つ」
狐「ほな、頂戴致します」
清「中々、良え呑みっ振りや。ほな、もう一つ。呑むだけでは愛想が無いよって、面白い遊びをしょう。賑やかな遊びで、『狐釣り』」
狐「えッ、狐を釣る！」
清「ほゥ、顔色が変わりましたな。ほんま物の狐を釣る訳やなし、扇子を広げて、姐さんの顔の上へ置いて、手拭いで括《くく》って」
狐「もし、何をしなはる！」
清「姐さんが、狐になりました」
喜「(吹き出して) プッ！　こんな恰好《かっこう》をせんかて、生まれ付き狐や」
清「(制して) シャイ！　扇子の骨の隙間《すきま》から、此方が見えますか？　『釣ろよ、釣ろよ。信田《しのだ》の森の、狐どんを釣ろよ。やっつく、やっつく、やっつくな』と唄いながら踊って、私らを捕まえます。唄てる内に捕まえられなんだら、姐さんが酒を呑む。捕まえたら、私らが酒を呑みますわ。(ポンポンと、手を鳴らして) コレ、誰か！」
女「へェ、何か御用で？」
清「三味線で『狐釣り』を弾いてもらいたいけど、弾けるか？」

女『狐釣り』やったら、何とか」

清「ほな、頼むわ。三味線を出して、調子を合わして。ほな、行こか。やっつく、やっつく、やっつくな！　〔ハメモノ／狐釣り。三味線・〆太鼓・大太鼓・当たり鉦・篠笛で演奏〕釣ろよ、釣ろよ、信田の森の、狐どんを釣ろよ」

狐「(踊って)やっつく、やっつく、やっつくな」

喜「やっぱり、ほんま物は上手《うま》い！」

清「(制して)シャイ！　おい、喜ィ公。踊りながら廊下へ出て、店から出て行け。狐は酒に酔うてるし、扇子の骨の隙間から、前は見にくい。姐さん、賑やかに三味線を弾いて。わしらが廊下へ出た後で、踊ってる女子が祝儀を出すわ。さァ、しっかり弾いて。(踊って)釣ろよ、釣ろよ、信田の森の、狐どんを釣ろよ！」

踊りながら廊下へ出て、玄関から出て行った。

狐「(踊って)やっつく、やっつく、やっつくな！」

女「もし、いつまで踊ってはります。他の御方は、廊下へ出て行かはりました」

狐「(扇子を取って)まァ、誰も居らん。ほな、一人で踊ってたの？　まァ、恥ずかしい。

お二人は、お手水？　後で祝儀を渡すよって、姐さんは帰って。（座って）あァ、しんどかった！」
女「ほな、失礼致します。まァ、嫌！　お尻《いど》から、太い尾が見えてる！　（板場へ来て）太助どん、一寸来て！」
太「コレ、どうした？」
女「（言葉が縺《もつ》れて）座敷、狐、尾っぽ！」
太「何を言うてるか、サッパリわからん。何ッ、狐が座敷で踊ってた？　よし、皆で見に行こか。障子《しょうじ》の破れから、中を覗《のぞ》くわ。（障子の破れから、座敷を覗いて）わッ、えらいことや！　（旦那の許へ来て）もし、旦さん！」
旦「コレ、顔色が変わってる。一体、どうした？」
太「（言葉が縺れて）座敷、狐、尾っぽ！」
旦「一体、何を言うてる。何ッ、座敷に狐が居るとな。ほな、わしが見に行く。（障子の破れから、座敷を覗いて）ほゥ、太い尾じゃ。放《ほ》っとく訳に行かんよって、この煙管《きせる》で打ち据えるわ。（障子を開け、狐を掴んで）コレ、ド狐！」
狐「か弱い女子に、何をなさいます！」
旦「女子も糞《くそ》もあるか、ド狐め！」

狐「私は、狐やございません」
旦「後ろから出てる尾は、何じゃ？」
狐「いや、アノ、これで座敷の掃除をして」
旦「コレ、嘘を吐《つ》け！　女子に化けて、酒・肴《さかな》を只で呑み食いしょうと思てたな」
狐「決して、悪さをしに来た訳やございません。お余りを頂戴した恩返しと思て、二人の客を連れて参りました。二人に払わしますよって、お許しを」
旦「狐が人間に化かされて、どうする！　最前の二人は、表へ逃げてしもたわ」
狐「私を置いて、逃げましたか？　あァ、眉毛へ唾を付けといたら良かった」

解説「乙女狐」

三重県松阪市の山間部で生まれ育った私は、山中で狐・狸・猿・猪などの野性動物に出会うことも多く、怖い思いをしたことも数多くありました。

現在は、実家から一山越えた所に住んでいますが、裏山から猿が出てくるのは日常茶飯事で、近所の野菜・果物などを穫っていくことが、村の悩みになっています。

山中に食べ物が少なくなり、人間が住んでいる村まで下りてくるので、可哀相だとは思いますが、人間が大切にしている物を盗むことは許せません。

人間の法律を、猿は理解していないでしょうが……。

自然界の生き物は、自分が食われないようにしながら生きるのが精一杯でしょうし、自分が生きていくためには、何かを食べなければならず、これが自然界の掟になっています。

このように考えると、人間は幸せで、余程悪いことをしていなければ、命を狙われることもなく、体調が急変するとか、災害や事件へ巻き込まれなければ、命は保証されていると言っても過言ではないでしょう。

落語から話は逸れましたが、自然に囲まれた所で住んでいると、森の生き物へ考えが及ぶのは、当然かも知れません。

さて、「乙女狐」へ話を移しましょう。

このネタは、明治中期から数多く出版された速記本で見ることもなく、演芸研究家の本に粗筋が書いてある程度で、幻の落語とされていました。

米朝師に尋ねた時、古老から聞いた粗筋《あらすじ》を教えていただき、やっと概要が掴めました。

狐が人間に騙されるという、「高倉狐」（東京落語の「王子の狐」）に似たネタだと思っていましたが、「高倉狐」は「乙女狐」の改作らしいのです。

原話は、『くだ巻』（安永六年、江戸板）の「狐」で、原文を掲載しておきましょう。

＊　＊　＊　＊　＊

真先神明の床几尻掛で、例の狐のおいで。

これは一興と貴賤上下、あぶらげに費える銭も大ていの事ではない。

「時に昔、狐の女に化けたるを妓楼《ちゃや》へ売り、銀《かね》まうけした咄が有つた。なんと、あの狐を女にばけさせて、売らばどうであろう」

「これは大のきまり、どうしたら化けよう」

「おれにまかせろ」と、そろそろ狐の側へゆけば、狐は眉毛をぬらして居る。

＊　＊　＊　＊　＊

平成二十二年十二月二十四日、大阪ワッハホールで開催した「ワッハホール／お名残公演！桂文我独演会」で初演しました。

ワッハホールは、大阪ミナミのグランド花月前、ワッハ上方・大阪府立演芸資料館の中にあった三百席のホールで、平成八年開場時から約二年半、「桂文我落語百席」を毎月開催した、思い出深い会場です。

ワッハ上方については、改めて、当時の内情も語ろうと思いますが、一つだけ述べておきますと、ワッハ上方を建設する時、異常なほどのパワーで推進派となっていた者が、閉館の時には熱が冷め、少しも力を貸さなかったことに憤りを感じましたし、本当に薄情だと思いました。話題にならないことには興味を示さないのが、マスコミを利用し、人気を得た者の本性なのでしょう。

そのような者は、最初から演芸資料には興味が無かったでしょうし、先人の有難さを感じることも薄く、話題優先で押し進めたことは間違いありません。

そのことや、演芸資料館の収蔵物については、また、ゆっくり述べましょう。

「乙女狐」は、初演後は数回しか高座へ掛けていませんが、それなりにポイントが稼げる落語となり、春先になると、演ってみたくなるネタになりました。

料理店の座敷で、人間に化けた狐が遊ぶ時に使用するハメモノの「狐釣り」は、「親子茶屋」「番部屋」などにも使われています。

二世曾呂利新左衛門が刊行したお座敷遊びの紹介本『酒席遊戯』（玉潤堂、明治二十九年）の解説がユニークなので、略した文で紹介しておきましょう。

＊＊＊＊

これは酒席遊戯の中に於いて、最も著名なるものなり。

狐になる人は、その着物を端折り、帯を尾の如くに垂れて、座敷の正面に立ち、また一つの盃を盃台に載せて、これをその前に置き、また細帯の中程を結びて罠となし（罠の寸法は、直径一尺を決まりとする）、狐を釣る人二人、左右より、これを狐と盃との間に持ち（罠と盃との間の距離は、一尺を適度とする）、準備すでに整えば、三味線方にて『チンチリトッツン、チリトッツン』と弾けば、二人の釣り人は『釣ろよ、釣ろよ。信田の森の、狐を釣ろよ』と言う。

狐もまた、三味線に合わせて、『コンコンチキチ、コンチキチ』と言いつつ、手首を曲げて飛び歩き、左右の釣り人の隙を伺うて、その罠の彼方にある盃を、罠の中より手を入れて取るなり。

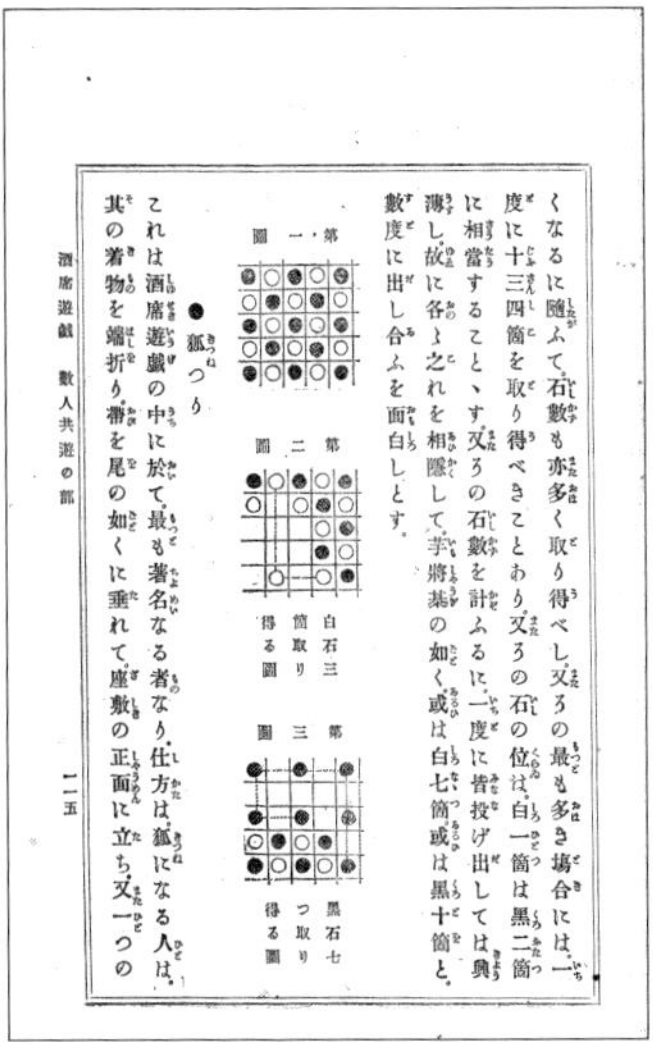

くなるに随《したが》ふて、石數《いしかず》も亦《また》多《おほ》く取《ど》り得《う》べし、又《また》ろの最《もつと》も多《おほ》き塲合《ばあひ》には、一《いち》度《ど》に十三四箇《じふさんしこ》を取《と》り得《う》べきことあり、又《また》ろの石《いし》の位《くらゐ》は、白一箇《しろひとつ》は黒二箇《くろふたつ》に相當《さうたう》することゝす、又《また》ろの石數《いしかず》を計《かぞ》ふるに、一度《いちど》に皆《みな》投《な》げ出《だ》しては興《きよう》薄《うす》し、故《ゆゑ》に各《おの》ゝ之《こ》れを相隱《あひかく》して、手將棊《てしやうぎ》の如《ごと》く、或《あるひ》は白七箇《しろなゝつ》、或《あるひ》は黒十箇《くろとを》と、數度《すど》に出《だ》し合《あ》ふを面白《おもしろ》しとす。

第一圖

第二圖　白石三箇取り得る圖

第三圖　黒石七つ取り得る圖

● 狐《きつね》つり

これは酒席遊戲《しゆせきいうぎ》の中《うち》に於《おい》て、最《もつと》も著名《ちよめい》なる者《もの》なり、仕方《しかた》は、狐《きつね》になる人《ひと》は、其《そ》の着物《きもの》を端折《はしを》り、帶《おび》を尾《を》の如《ごと》くに垂《た》れて、座敷《ざしき》の正面《しやうめん》に立《た》ち、又《また》一《ひと》つの

『酒席遊戲』（玉潤堂、明治29年）の速記。

盃《さかづき》を盃臺《さかづきだい》に載《の》せて、之《こ》れを其《そ》の前《まへ》に置《お》き、又《また》細帶《ほそおび》の中程《なかほど》を結《むす》びて罠《わな》と爲《な》し、(罠《わな》の寸法《すんぽふ》は、直徑一尺《ちよくけいいつしやく》を定規《きまり》とす)狐《きつね》を釣《つ》る人二人《ひとふたり》左右《さいう》より之《こ》れを狐《きつね》と盃《さかづき》との間《あひだ》に持《も》ち、(罠《わな》と盃《さかづき》との間《あひだ》の距離《へだゝり》は、一尺《いつしやく》を適度《よきかげん》とす)準備《ようい》すでに整《とゝの》へば、三味線《さみせん》方《かた》にて「チンチリトツツン、チリトツツン」と彈《ひ》けば、二《ふた》人《り》の釣人《つりて》は「釣《つ》ろよ〳〵、信田《しのだ》の森《もり》の、狐《きつね》を釣《つ》ろよ」と言《い》ふ、狐《きつね》も亦《また》三味《さみ》に合《あ》はせて「コン〳〵チキチ、コンチキチ」と言《い》ひつゝ、手首《てくび》を曲《ま》げて飛《と》び歩《ある》き、左右《さいう》の釣人《つりて》の隙《すき》を伺《うかゞ》ふて、其《そ》の罠《わな》の彼方《あなた》にある盃《さかづき》を罠《わな》の中《うち》より手《て》を入《い》れて取《と》るなり、又《また》左《さ》右《いう》の釣人《つりて》は、專《もつぱ》ら狐《きつね》の手先《てさき》に注意《ちうい》して、之《こ》れを罠《わな》に罹《か》けるなり、而《しか》して狐罠《きつねわな》に罹《か》かれば、狐《きつね》の負《まけ》、釣人《つりて》盃《さかづき》を取《と》られたらば、

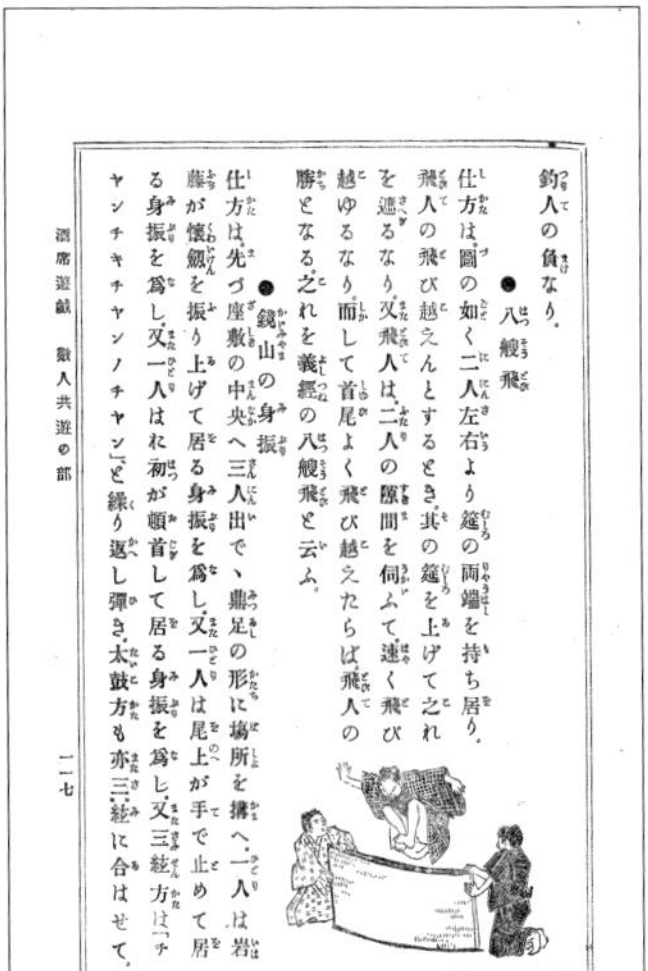

釣人《つりて》の負《まけ》なり。

● 八艘飛《はつさうとび》

仕方《しかた》は、圖《づ》の如《ごと》く二人《ににん》左右《さいう》より筵《むしろ》の兩端《りやうはし》を持《も》ち居《を》り、飛人《とびて》の飛《と》び越《こ》えんとするとき、其《そ》の筵《むしろ》を上《あ》げて之《こ》れを遮《さへぎ》るなり、又《また》飛人《とびて》は、二人《ふたり》の隙間《すきま》を伺《うかゞ》ふて速《はや》く飛《と》び越《こ》ゆるなり、而《しか》して首尾《しゆび》よく飛《と》び越《こ》えたらば、飛人《とびて》の勝《かち》となる。之《こ》れを義經《よしつね》の八艘飛《はつさうとび》と云《い》ふ。

● 鏡山《かゞみやま》の身振《みぶり》

仕方《しかた》は、先《ま》づ座敷《ざしき》の中央《まんなか》へ三人《さんにん》出《い》で、鼎足《みつあし》の形《かたち》に塲所《ばしよ》を搆《かま》へ、一人《ひとり》は岩藤《いはふぢ》が懷劍《くわいけん》を振《ふ》り上《あ》げて居《を》る身振《みぶり》を爲《な》し、又《また》一人《ひとり》は尾上《をのへ》が手《て》で止《と》めて居《を》る身振《みぶり》を爲《な》し、又《また》一人《ひとり》は初《はつ》が頓首して居《を》る身振《みぶり》を爲《な》し、又《また》三絃方《さみせんかた》は「チヤンチキチヤンノチヤン」と繰《く》り返《かへ》し彈《ひ》き、太鼓方《たいこかた》も亦《また》三絃《さみ》に合《あ》はせて、

また、左右の釣り人は、専ら狐の手先に注意して、これを罠にかけるなり。

狐、罠にかかれば、狐の負け。釣り人、盃を取られたらば、釣り人の負けなり。

＊＊＊＊＊

「狐釣り」の遊び方は、これ以外にも「乙女狐」「親子茶屋」で描かれるように、広げた扇子で顔面を覆うように紐で括り、鬼ごっこのような遊び方もありました。

歌舞伎「仮名手本忠臣蔵／七段目」で、大星由良之助の「面無い千鳥」の遊びの場や、常磐津「釣女」にも使用されているだけに、昔は相当流行《はや》った遊びだったでしょう。

落語のハメモノでは、三味線は演者のテンポに合わせて陽気に演奏し、〆太鼓と大太鼓を各々のセンスで打ち、当たり鉦は自由に入れ、篠笛は曲の旋律通りに吹きますが、いつも入れる訳ではありません。

鴻池の犬

こうのいけのいぬ

旦「コレ、定吉。寝むたかろが、起きとおくれ。まだ起きる時分やないが、齢を取ると、夜敏《よざと》（※夜、少しの音で目覚めること）なって。最前からウツラウツラしてたら、ドサッという音が、表で聞こえた。拾い屋が紙屑でも置いて行ったか、選《よ》り分けでもしてるか。付け火でもされたら、えらいことになる。余所《よそ》からのもらい火は仕方無いが、ウチから火は出しとないよって、表を見てきとおくれ」

定「(戻って）もし、旦さん。ウチの表へ、捨て子がしてございます！」

旦「何ッ、えらいことやないか。捨て子は、どんな塩梅《あんばい》じゃ？」

定「蜜柑《みかん》籠へ入れて、ボロ布《ぎれ》でくるんでありますわ」

旦「おォ、何と酷《むご》たらしい。よくせき（※余程）、親御《おやご》は困ってなさったか」

定「何やったら、返してきますわ」

旦「コレ、何を言うのじゃ。捨て子を、どこへ返しに行く？　あァ、そうか。子どもを捨てた親は、誰かが拾て、家の中へ入れてもらうまで、よう傍《そば》を離れんと聞く。その辺りに、それらしい人でも居てなさるか？」
定「いえ、誰も居りません」
旦「ほな、どこへ返しに行く？」
定「ヘェ、お隣りへ」
旦「コレ、ケッタイなことを言いなはんな。何で、お隣りさんが捨て子をしなさる」
定「お隣りへ捨ててあったのを、先に見つけはった。ズゥーッと、ウチへ引きずってきた跡が、地べたへ残ってますわ」
旦「あァ、お隣りさんのなさりそうなことじゃ。町内一の始末屋だけに、仕方無いわ。ウチへ持ってこられたら、放っとく訳にもいかん。さァ、中へ入れてやりなされ」
定「えらいことで、御兄弟が居られます！」
旦「何ッ、騒動じゃ！　一体、何人居てなさる？」
定「ヘェ、三匹です」
旦「コレ、何を言いなさる。三匹やなんて、犬の子みたいに言いなはんな」
定「いえ、犬の子です」

旦「あァ、それを先に言いなはれ。人間の子どもかと思て、ビックリしたわ。捨て犬でも見殺しには出来んよって、此方へ入れてやりなされ。皆、元気か？」
定「蜜柑籠の中へボロ布を敷いて、犬の上もボロ布が被してあります。最前まで親の傍に居ったみたいで、三匹共、丸々肥えてますわ。この犬はブチで、此方は真っ白。一番下に居る犬は、一本の差し毛も無い。真っ黒で、ムク犬ですわ。尾も左へ巻いて、こんな犬は強い。この犬は、私がもらいますわ」
旦「丁稚奉公をしながら、犬を飼う奴があるか」
定「ウチは犬を飼《こ》うてたよって、よう知ってます。生まれたての小犬は、御飯が食べられん。お粥やオジヤを炊いて、鰹《かつお》の粉《こ》を掛けて育てます。ちゃんと世話をしますよって、置いてやっとおくなはれ！」
亀「定吉っとんと一緒に、ちゃんと世話をしますよって！」
常「旦さん、お願いします！」
旦「皆、起きてきたか。目へ涙を一杯溜めて頼まれたら、断れん。飽かずに世話をすると言うのやったら、飼うてやっても宜しい」
定「ヘェ、おおきに！　皆で、ちゃんと世話をします！」

これが縁で、この家へ三匹の小犬が居付くようになった。
十日ほど経つと、店にも慣れ、店先で用事をしてる者の足許《あしもと》を、コロコロとじゃれ廻ったり、お遣いへ行く丁稚の後を随《つ》いて行ったりして、皆に可愛がられる。

定「シィーッ、コイコイコイ、クロクロクロクロ」
旦「表で、何をしてる？」
定「犬に、オシッコをさしてます。シィーッと言うと、ピュッと出て、コイコイコイと言うたら、ピタッと止まりますわ。クロクロクロクロと言うたら、また出て。旦さんも、犬の隣りでしなはれ」
旦「コレ、阿呆なことを言いなはんな。犬は放っといて、用事をしなはれ」
佐「(店へ入って) ぇェ、お邪魔を致します。アノ、主様《あるじ》は居られますか？」
旦「店の主は私でございますが、何か御用で？」
佐「通り掛かりの者でございますが、表で遊んでるのは、お宅の犬でございますか？」
旦「はい、左様で。何分、畜生じゃ。粗相があったら、堪忍《かんにん》しとおくれやす」
佐「いえ、左様ではございません。実は、あの中の一匹を頂戴したいと存じまして」
旦「おォ、それは有難い！　商人の家に、犬が三匹も居ったら、ややこして困ります。どうぞ、どの犬でも連れて帰っていただきますように」
佐「早速の御承引《しょういん》、有難いことで。ほな、全身真っ黒な犬を頂戴しとございます」
旦「あァ、クロが気に入りましたか。誰の見る目も同じで、ウチの丁稚連中も、クロを一番可愛がっとります。そんなことは構わんよって、連れて帰っとおくれ」
佐「主へ申しましたら、さぞかし喜ぶことでございましょう。今日は通り掛かりだけに、日を改め、吉日《きちにち》を選んで、頂戴することに致します。その節は、何分にも宜しゅうに。ほな、お邪魔を致しました」
旦「何じゃ、あの人は！　御近所で『あの家は、犬道楽じゃ』という噂が立って、嬲《なぶ》りに来なさったに違いない。犬の子一匹もらうのに、『主へ申しましたら、さぞかし喜ぶ』とか、『日を改め、吉日を選んで』とか、大層に言うてからに。コレ、皆。犬を可愛がるのも、ええ加減にしなはれ！」

それから十日ほど経った、或《あ》る日のこと。
店の表へ立った御方は、黒の五ツ紋付に、仙台平《ひら》の袴《はかま》を穿《は》き、手に白扇を持ってる。
佐「えェ、御免」

旦「ヘェ、お越しやす」

佐「先日は、失礼を致しました。本日、お約束の犬を頂戴しに参りまして。手前共の主へ申しますと、殊の外《ほか》の喜び。『早速、頂戴に上がるように』と申しましたが、良き日を選んでからとなりました。本日は天赦日《てんしゃび》で、お日柄も申し分無く、犬を頂戴しに参りました次第で。コレ、それを此方へ。（風呂敷包みを受け取って）これは些少の品でございますが、手土産代わりということで。どうぞ、お納め下さいませ」

旦「こないだ、犬をもらいたいと仰った御方。お身形《みなり》が替わってたよって、お見それ致しました。あの折、犬を差し上げると申しましたが、変替《へんが》えにさしていただきます」

佐「何か、お気に障りましたか？」

旦「はい、障りました。あァ、エラ障りじゃ！　私は、この町内に年古う住んで、この界隈で名前を言うてもろたら、大概の御方は御存知と思う。人様のお世話もさしてもろて、信用も些《いささ》か頂戴しております。今まで犬一匹・猫一匹、もろたことも上げたことも無いが、物には程や相場がある。ジャコ一掴み・鰹節一本を持ってお越しになったら、気持ち良う差し上げるが、これは何じゃ？　鰹節が一箱、酒が三升、上等の反物が二反。人様の物を値踏みして申し訳無いが、犬一匹もらうにしては多過ぎる。『あの家は、捨て犬で銭儲けをした』と言われたら、大きな顔をして、町内を歩けん。察する所、医者が匙《さじ》を投げた病人でもあって、しょうもない八卦見《はっけみ》にでも見てもろたら、『全身真っ黒な犬の生き肝を煎じて呑ましたら、病気が治る』とでも言われて、お越しになったように思う。三日でも飼うたら、情が移ります。何ぼ犬でも、酷《むご》たらしい目には遭わしとない。どうぞ、お帰りやす！」

佐「言葉が行き届きませず、失礼を致しました。私は今橋二丁目・鴻池善右衛門の店の手代で、佐兵衛と申します。主の坊ンが、黒い小犬を飼うておりまして、『クロよ、クロよ』と可愛がっておりましたが、その犬が死んでしまいました。それからは『クロが居らん、クロを呼べ』と言うて、むずかりまして。似たような犬を連れて参りましても、『いや、この犬と違う。クロは、どこや？』と泣いて、手が付けられません。『気を病んで、患いでもしたら』と、主が心を傷めまして。先日、此方の前を通り掛かりますと、クロとソックリの犬が遊んでるやございませんか。ヤレ嬉しやと、早速、此方へ飛び込んで、お願いを致しました。帰りまして、主に申しましたら、えらい喜びまして。『一日も早う、頂戴しに行くように』と申しましたが、先代のクロが若死をしただけに、縁起《げん》を気にして、吉日を選ばしていただきました。これは心ばかりの品で、主の喜びということで、枉《ま》げて（※強いて）お納め下さいませ。あの犬は牡犬《おす》で、言わば、養子にいただくことになりますよって、結納代わりということで」

旦「何ッ、相手は鴻池さん！　此方こそ、失礼を致しました。鴻池さんやったら、これぐらいのことはありますわ。ウチがジャコ一掴みを持って、御礼に行くのと同じことで。クロは幸せで、日本一の金満家《きんまんか》へもらわれて行く。鴻池さんやったら、遠慮無しに頂戴致します。どうぞ、御主人へ宜しゅうお言付けを」
佐「あァ、ホッと致しました。これを御縁に、以後は親戚付き合いということで」
旦「いえ、滅相も無い！　とても、鴻池さんと親戚付き合いは出来ん。どうぞ、可愛がってやってもらいますように」
佐「今橋の近くをお通りの節は、是非とも、お立ち寄り下さいませ」
旦「また、犬の顔を見せていただきに参りますわ」
佐「ほな、頂戴して帰ります。コレ、乗物を此方へ！」

立派な輿《こし》が、ドォーンと運ばれる。

輿の四隅へ金具が打ってあり、犬を緞子《どんす》の布団の上へ乗せた。

いつも炭俵の上で寝てただけに、気色悪そうな顔をしてる。

「お立ちィーッ！」という声が掛かると、大名行列みたいな塩梅で、二人の人間が輿を担ぎ上げ、今橋の鴻池の本宅へ悠々と帰ってきた。

坊ンへ犬を見せると、「あァ、クロが帰ってきた！」と大喜びで、一遍に元気になる。
「この犬が死んだら、えらいことになる」と、医者が三人掛かり切り。
クシャミをしては薬を呑ませ、フラついたら脈を取る。
広い庭へ放し飼いで、結構な苔《こけ》をほじくったり、泉水へ飛び込んでも叱られん。
我儘《わがまま》一杯に育てられ、滋養のある物を食べるよって、逞《たくま》しい犬へ成長した。
どんな犬と喧嘩をしても負けたことが無いよって、船場中の犬の大将になる。
鴻池のクロと言うと、この界隈では知らん者が無いほどの顔役になった。
大抵の揉《も》め事は、ここへ持って行くと納まる。

伏「おい、和泉町」
和「何や、伏見町」
伏「一丁目と三丁目の喧嘩は、どうなった？」
和「まだ、仲直りをしてない。魚の骨の取り合いで揉めて、今でも道で会うたら、赤目を吊り上げて、ウゥーッと唸《うな》り合うてる。鴻池の大将に、口を利いてもらおか？」
伏「おォ、それが良えわ。（鴻池へ来て）アノ、鴻池の大将」
ク「近所の若い者が顔を揃えて、どうした？」

伏「また、お手を煩《わずら》わせることになりまして。こないだ、一丁目と三丁目が噛み合いをした時、中へ立ちましたけど、まだ赤目を吊り合うてます。大将に意見をしてもろて、仲直りをさしてもらいたい」

ク「ほな、連れといで。一丁目と三丁目、此方へ入れ。いつまでも小犬やないよって、小さいことは、水に流してしまえ。わしが口を利いた上は、根に持つな。人間は手打ちをするけど、犬は足打ちじゃ。美味い物を食べて、仲直りをせえ。その辺りに、何か無いか？　何ッ、ハマチがある？　ほな、此方へ持っといで。これを食べて、仲直りをせえ。また喧嘩をしたら、承知せんわ」

三「ヘェ、誠に相済まんことで。ほな、御馳走になります」

ク「さァ、遠慮せんと食え。伏見町と和泉町は、残った骨をやるわ」

伏「ヘェ、頂戴します」

大抵の喧嘩は、クロが顔を出すと納まる。

その内に、参議院へ立候補するという噂が立つほど、犬の顔役になった。

今日も鴻池の大将は、「天気が良えよって、世間の様子を見よか」と、門口の敷居の上へ顎《あご》を乗せ、表を見てると、ガリガリに痩せた犬が、町内へヒョロヒョロと入ってきた。

平「おい、順慶町」
順「何じゃ、平野町」
平「向こうから来たのは見掛けん犬で、骨と皮。所々、毛が抜けて、病い犬らしい。野良には間違い無いけど、この町内を挨拶《あいさつ》も無しに通りやがって。船場の犬やないみたいやよって、いてもたろか？」
順「一遍、うたわしたれ（※音を上げさせること）。よし、腕力で行け！」

犬は大抵、ワン力で。
ソォーッと前と後ろへ廻り、いきなり、ワンワンワンと飛び掛かった。
それでのうても、ヒョロついてる犬だけに、たまらん。

△「（啼いて）キャイン、キャイン！」
ク「コレ、何をしてる？」
順「あァ、鴻池の大将。へェ、誠に面目無いことで」
ク「痩せた犬を苛《いじ》めて、可哀相じゃ。弱い者苛めをするとは、犬の風上《かざかみ》にも置けん。一体、どうした？」
順「弱い者苛めをしてる訳やのうて、余所の土地の犬で。この町内を挨拶無しで通ろとするよって、うたわしたろと思て」
ク「うたわすやなんて、柄の悪い言葉を使うな。お前らも余所の土地へ行ったら、同じ目に遭うわ。あんたも、あんたじゃ。知らん土地へ来たら、挨拶ぐらいはしなはれ。念が足らんよって、こんな目に遭うわ」
△「危ない所を助けていただきまして、有難うございます」
ク「礼は言わんでもええけど、どこの者じゃ？」
△「ヘェ、今宮から参りました」
ク「ほゥ、遠い所から来たな。また、何で船場まで来た？」
△「お腹を空かして歩いてたら、丁稚さんが大きな焼芋を二つ買いはって、それを食べながら、ポイッと皮を放ってくれます。後を随いて行ったら、ヘタの所を一番終いに放ってくれて、二つ目の芋を食べに掛かって。そのヘタも食べて、気が付いたら、知らん所へ来てました。焼芋に釣られて、船場まで来てしまいまして」
ク「余程、腹を空かしてたらしい。ほな、今宮の生まれか？」
△「いえ、生まれは船場で」

ク「ほゥ、土地の者か。船場は、どこじゃ？」
△「南本町の質屋で、大きな用水桶があったのを覚えてますし、その筋向かいのお家で」
ク「南本町の質屋の用水桶とは、耳寄りな話じゃ。おい、池田屋という店を知らんか？」
△「その池田屋で、大きしてもらいました」
ク「何ッ、池田屋で？　おい、お前に兄弟は無かったか？」
△「へェ、三匹兄弟で。一番上の兄は幸せな御方で、鴻池さんへもらわれて行かはりました。二番目の兄は達者過ぎて、表へ出たらあかんと言われてたのに、いきなり表へ飛び出したら、ガラガラッと車が来て、キャン！　へェ、敢《あ》え無い最期を遂げましてございます。私だけ飼うてもろてましたけど、悪い友達が出来まして、拾い食いや、盗み食いの味を覚えて」
ク「あんな結構なお家へ飼うてもろて、盗み食いをする奴があるか！」
△「悪いことは面白いよって、魚屋の盤台《はんだい》から鰯《いわし》を盗《と》ったり、鯵《あじ》をくわえて走ったり。遠い所へ拾い食いに行ったり、道で寝たりするようになったら、罰が当たって、悪い病気を患て、毛が抜けてしまいました。可愛がってくれはった丁稚さんも嫌がって、誰も遊んでくれん。天気の良え日に、丁稚さんが車へ乗せはって。『もし、どこへ行きます？』と聞きましたけど、知らん顔をしてはる。見たことも無い町内へ行ったら、車から下ろ

して、ポイッと橋の上から放り投げはって。川が浅かったよって、助かりました。深かったら、死んでましたわ。橋の下から、『コレ、何をしなはる！ もし、危ない遊びは止めなはれ』と言いましたけど、知らん顔をして帰ってしまいまして。彼方此方の匂いを嗅いで、夜中に店へ帰って、『只今、帰りました。もし、開けとおくなはれ』と言うたら、丁稚さんが戸を開けて、『病い犬は汚いよって、彼方へ行け！』と言うて、棒で追わはりました。この時に初めて、『あれは、私を放かしに行かはった』と気が付きまして。ヘェ、ほんまに阿呆で。その後、彼方へフラフラ、此方へフラフラ。流れ流れて今宮の、今は場末へ落ち着いた次第でございます」

ク「ほゥ、苦労をしたな。皆、聞いてくれ。こいつは幼い頃に別れた、実の弟や」

△「えッ、鴻池の兄さん？ わァ、面目無い！」

ク「面目無いのは、わしの方じゃ。盗み食いするような弟が居ると知れたら、世間へ尾が上がらんわ。いや、心配は要らん。今日からは、わしに任せ。医者へ診せて、病いも治したる。良かったら、半年ほど有馬の温泉へ湯治《とうじ》に行くか？ おい、皆。わし同様、弟の面倒も見たってくれ」

順「あァ、さよか。一寸も知らなんだよって、失礼しました。そやけど、兄弟ですな。鼻筋の辺りが、よう似てますわ」

ク「コレ、しょうもないベンチャラを言うな。ところで、お腹は空いてないか？　昨日から、何も食べてない？　ほな、何か良え物をもろてきたるわ」

話をしてると、奥の方から「コイコイコイコイ、クロクロクロクロ！」。

ク「おォ、御主人が呼んでなさる。良え物をもろてきたるよって、待っててえよ！」

牛蒡《ごんぼ》みたいな尾を振り、奥へ走って行くと、何かをくわえて帰ってきた。

ク「さア、食べなはれ」

△「わッ、立派な魚ですな。一体、何です？」

ク「あア、鯛の浜焼や」

△「わア、贅沢ですな。兄さんが、先へ食べとおくれやす。私は、残った骨をいただきますわ」

ク「鯛の骨みたいな固い物が喉へ刺さったら、えらいことになる。お前のためにもろてきたよって、遠慮せんと食べなはれ。こんな物は、始終食べてるわ」

△「ほな、頂戴します。漆《うるし》の塗りの器で、上等ですな。こんな器で食べてたら、舌が荒れんで宜しい。いつも欠けた擂鉢《すりばち》で食べてたよって、舌がザラザラになってますわ」

主「コイコイコイコイ、クロクロクロクロ！」

ク「ほゥ、また呼んでござる。あァ、一寸待ってえよ！」

また、牛蒡みたいな尾を振り、奥へ走って行くと、何かをくわえて帰ってきた。

ク「さァ、食べなはれ」

△「今度は、何です？」

ク「鰻巻《うま》きと言うて、鰻を卵で巻いてある」

△「鰻や卵だけでも美味しいのに、御馳走ですな。どうぞ、兄さんが先へ食べとおくれやす。余ったら、私が頂戴しますわ」

ク「何で、そんなに気兼ねをする。わしは、こんな物は食べ飽きてるわ。今晩辺り、アッサリ奈良漬で茶漬でも食べたいと思てるぐらいじゃ」

△「ほな、頂戴します」

暫《しばら》くすると、また、「コイコイコイ、クロクロクロ！」

ク「おォ、また呼んでござる。お呼びが多い所を見ると、弟が来たことが知れたらしい。汁物か何かをもろてきたるよって、待ってえよ！」

牛蒡みたいな尾を振り、奥へ走って行くと、今度は尾を下げ、シオシオと帰ってきた。

△「もし、兄さん。今度は、何を呉れはりました？」

ク「いや、何も呉れなんだ」

△「そやけど、『コイコイコイ、クロクロクロ！』と言うてはりましたわ」

ク「坊ンに、オシッコをさしてはった」

解説「鴻池の犬」

この落語は、三重県立図書館の禁帯出本だった『上方はなし』（三一書房、昭和四十六年）を、私が通っていた三重県立松阪工業高校の校長の貸出依頼書で借り受けられたことで全容がわかり、同じ頃、『桂米朝落語大全集』第一集（東芝ＥＭＩ）で聞くことも出来たネタです。

それまでにラジオで聞いていたかも知れませんが、記憶にありません。

桂米朝師は『上方はなし』第四九集（樂語荘、昭和十五年）へ掲載された五代目笑福亭松鶴の速記を頼りに復活しましたが、古い演者の口演は一度も聞いていないそうです。

明治時代の演芸雑誌『百花園』二二五号（金蘭社、明治三十年）へ、初代三遊亭圓左の口演が掲載されたのが、「鴻池の犬」の演題を使った最も古い速記で、「何かお耳新しいものと存じまして、先年大阪表へ参りまして覚えて参りました」と述べています。

東京落語「大どこの犬」という演題は、三代目三遊亭圓馬が最初に使ったようで、朝寝坊むらく時代の速記が『文藝倶楽部』第十六巻第一号（博文館、明治四十三年）へ掲載されており、舞台を東京へ移し、鴻池家を岩崎家へ直していますが、圓馬も上方で活躍しただけに、「大どこ」という上方言葉を使ったのでしょう。

八代目林家正蔵師は、大正十二年頃、上方の二代目桂三木助の許へ稽古に通った時、「良か

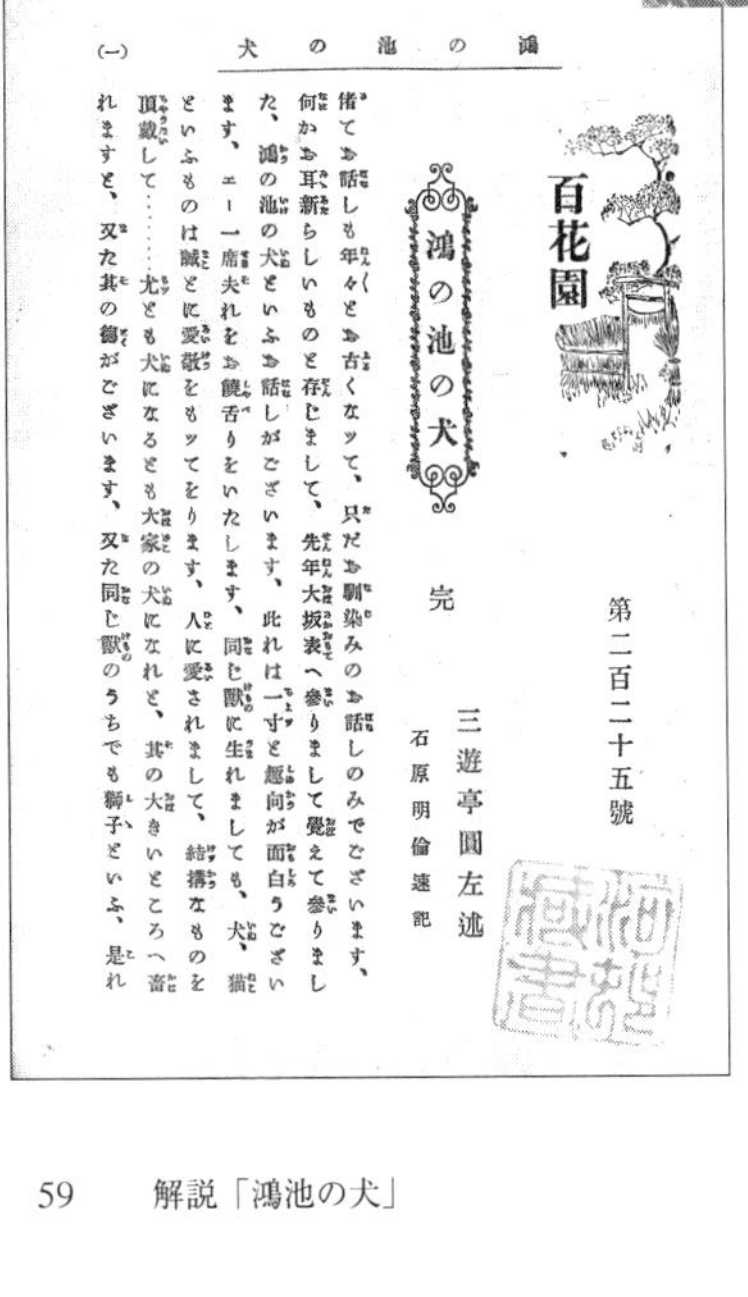

百花園

第二百二十五號

鴻の池の犬

三遊亭圓左述

石原明倫速記

完

鴻の池の犬 (一)

偖てお話しも年々とお古くなッて、只だお馴染みのお話しのみでございます、何かお耳新らしいものと存じまして、先年大坂表へ參りまして覺えて參りました、鴻の池の犬といふお話しがございます、此れは一寸と趣向が面白うございます、エー一席夫れをお饒舌りをいたします、同じ獸に生れましても、犬、猫といふものは誠とに愛敬をもッてをります、人に愛されまして、結搆なものを頂戴して……尤とも犬になるとも大家の犬になれど、其の大きいところへ畜れますと、又た其の德がございます、又た同じ獸のうちでも獅子といふ、是れ

『百花園』225号（金蘭社、明治30年）の表紙と速記。

『文藝倶楽部』第16巻第１号（博文館、明治43年）の表紙と速記。

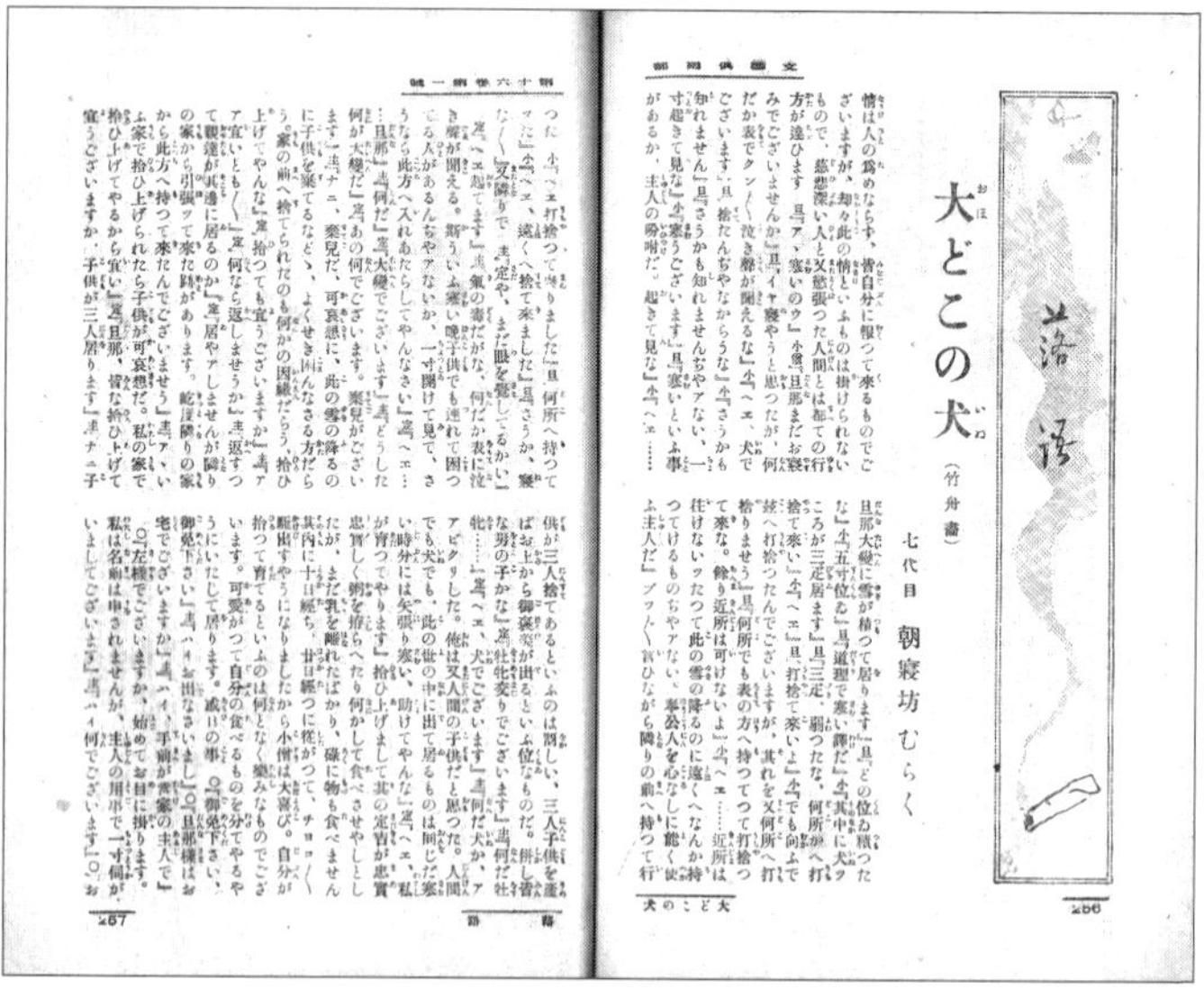
文藝倶樂部

落語

大《おほ》どこの犬《いぬ》

（竹舟書）

七代目 朝寝坊むらく

大どこの犬 256

第十六巻第一號

落語 257

ったら、私も教えてあげよう」と述べた桂文治郎から、「鴻池の犬」と「欲の熊鷹」を教わりましたが、結局、「欲の熊鷹」は演らず終いだったそうです。

文治郎は、音曲や女性描写が見事な上、噺の構成が簡潔で、省略の上手い人だったようで、正蔵師の省略の上手さは、文治郎の影響を受けているという意見もありました。

この落語は、前半が大阪船場の商家の日常を描き、後半は鴻池宅へもらわれていった犬を擬人化して物語を進めますが、完全に噺の色合いが変わる訳ではないので、人間社会から犬の世界へ自然に移行することが望ましく、それに演者の経験や人格を加え、ホンワカとした、人情味溢《あふ》れる物語にしなければなりません。

米朝師は「『鴻池の犬』の演題をプログラムへ掲載して演じる場合、予め犬の話であると知れ、最初の捨て子の件《くだり》が犬のことだと、先に観客へ知れてしまうのが辛《つら》い点」と述べておられましたが、私は師匠（二代目桂枝雀）に「『鴻池の犬』という演題は、人間世界と犬の温かい関係を感じます」という思いを伝えたところ、師匠から「確かに、そう思う」と共感を得ることが出来たので、この演題で良いのではないかと思っています。

登場人物は好人物ばかりで、最初の家の主人は実直で、しっかりした船場の中店（※ちゅうみせ・ちゅうだな。中程度の商家のこと）の旦那の典型だと、米朝師から教わりました。

原話は、『聞上手』三篇（安永二年、江戸板）の「犬のとくてゐ」。

犬が二、三匹寝てゐる。「黒こいこい」とよぶ声に、ぶちが首をあげて、「コレ黒よ、おのしをよぶは、行つてこい。何ぞにならふ」といへば、「アアねむたい。そち行つてきや」。「それでも黒々と呼ぶから、そちがとくゐだらう。貴様行き給へ」といふ故、黒むくむくと起きてかけ行きしが、ほどなく帰り又ねころぶ。「どふだ、魚かやきめしか、何になつた」と問へば、「ナニサ、子供の小便《しし》だ」。

＊　＊　＊　＊　＊

子どもにオシッコをさせる時、「シィーッ、コイコイ」と、親などが声を掛けるのは、関西だけの風習かも知れませんが、少なくとも五十年前、三重県松阪市では、そのように言っていました。

昔、「シィーッ、コイコイ」と言うと、犬が呼ばれたかと思い、間違えて、走ってくることが、よくあったそうです。

そう言えば、私が幼い頃、家の表の道でオシッコをしていた時、付き添ってくれた祖母が、「シィーッ、コイコイ」と言うと、先程まで居なかった飼い犬が、急に横へやって来たことがありました。

　昔のオチは「坊ンに、しし（※小便）やってはった」「坊ンに、ししさせてはった」でしたが、「しし」という言葉が通じにくくなったので、米朝師が「オシッコ」という言葉に言い替えたそうです。

　六代目笑福亭松鶴師も時折上演し、「上方落語古今十八番集」第四集（ポリドールレコード）へ収録されましたが、その音源で覚え、昭和六十二年九月五日、大阪・北御堂ホールの自身の独演会で上演したのが、松鶴師の倅・五代目笑福亭枝鶴師で、私も当日、その高座を見せていただきました。

　当日のプログラムは、「煮売屋」笑福亭小つる（現・六代目笑福亭枝鶴）、「初天神」笑福亭枝鶴、「向う付け」笑福亭仁鶴、「鴻池の犬」笑福亭枝鶴、（仲入り）「野ざらし」古今亭志ん朝、「一人酒盛」笑福亭枝鶴。

　その会の数日前、大阪畳屋町・暫で開催された「島之内寄席／暫亭」で、枝鶴師が高座へ掛けた「一人酒盛」は素晴らしい出来で、終演後も楽屋で機嫌が良かったのですが、独演会では志ん朝・仁鶴両師の抜群の出来に気後れしたのか、「鴻池の犬」「一人酒盛」共に出来が悪く、終演後、楽屋で落ち込んでいた姿が忘れられません。

　枝鶴師を七代目松鶴にするために企画された会だけに、後味の悪い終わり方でした。

　その月の二十二日、道頓堀角座で開催された「六代目笑福亭松鶴／追善落語会」のトリで、「らくだ」を演じる予定でしたが、会場へ現れず、七代目襲名も夢となったのです。

枝鶴師が行方不明になった後、私は三度出会いました。

一度は道頓堀中座の前、もう一度は近鉄八木駅のホーム、そして、三度目は、平成二十六年四月二十七日、大阪玉造の「猫間川寄席／百回記念」の時、会場である、さんくすホールに近い長堀通にあった岩木病院の前です。

岩木病院の横の喫煙所から浴衣姿で出てこられた時、顔が松鶴師にソックリで、驚きました。

一度は通り過ぎましたが、「今日こそは、声を掛けてみよう」と思い、枝鶴師の所まで戻り、「アノ、枝鶴師匠ではありませんか?」と尋ねると、ハッキリした口調で「はい、笑福亭枝鶴です。ところで、君は誰?」と聞かれたので、「はい、桂文我です」と言うと、先代のことだと思われると思い、「覚えておられるかどうかはわかりませんけど、枝雀の弟子で、桂雀司です」と名乗ると、しばらくの間、私の顔を見つめ、「あァ、思い出した。雀司君、元気か?」。

病院から出てきた方に「元気か?」と聞かれるのも妙でしたが、「お陰様で、元気にしてます」と答えると、「あァ、そうか。今、この病院に居てる。ほな、また」と仰り、岩木病院へ戻って行かれました。

時として、不思議な出会いもありますが、久し振りに枝鶴師と話せたことは、大変うれしく、強烈な思い出として残っています。

「鴻池の犬」から話は逸れましたが、これも上方落語界の歴史の一ページだと思いますので、あえて申し上げました。

話を「鴻池の犬」へ戻しますと、このネタには、今では使わない言葉が数多く出てきますが、天赦日は一年のうち、五、六回だけあり、天の神様が全ての罪を許して下さる、何をするにも「吉」の日のことです。

また、鴻池についても、少しだけ述べておきましょう。

上方の人間にとって、鴻池は大金持ちだけではなく、富の象徴・大阪の誇り・庶民のアイドル的存在で、江戸の三井や住友とは感覚的に違い、反感や皮肉の対象になったことも少なく、富豪であっても、極めて身近な人と言われています。

鴻池家は、戦国武将・山中鹿之介の次男・新六が、兵庫伊丹で始めた造り酒屋で、江戸時代初期に大坂船場へ拠点を移すと、新六の八男・善右衛門正成が両替商で名を成し、以後、当主は代々、善右衛門を名乗り、多角経営と、合理的な経済感で、江戸期を通じ、長者番付の筆頭となりましたが、明治以降は近代化への適合が遅れ、地方的な小財閥へ停まったと言われています。

明暦二年、内久宝寺町で両替商を始めた鴻池家は、延宝二年、今橋二丁目へ店を移し、天保八年、大塩平八郎の乱で、建物の大半が焼けましたが、間もなく、同じ場所へ再建し、第二次世界大戦の戦火も逃れ、焼け残りました。

大阪船場のシンボルだった鴻池邸は、大阪美術倶楽部が買い取り、昭和五十五年に解体を始め、跡地はビルとなり、一部は奈良市内へ移築されています。

鴻池善右衛門は、落語でも名前が頻繁に登場しますが、同じく豪商である住友は「佐々木裁き」などで、住友の浜が出てきたり、「三十石夢の通い路」の帳面付けのシーンや、「高宮川天狗酒盛」で名前が出てくるぐらいでしょう。

平成十四年四月二十六日、四十歳を越えた頃、大阪梅田太融寺で開催した「第二十四回／桂文我上方落語選（大阪編）」で初演しましたが、覚えたネタを師匠（二代目桂枝雀）に聞いてもらったのは、二十代後半でした。

丁度、いくつかのネタで、従来の構成・演出を替えてみたいと思っていた頃で、「鴻池の犬」もネタの前後を入れ替えてみたのです。

つまり、冒頭を鴻池にもらわれて行ったクロが立派になり、玄関の敷居へ顎を乗せ、昼寝をしていると、捨て犬だった幼い頃の夢を見る場面から始めました。

従来の冒頭部分を劇中劇とし、鴻池へもらわれて行く所で夢が醒めるという構成にし、師匠に聞いてもらうと、「確かに、その演り方もあると思うけど、このネタは、あくまでも犬の出世物語だけに、ジグソーパズルを組むように噺を進める方が良え。今は普通に演って、齢取ってから、そんな演り方をしたら」と言われたのです。

確かに仰る通りで、それからは従来の構成で上演していますが、一度、以前に考えた構成でも演ってみたいと思いますので、その時は宜しくお付き合い下さいませ。

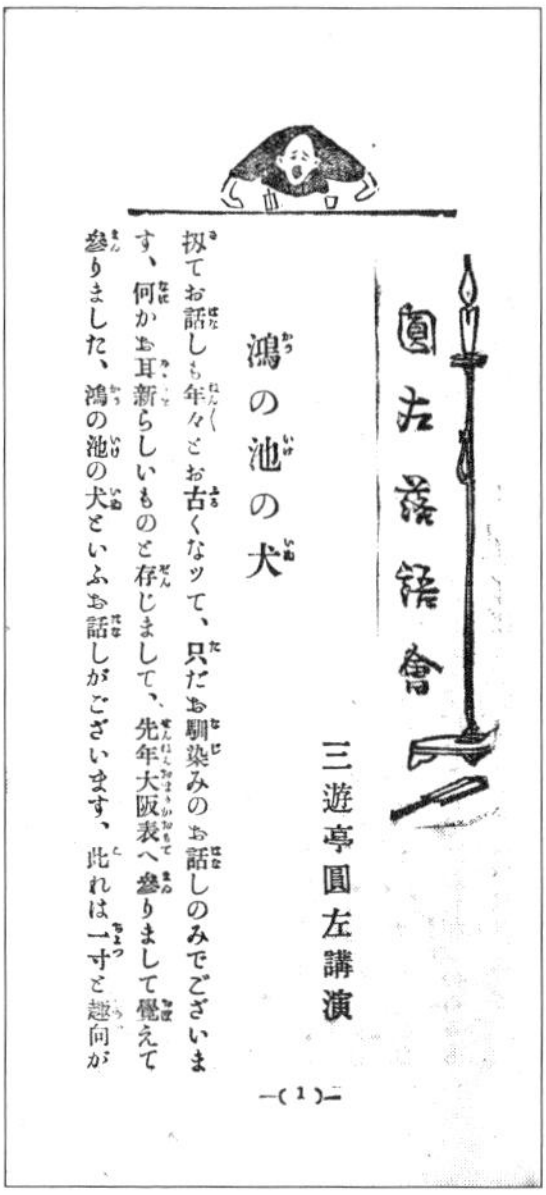
圓左落語會

三遊亭圓左講演

鴻《かう》の池《いけ》の犬《いぬ》

扨《さ》てお話《はな》しも年々《ねん〳〵》とお古《ふる》くなッて、只《た》だお馴染《なじ》みのお話《はな》しのみでございます、何《なに》かお耳新らしいものと存《ぞん》じまして、先年大阪表《せんねんおほさかおもて》へ参《まゐ》りまして覚《おぼ》えて参《まゐ》りました、鴻《かう》の池《いけ》の犬《いぬ》といふお話《はな》しがございます、此《こ》れは一寸《ちよつと》趣向が

—(1)—

『圓左落語會』（三芳屋書店・松陽堂書店、明治41年）の表紙と速記。

このネタで、船場の中店の旦那が「三日でも飼うたら、情が移ります。何ぼ犬でも、酷たらしい目には遭わしとない。どうぞ、お帰りやす！」と、鴻池の手代へ述べる台詞《せりふ》に、未来永劫伝えたい、心の温かさを感じます。

齢を重ねるに連れ、自然に情が滲《にじ》み出るようになれば幸せですが、それを意識している間は無理かも知れません。

戦前の速記本は『圓左落語會』（三芳屋書店・松陽堂書店、明治四十一年）、『滑稽落語 臍茶』（田中書店、明治四十四年）、『滑稽落語／臍の宿替』（杉本梁江堂、明治四十四年）、『落語三遊集』（三芳屋書店・松陽堂

第１回　笑福亭枝鶴独演会のプログラムの表紙（北御堂・津村ホール、昭和62年）

書店、大正三年）、『滑稽落語／おへその逆立ち』（一書堂書店、大正六年）、戦前の雑誌は『百花園』『上方はなし』などへ掲載されています。

ＬＰレコード・カセットテープ・ＣＤは、六代目笑福亭松鶴・三代目桂米朝・二代目桂枝雀などの各師の録音で発売されました。

五里五里芋《ごりごりいも》

大阪見物へ来た二人の田舎者が、日本橋の宿屋へ泊まり、彼方此方を見て廻る。

次「コレ、太郎作や」

太「何じゃ、次郎作」

次「さァ、ボチボチ宿屋へ帰るだ」

太「ワレは、宿屋へ帰る道を知っとるか？」

次「いや、オラは知らん」

太「宿屋を出る時、ワレを頼りにして来ただ。アレ、何か書いてある。ほゥ、八里半？
宿屋まで、八里半もあるか。そんだら、この家で尋ねてみるだ」

次「あァ、それが良かんべえ」

太「もし、真っ平御免くらっせえ。チョックラ、物を尋ねますだ。看板へ八里半と書いてあるけんども、どこまでが八里半でごぜえやす？」

〇「あァ、田舎の御方。さァ、此方へ入りなはれ。そんな所で立ってたら、犬が小便を掛ける。八里半と書いてあるのは、田舎の御方は知らんやろ。大阪の町へ売りに来る芋屋は、大きな馬が飛んでる腹へ、芋の字が書いてある看板を出して、『馬（※美味）い芋』としてある。昔は『九里（※栗）より（※四里）美味い、十三里』と書いたけど、どれだけ美味しい芋でも、栗より味は落ちる。もう一寸美味しかったら、栗と同じような味になるけど、栗より味が落ちるよって、八里半と書いた。田舎の御方に、洒落《しゃれ》で書いたのはわからんやろ」

太「コリャ、たまげた！　そんだら、インチキ芋かえ？」

〇「コレ、ケッタイなことを言いなはんな」

太「次郎作、聞きよったか。栗より美味《うめ》え芋は無《ね》えで、八里半と書いたらしい。チョックラ、食べてみるか」

次「あァ、良かんべえ。わしらは奥州の者でごぜえやすが、分けてもらいたい」

〇「へェ、何ぼほど？」

太「田舎者は少食だで、二銭もありゃええだ」

○「いや、二銭では売れんわ。唯、国へ帰って、大阪の芋は高かったと言われるのも嫌や。ほな、十銭の大きな芋が二つ、二銭で宜しいわ」

太「ほゥ、有難え！　二十銭を二銭にしてもらえるなんて、済まんことで。（銭を出して）さァ、銭を渡しますだ。そんだら、よばれます。（芋を食べて）コレ、太郎作。この芋の、どこが美味え。ホコホコの芋だったらええけんども、歯の間へ筋が挟まって、食べ辛《づれ》え。コレ、芋屋さん。この店の看板は、十里と書いた方がええだ」

○「八里半を十里と書き直すのは、栗より美味いということか？」

太「いや、そうでねえ。食べた芋が、ゴリゴリ（※五里五里）だ」

解説「五里五里芋」

学生時代、先生や友達へユニークな綽名《あだ》を付け、喜んでいたことを思い出します。

令和の今日、綽名は苛めにつながると、綽名禁止の学校もあるそうですが、その当時、綽名を付けられて落ち込む者はおらず、先生方も生徒を綽名で呼んでいました。

今から思えば、先生にも失礼な綽名を付けたと思いますが、秀逸な作品（?）が多かったことも事実です。

ボテッと太り、ダブダブのズボンを穿いている先生は「ブースカ」。

色白で、見事に前髪が無くなった先生が「ダイヤモンドヘッド」。

一番酷かったのは、いつも顔色が悪く、フラフラ歩いている先生は「死にかけ」。

「死神」という綽名ではなく、「死にかけ」とした所が秀逸でした。

この先生が長寿だったと聞き、ホッとした次第です。

友達の綽名は、次々に変化するのが面白く、村田宣之《のりゆき》君は、「のりゆき」が「ノリクラ」になり、鈍臭い行動を繰り返したので、「ドンクラ」へ変化しました。

刀根裕和君は色白で、丸い顔だったので、「饅頭」と呼ばれていましたが、中学校で国語担当の山本幸子先生が冗談で、「饅頭のことを、英語で『オストアンデル（※押すと、餡出るの洒落）』

と言うのを知ってる？」と仰った時から、刀根君の綽名は「オストアンデル」へ変化したのです。

山本先生は、授業で生徒の気が散漫になると、駄洒落で英語らしく言う言葉を紹介し、生徒の気を集めて下さいました。

水道を「ヒネルトジャー（※捻ると、ジャー）」、自転車を「フンダラマワリ（※踏んだら、廻り）」など、最初は生徒へ駄洒落が伝わらず、皆、ポカンとした顔をしていましたが、次第に気が付くと、クスクス笑いが拡がり、最後に爆笑となり、収拾の付かなくなることがあったのも、楽しい思い出です。

駄洒落は、ある程度の年齢になれば、かなり楽しめる遊びと言えましょう。

それを商売へ利用している場合もあり、例を挙げると、私が生まれ育った三重県松阪市の山中に焼芋屋などは無かったので、近所の神社・寺の境内で焚火をした時、サツマイモを焼き、子ども達へ配っていましたが、松阪駅前には焼芋を売っている店があり、「十三里」と書いた看板が出ていたのが、幼い頃の記憶に残りました。

「十三里は、九里四里（※栗より）美味いという洒落」と、祖母が教えてくれましたが、「栗より、サツマイモの方が美味しい」と思っていた私は、理解に苦しんだのです。

大人は「サツマイモより、栗の方が美味しい」と思っていた方が多く、殊に戦争を通り越してきた方は、戦中戦後、痩せたサツマイモばかりを食べていたトラウマで、「サツマイモは、

『春團治三代／二代目桂春團治③』（日本クラウン株式会社、平成11年）

もう堪忍！」と、悲壮な声を上げる方も少なくありませんでした。

令和の今日、品種改良を繰り返し、味が良くなった上等の焼芋が人気を呼び、高価で売り出されている現実を考えると、サツマイモの存在価値が高まったことは否めません。

話は「五里五里芋」に移りますが、平成三十年六月十日、東京らくごカフェで開催した「第六回／『雪月花三人娘』連続口演」で初演しました。

元来が小噺だけに、寄席や落語会で、自分の前へ出た噺家が長く演ってしまった後など、時間調節のための便利なネタになっていたのです。

二代目桂春團治は、複数の会社のＳＰレコードへ吹き込んでいますが、両面約六分のＳＰレコードには都合の良い長さであり、レコード会社から依頼があると、このネタを選んだのでしょう。

「五里五里芋」のオチをギャグとして、その後で「上方見物」「鏡屋女房」「牡丹湯」をつなげることも可能だけに、確かに便利なネタなのです。

全国各地の落語会や独演会で上演しましたが、短編でありながら、それなりにプラスポイントを稼いでくれるネタとなりました。

冬の寒い日に上演した時、お客様のアンケートに「焼芋のネタを聞くと、心が温かくなります」という意見をいただき、此方の心が温かくなったことを覚えていますし、このような短編も大切にし、季節感を加えながら、これからも上演し続けようと考えている次第です。

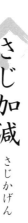

さじ加減

さじかげん

大坂瓦屋町の名医・阿部元慶《げんけい》の倅・元益《げんえき》は、今年二十五で、男の道楽の呑む・打つ・買うを一切せず、立派な医者になるため、勉学に励んでる。

唯一つの楽しみは、弘法大師が祀ってある寺へ、米を持って参詣する、毎月二十一日の大師巡り。

気の置けん友達と出掛け、茶店で焙《ほう》じ茶を啜《すす》り、「極楽、極楽」と言う、今の若者では、とても考えられん楽しみ。

或る日のこと、大師巡りの後、住吉街道を南へ下り、住吉大社へ足を延ばした。

四社《ししゃ》の社へ参詣した後、住吉新地を通った時、ポツッ、ポツッと大粒の雨。

喜「あァ、降ってきました。傘を持ってこなんだよって、難儀なことになりましたな。加納屋というお茶屋の軒先で、雨宿りをさしてもらいますわ。（加納屋へ入って）もし、加納屋さん。雨に降られたよって、軒先を貸しとおくれやす」
加「住吉さんへ御参詣でしたら、遊んでもらわんでも、座敷へお上がり」
喜「ヘェ、おおきに。もし、先生。どうやら、座敷で休ましてもらえるそうですわ」
元「空が暗《くろ》なって、雷まで鳴り出しました。暫くの間、雨は止まんと思います」
喜「この店で一杯呑んだら、雨が止まんでも、傘ぐらい貸してくれますわ」
元「喜助さんはイケる口でも、私は餅や甘酒の方が宜しい」
喜「野暮なことを言わんと、住吉さんも『二人で、一杯呑む方が良え』と言うてますわ」
元「住吉さんは、何も言うてない」
喜「取り敢えず、そうしなはれ。加納屋さん、一杯呑ましてもらいます。座敷へ膳を据えて、酒を運んで、別嬪の芸妓《げいこ》を呼んで。先生、盛り上がってきましたな！」

喜助が、一人で盛り上がってる。
元益も座敷へ通り、酒を嘗《な》めるように呑んでる所へ来たのが、芸妓のお花。
齢は十八、住吉新地で五本の指に数えられるほどの器量良し。
髪は烏の濡れ羽色《ばいろ》、三国一の富士額、鼻は高からず、低からず。

色が抜けるほど白て、肌が透き通って見えた。

喉の所に、痣《あざ》みたいな物がある。

近付いて見ると、朝食べた味噌汁の具の若芽の引っ掛かってるのが見えたというほどで。

堅物の元益も、観世音菩薩みたいな、お花のお酌だけは、よう断らん。

花「お一つ、どうぞ」
元「(高い声を出して) チョーダイ、致します!」

頭の天辺から声を出し、勧められるまま、酒を呑む。

何が何やらわからんようになり、気が付くと、自分の家の布団の中。

家の者に聞くと、駕籠に揺られ、機嫌良う帰ってきたらしい。

頭の中は、お花一色。

堅物の堤が切れると、道楽の大洪水が押し寄せてくる。

住吉新地の加納屋通いは、小遣いでは足らんので、親の金へ手を付けた。

行き着く先は、親の意見。

それでも聞かなんだら、勘当という仕儀になる。

親「わしの大事な本も売るとは、堪忍ならん。勘当するよって、出て行きなはれ！」
元「どうぞ、お身体を大切に。病気になったら、しっかりした医者に診てもろて」
親「コレ、わしが医者じゃ。あァ、どこへでも好きな所へ行きなはれ！」
元「昔から、『お天道《てんと》さんと、米の飯は随いて廻る』と申します」

偉そうなことを言うて、ポイッと家を飛び出した。

毎日、お天道さんは随いて廻っても、米の飯が随いて廻らん。

「今更、親許へ帰れん。自分の力で勉強して、医者で身を立てるしかない」と、切り替えの速い人だけに、平野町の手頃な長屋を借り、医者の看板を出す。

元々、腕の良え医者で、子どもから年寄りまで分け隔て無《の》う、親切に療治をするので、評判を呼び、暮らしも楽になってきた頃、お花のことを思い出した。

元「お花の所へ行かんようになって、半年経った。あァ、お花に逢いたい。どうやら、住吉へ足が向いてたような。（加納屋へ入って）えェ、御免」
加「おォ、阿部の先生やございませんか！　コレ、お茶を淹れて。お座布を、お当て下さいませ。今まで、どうなさいました？　ほォ、お家を勘当に」

元「やっと落ち着いたよって、寄せてもらいました。早速、お花を呼んどおくれやす」
加「あァ、お花のことは御存知無い？　何か、お花と約束をしませんでしたか？」
元「お恥ずかしいことながら、末は夫婦と」
加「座敷勤めをしてても、本気の芸妓も居りますわ。約束の後、お越しにならんよって、思い詰めてしもて。『ソレ、向こうを向いてなはれ』『フゥーン』『さァ、此方を向いてなはれ』『フゥーン』。医者へ診せたら、ブラブラ病やそうで。食べ物が喉を通らんよって、痩せる一方。ウチの座敷へ出てましたけど、近江屋の子飼いの芸妓で。近江屋が『加納屋の座敷で先生に逢うたよって、こんな身体になった。お宅で引き取って、面倒を見てもらいたい！』と言うよって、ウチの離れで世話をしてます。ウチも縁起商売だけに、病人を置くのは困ってますわ」
元「私のせいで、お花が病気になった。ほな、お花の療治をしたらあきませんか？」
加「あァ、先生は医者でしたな。それは宜しいけど、お花の年季が残ってます。いっそのこと、身請けをなさいませ。十両出してもろたら、近江屋へ話を付けてきますわ」
元「長屋は物騒で、有金を持ち歩いてます。懐に十二、三両あった。（金を出して）ほな、これで話を付けとおくれやす」
加「今、十両持ってなさる！　ほゥ、金持ちですな。ほな、近江屋へ行ってきます。私は、中へ立つのが好きな男で。暫く、お待ちを。（近江屋へ来て）えェ、御免！」
近「加納屋さんには申し訳が無うて、合わせる顔が無い。お花の面倒を見なあかんのに、直に『あァ、加納屋さんの座敷』と言うて出て行くよって、お宅へ任したままで」
加「そんなことは、気にしなはんな。今日は、お宅を喜ばそと思て。久し振りに阿部の先生が来て、訳を言うたら、『お花の身請けをして、療治をする』と言い出して」
近「ほな、お花の身体は良うなりますな」
加「良うなるかどうかはわからんけど、身請けをしてくれるのは有難い。先生が身請けに、三両出すと言うてます。唯、身請けの金をもろて、病人を渡すのも不人情な。お花の見舞いへ、三両付けてやったら綺麗やと思います」
近「身請けの金は、どうでも宜しい。手数をお掛けしますけど、お願いします」
加「私は、中へ立つのが好きな男で。先生は身請けの金を出すと言うし、お宅は三両付けると言うし。世の中は、良え人ばっかりで良かったですな！」

加納屋が中へ立ち、十両を懐へ入れてしまう。
お花を駕籠へ乗せ、平野町の長屋へ送り届け、元益が一生懸命に療治をした。
薄紙を剥《は》ぐように良うなるどころか、厚紙を引き千切るように良うなる。

目が虚《うつ》ろで、顔色も悪かったのが、目に光が射し、望みが出てきた。
ひかりの後で、のぞみが出るという、新幹線みたいな女子で。
半年程経つと、元通りの身体になった。

元「あァ、有難い！　加納屋さんへ手紙を出したら、喜んでくれるわ」
加「(近江屋へ来て)ぇェ、御免！」
近「あァ、加納屋さん。お花のことで、お世話になりました」
加「そんなことは、どうでも宜しい。お花が、えらいことになりまして」
近「えッ、悪なりましたか？」
加「いや、良うなりました」
近「ほな、宜しい」
加「いや、良えこと無いわ。お花が達者になったら、住吉へ連れ戻して、座敷へ出した方が宜しい。齢が若《わこ》て、器量も良えよって、もう一儲け出来ますわ」
近「お花は、阿部の先生が身請けをしてくれました」
加「あの時、先生へ身請け証文を渡しましたか？　何ッ、渡してない。それやったら、お花を連れて帰っても、文句は言えん。ほな、任しなはれ。私は、中へ立つのが好きな男で。ほな、先生の所へ行ってきますわ。（元益の家へ来て）先生、御免！」
元「はい、誰方？　あァ、加納屋さん」
加「手紙を読ましてもらいましたら、お花が達者になったそうで。大した物やございませんけど、お祝いの品。どうぞ、お納めを」
元「コレ、お花。加納屋さんから結構な品をいただいたよって、御礼を言いなはれ」
加「おォ、お花！　病いが治って、器量が上がったな。良かったと言いたい所やけど、近江屋が座敷へ出したいと言うよって、迎えに来た。さァ、住吉へ帰ろか！」
元「もし、一寸待った！　身請けの金の十両は、加納屋さんへ渡しましたわ」
加「確かに、お預かりしました。唯、あの時、お花の身請け証文をもらいましたか？　何ッ、もろてない。ほな、身請けにならん。世の中は、書いた物が物を言いますわ。近江屋に証文があったら、お花は近江屋の者や。さァ、住吉へ帰ろか」
元「もし、そんな無茶な！」
加「いや、無茶も糞もない。お花、行こか！」
家「えェ、御免」
元「あァ、家主さん。アノ、一寸取り込んでおりまして」
家「おォ、取り込み事は大好き。お初に、お目に懸かります。長屋の家主で、佐兵衛と申しますわ。通り掛かったら、大きな声が聞こえた。聞こと思て、聞いた訳やない。お宅の声が大きいよって、聞こえただけじゃ。お花さんの身請けをしたと聞いてるけど、其方に証文があったら、仕方無い。唯、何の知らせも無しに連れて行くのは、不人情じゃ。お宅の顔が立つようにするよって、一晩待っとおくれ。わしは、中へ立つのが好きな男じゃ。ゴジャゴジャ言うと、お宅が小そ見える。明日の朝、ウチへ来とおくれ。路地を出た突き当たりで、わしと婆と猫の三人家内で、どこへも逃げやせん。気を付けて、お帰り。ほな、さいなら！　先生、えらいことになりましたな」
元「あァ、誠に面目無いことで。やっぱり、お花を住吉へ返さなあきませんか？」
家「いや、返さんでも宜しい。身請けに、十両払た！　証文が無うても、心配は要らん。わしが中へ立つよって、大船へ乗ったつもりで居りなはれ。ほな、さいなら！　(明朝になって）コレ、婆さん。今日は住吉から、加納屋というヌケ作が来る。お茶を出すらいやったら、煮え湯を掛けたれ。玄関先で猫が餌を食べてるけど、そのままでええ。ヌケ作が来ても、何も言いなはんな。おォ、加納屋が来た」
加「えェ、お早うございます。昨日は、失礼しました」
家「はい、誰方？　あァ、加納屋さん。齢を取ると、物忘れが酷い。コレ、婆さん。朝早うから、住吉新地の加納屋さんがお越しになった。住吉でブイブイ言わしてなさる、お茶屋の旦那じゃ。そんな方がお越しになる時、手ブラで来はる訳は無いわ」
加「朝が早て、どこの店も開いてませんでした。（金を出して）些少ですけど、これで一杯呑んどおくれやす」
家「アレ、済まんことで。婆さんが要らんことを言うよって、加納屋さんが気を遣いなさった。これは、わしがもろた分！　あんたの分は、まだ出んのじゃ」
加「あァ、お内儀の分。（金を出して）これで、お菓子でも買うていただきまして」
家「アレ、婆さんの分も下さる。婆さんが要らんことを言うよって、また加納屋さんが気を遣いなさった。これが、わしの分。此方が、婆さんの分。猫の分は、まだ出んわ」
加「あァ、猫も居りますか。（金を出して）ほな、これで鰹節でも買うてもろて」
家「アレ、猫の分まで下さる。タマ、お礼を言いなはれ」
猫「ニャオ！」
家「あァ、それでええ。いただいた物は、其方へ片付けて。ところで、何の御用？」
加「取る物だけ取って、用事を忘れたら困りますわ。いえ、昨日のお花の一件」
家「あァ、思い出した。お花さんへ話をしたら、住吉へ戻りとないし、座敷勤めは真っ平御免と仰る。嫌と言う者の首へ縄を掛けて、引っ張って行く訳にも行かん。無駄足を運ばしたけど、お引き取りを。ほな、さいなら！」

加「コレ、一寸待った！　子どもの遣いやなし、顔が立つようにすると仰って」
家「立てよと思たら、直に転《こ》けた。仕方無いよって、寝かしときなはれ」
加「おい、家主！　下手に出てたら、良え気になりやがって。己《おのれ》は、ほんまに頼り無い。証文は此方にあるよって、出る所へ出たら、証文が物を言うわ」
家「ほゥ、証文が物を言うか。紙だけに、ペラペラと」
加「コレ、何を吐《ぬ》かしてけつかる！　連れて帰るわ、腰抜け家主！」
家「大きな声を出したら、ビックリすると思てるか。（大声を出して）大きな声は、わしも出るわ！　わしは長屋三十六軒の家主で、町役も務めてる。一声掛けたら、長屋の者が出てきて、あんたの足腰が立たんようにするぐらいは朝飯前じゃ」
加「何を、このガキ！」
家「あッ、猫の皿を踏み割った！　カケラで足を切ってるけど、痛いかえ？」
加「ええい、喧《やかま》しい！　出る所へ出て、話をするわ」
　頭から湯気を立てて帰った加納屋が、渋る近江屋を説き伏せ、恐れながらと、西の御番所へ訴えて出た。
　早速、原告・被告へ差し紙が届き、お呼び出しになる。

西の御番所は、本町橋東詰を北へ行った所で、浜側に溜まりという控え所があり、そこで待つ内に、お呼び出しになった。

お白州は、一段高い正面の紗綾形《さやがた》の襖《ふすま》の前へ、四枚の障子と、黒漆の框《かまち》の入った衝立《ついたて》を立て、横へ書記の目安方《めやすかた》の与力が控えてる。

白い砂利の上へ敷かれた胡麻目筵《ごまめむしろ》の上へ座らされると、正面の襖が開き、西町奉行・小笠原伊勢守が御出座になり、目の前の書面へ、目をお通しになった。

奉「平野町二丁目・阿部元益、面を上げい。その方は住吉新地近江屋の芸妓・花なる者を身請け致したそうなが、身請け証文を所持致しておるか？」

元「えェ、お恐れながら申し上げます。証文が無いことで、こんなことになりまして」

奉「何ッ、身請け証文を所持しておらんと申すか。ええい、たわけ！　医者の身でありながら、身請け証文が無くして、身請けが成り立つと思いよるか！　斯様《かよう》なことで、上多様の砌《みぎり》、手数を掛くる段、不届きの至りじゃ。きつく、叱り置くぞ！　コリャ、近江屋に加納屋。近江屋が身請け証文を所持しておらば、花の身は近江屋の者故《ゆえ》、住吉へ連れ帰るが良い。これにて、一件落着。一同の者、立ちませェーい！」

こんなお裁きでは、面白いことも何ともない。
名奉行・小笠原伊勢守は、ちゃんと加納屋のことを調べておられた。

奉「ところで、加納屋。半年の間、花は大病であったと聞く。阿部元益が療治を致したそうなが、身請けを致しておらんのであらば、薬代・療治代は支払うたであろうな？」
加「まだでございますけど、これから払うつもりで」
奉「確かに、支払うであろうな？」
加「ヘェ、お奉行様へ嘘・偽りは申しません」
奉「然と、その言葉を胸へ留め置け。阿部元益、面を上げい。半年の間、その方が花の療治を致しておったそうな。療治代・薬代は、さぞ高く付いたであろう？」
元「えェ、お恐れながら申し上げます。薬代が欲しいよって、看病をしてた訳やございません。お花を達者にするために療治を致しましたよって、薬代は結構でございます」
奉「いや、そう申すな。加納屋は払うと申して居る故、遠慮無く、薬代を申すがよい。心して、返答致せ。医者は、さじ加減が大事じゃ。重ねて聞くが、花は大病と聞いておる。薬代は、さぞ高く付いたであろうな？」
家「もし、先生。高付《たこつ》いて、えげつのう掛かったと言いなはれ」

元「ほんまに、それで宜しいか？　お奉行様、薬代は高付きました」
奉「おォ、さもあろう！　あァ、花は大病と聞いて居る。薬代は一服、幾ら致した？」
元「家主さん、何ぼ？」
家「一々聞かんと、一服二両と言いなはれ」
元「えッ、そんなに高い薬」
家「構わんよって、一服二両と言いなはれ」
元「えェ、一服二両致しました」
奉「おォ、さもあろう！　あァ、花は大病と聞いておる。一日、何服呑ませた？」
元「家主さん、何服？」
家「コレ、一々聞きなはんな。ほな、一日三服と言いなはれ」
元「えェ、一日三服で」
奉「然らば、日に六両であるな。コレ、欣弥《きんや》。療治代を一両足し、半年の間の薬代・療治代は如何程じゃ？」
欣「ハハッ、千二百八十両でございます！」
奉「おォ、左様か。コリャ、加納屋に近江屋。半年の間の、花の薬代・療治代と致し、千二百八十両を即金で支払え！」

加「暫く、お待ち下さいませ！　そんな大金は、とても支払うことは出来ません」
奉「ええい、黙れ！　コリャ、奉行へ偽りを申すか！　阿部元益へ、千二百八十両を即金で支払え。支払えんとあらば、双方下がり、示談と致せ。本日の裁きは、これまで。一同の者、立ちませェーい！」

ゾロゾロゾロゾロと、お白州を下がる。

家「先生、良かったですな！　千二百八十両と聞いた時の加納屋の顔は、絵にも筆にも描《か》けなんだ。明日、ウチへ加納屋が泡を食て来ます。あァ、盛り上がってきましたな！（明朝になって）コレ、婆さん。今朝も住吉新地からヌケ作が来るよって、また小遣いになる。（表を見て）おォ、来た！　今日は、ヌケた顔が青ざめてるわ」
加「えェ、お早うございます。昨日は、誠に相済まんことで」
家「はい、誰方？　おォ、住吉の加納屋さん。コレ、婆さん。こないだ、お越しになった加納屋さんじゃ。住吉でブイブイ言わしてなさる、お茶屋の旦那。そんな方がお越しになる時、まさか手ブラでは来はる訳は無いわ」
加「（紙包みを、次々出して）えェ、これで一杯呑んでいただきたい。これは、お内儀がお菓子でも買うて。これは、猫の鰹節代で」
家「段々、ウチに慣れてきましたな。人の付き合いは、気持ち良う行きたい。お返しするのも失礼やよって、頂戴します。一体、何の御用で？　あァ、昨日のお裁き。キッチリ覚えてて、千二百八十両！　齢を取ると、物覚えが良うなりましてな。金の高も、ちゃんと覚えてますわ」
加「いえ、とても支払えるような金高やございません。昨日のお裁きで、お奉行さんが『払えんとあらば、示談に致せ』と仰いましたよって、何とか示談にしていただきたい」
家「千二百八十両の代わりに、身請け証文を返すと仰る？　ほな、それで宜しい」
加「ほゥ、こんなアッサリ引き受けてもらえるとは思いませんでした。おおきに、有難うございます。ほな、失礼しますわ」
家「コレ、一寸待った！　こないだ、猫の皿を踏み割ったのは、どうしなはる？」
加「あァ、あの汚い皿」
家「汚いは余計で、あの皿は値打ち物じゃ」
加「ほな、皿代を払わしてもらいます。一体、何ぼで？」
家「コレ、婆さん。あの皿は、何ぼで買うた？　指を二本立てたよって、二十両！」
加「えッ、二十両！　あんな汚い皿が、二十両もする訳が無い」

家「コレ、あんたに皿の値打ちがわかるか？　薬代もわからん者が、皿の値踏みが出来るとは思えん。あの皿は、お大名でも欲しがった。ウチは値打物の皿で餌をやるぐらい、生き物を大事にしてる。病人を他人へ押し付けて、薬代で文句を言う輩《やから》とは料簡が違うわ。ほゥ、二十両が払えんか？　ほな、奉行所へ行って」
加「いや、払います！　持ち合わせが無いよって、直に持ってきますわ」
家「遅れたら、中へ立つ日が遅れる。身請け証文と一緒に、耳を揃えて持ってきなはれ。ほな、さいなら！　あァ、溝へ落ちてる。コレ、婆さん。玄関へ、塩を撒きなはれ」
婆「爺さんは、応対が上手い。夜店で二文で買うた皿を、二十両で売るやなんて」
家「それぐらいもろても、罰は当たらんわ」
婆「二十両は、懐へ入れなさる？」
家「いや、そんなことはせんわ。世の中には、困ってなさる御方も多い。方々へ施して、うどんの一膳でも、長屋三十六軒へ振る舞《もう》たら喜ぶじゃろ」
婆「まァ、有難い！　皆が喜ぶのも、お奉行さんのさじ加減のお陰ですな」
家「あァ、これで皆が救（※掬）われた」

解説「さじ加減」

誠に残念なことに、昨年十一月に亡くなられましたが、「圓生全集」（青蛙房、昭和三十五年）を始め、落語や演芸本の構成・編集に尽力された日本一の演芸研究家・山本進氏の仲介で、東京落語界の林家正雀兄から教わりましたが、正雀兄は講談の宝井琴調兄から習ったそうです。

その後、正雀兄から「江島屋騒動」「田能久」なども教わった上、許可を得て、「牡丹燈記」「名人小團次」なども上演するようになりました。

正雀兄は、八代目林家正蔵師の最後の弟子で、正蔵師の怪談噺や芝居噺を見事に受け継いでおられます。

正雀兄の演出は、噺の筋を綺麗に運び、話の内容を楽しむという感じでしたが、私の場合は家主の色を濃くし、噺へアクセントを付けることにしました。

しかし、色が濃くなり過ぎると、いやらしい雰囲気が漂うだけに、ギリギリの所で快さを残すように努めています。

一番の盛り上がりは、奉行の裁きの場面ですが、「帯久」などに比べると、裁きの時間も短く、早々に裁いてしまう感があるだけに、裁きの様子を濃厚にすればとも思いますが、これより長くなると、奉行に厭味《いやみ》が出てくるかも知れません。

ネタの主眼は「これから一体、どのような展開になるのだろう?」と、噺の筋を追う楽しみだけに、講釈ネタの雰囲気を十分残していると言えましょう。

令和の今日、大師巡りの風習を知る者も少なくなりましたが、大阪らしい行事として、このネタに合うと思い、付け加えました。

色街の場所は、住吉新地が最適だったので、住吉大社へ参詣としましたが、大阪の色街の風習は、東京と比べて複雑な所もあり、時代ごとに変化もあったので、桂米朝師や、上方舞の重鎮だった楳茂都《うめも》梅咲《とうめさき》師へ教えを乞い、最大公約数の形でまとめた次第です。

段取りが狂うと、取り返しの難しいネタですが、丁寧に事を運べば、それなりに点数が稼げるだけに、頭脳ゲームと情が絡んだ時代劇に近いネタと言えましょう。

最初に落語で上演したのは六代目三遊亭圓窓師と思われ、六代目小金井芦州師から譲られた連載講談「人情匙加減」を土台にし、落語に構成し直したそうです。

元来、「人情匙加減」は上方の講釈で、芦州師が「遠山政談」を「大岡政談」へ置き替え、舞台も品川・土蔵相模とし、医者の相手を花魁にして、「医者と傾城」として高座へ掛けていましたが、芦州師の師匠・四代目小金井芦州から「花魁では、綺麗さが無い」という指南を受け、花魁を芸者へ改め、「人情匙加減」という演題にしたと述べている解説もありました。

しかし、上方の講釈で「人情匙加減」の原話を見たことが無く、また、上方講談で「遠山政談」を扱う例は少ないだけに、もしもご存じの方があれば、ご教授下さいませ。

『圓窓白熱のライブシリーズ⑦』（キングレコード株式会社、昭和55年）

上方落語へ変化させた後、平成十二年三月二十八日、大阪梅田太融寺で開催した「第十九回／桂文我上方落語選（大阪編）」で初演しましたが、その時から手応えはあり、その後、全国各地の落語会や独演会で上演することになりました。

「小間物屋小四郎」のように、長屋の家主の色を濃くし、加納屋との遣り取りを激しくしたことで、観客の盛り上がりが増したようです。

映画・テレビなどの時代劇で、「お白州の砂利を掴んで、涙を零《こぼ》しやがれ！」という台詞を聞き、見ている者の溜飲が下がることがありますが、この落語の一番の美味しさも、そこにあるでしょう。

しかし、私は加納屋の人間臭さも嫌いではありませんし、近江屋の優しさも好ましく、登場人物が全員、愛《いと》しい者の集まりだと思います。

善悪を取り混ぜたラインナップで、見事な奉行のお裁きまで加えているのですから、人の気を引かない訳はありません。

このように考えると、元ネタの講釈の土台が余程しっかりしている上、それを引き継いだ演者が洗練し、味も濃くした過程が見えてくるでしょう。

今後も構成・演出へ気を付けながら、次第に形を変え、もっと自然に演じられるようにしたいと思いますので、その変遷をお楽しみ下さいませ。

落語としてのＬＰレコード・カセットテープ・ＣＤは、六代目三遊亭圓窓師の録音で発売されました。

崇徳院

すとくいん

熊「遅なりまして、熊五郎でございます」
旦「おォ、熊はん。さア、此方へ入っとおくれ」
熊「朝から高槻へ用足しに参りまして、家へ帰るなり、御本家から急な用事と聞いて、草鞋《わらじ》も脱がんと、飛んで参りました。一体、何の御用で？」
旦「また、熊はんに走ってもらわんならんことが出来ました。実は、伜・作次郎のことじゃ。二十日ほど前から寝込んで、医者に診てもろたが、診立《みた》てが付かん。とうとう、えらいことになって」
熊「えッ、一寸も存じませんでした。早速、お寺へ走りますよって、誰か葬礼屋の方へ」
旦「まだ、伜は死んでやせんわ」
熊「ほゥ、まだですか？　あア、埒《らち》が明かん」

旦「コレ、埒が明いてたまるか。さる御名医に診てもろたら、『この病いは、医者や薬では治らん。何か思い詰めてることを叶えてやりさえすれば治るが、このまま放っとくと、あと五日が難しい』と仰る。病いが知れてヤレヤレじゃが、その思い事を母親が聞いても言わん、わしが尋ねても返事をせん。『一体、誰にやったら言う?』と聞くと、『熊はんやったら、打ち明ける』と言うのじゃ。親にも言えんことを、赤の他人にと思うが、親には言いにくいこともある。あんたは小さい頃から、性分《うま》合いやった。済まんが、伜の思い事を聞き出してやってくれんか」

熊「ほゥ、御心配なことで。ほな、聞いて参ります。(廊下へ出て)そやけど、若旦那の塩梅が悪いとは知らなんだ。あァ、ここや。若旦那、入っても宜しいか?」

作「コレ、誰も来たらあかんと言うてるのに。そこへ来たのは、誰方や?」

熊「へェ、熊五郎です」

作「熊はんやったら構わんよって、此方へ入って」

熊「(襖を開け、大声を出して)もし、患《わずろ》てはるそうで!」

作「(耳を覆《おお》って)わァ、大きな声や。頭へ、ビィーンと響くわ」

熊「若い者が思い事をして寝てるのは流行らんし、薬臭い座敷へ閉じ籠《こも》ってたら、身体に悪い。(雨戸を開けて)あァ、お天道さんも上機嫌や。いえ、私は喜んでます。親にも言えんことを、熊五郎を呼んでくれやなんて。若旦那の頼みやったら、何でも聞きますわ。さァ、思い事を仰れ！」
作「これだけは誰にも言わんと死んでしまおと思たけど、あんたにだけは聞いてもらいたい。私が言うことを聞いて、笑たらあかん」
熊「人の病いの種を聞いて、笑いますかいな」
作「いや、ひょっとしたら笑うわ。笑われたら恥ずかしいよって、死んでしまう」
熊「いえ、笑わん。ほな、睨《にら》んでます」
作「いや、睨まんでもええ。実は、（吹き出して）やっぱり笑う！」
熊「コレ、あんたが笑てるわ。さァ、早う仰れ！」
作「ほな、言うわ。二十日ほど前、定吉を連れて、高津さんへ御参詣した」
熊「高津さんは仁徳天皇で、『高き屋に　上りてみれば　煙立つ　民の竈《かまど》は　賑わいにけり』。それで、どうしなはった！」
作「あァ、急《せ》わしない。御参詣を済まして、絵馬堂の茶店で一服した」
熊「向こうは見晴らしが良えよって、道頓堀まで一目で見えるわ。直に、ブブ（※お茶のこと）を汲んでくる、羊羹を切ってくる。向こうの羊羹は、ブ厚て、美味い。一体、何ぼ程食べた？」

作「コレ、放っときなはれ！　遅れて入って来はったのが、齢の頃なら十七、八。お供を四、五人も連れた、水も垂れるような美しい御方。『世の中には、うつやかな御方が居られる』と思て、ジィーッと見てたら、先様も此方を見て、ニコッと笑いはった」
熊「あァ、向こうの負けや」
作「コレ、睨み合いと違うわ。後から来て、先へ立つような破目になって。出て行かはった後を見ると、緋塩瀬《ひしおぜ》の茶袱紗《ちゃぶくさ》が忘れてある。『これは、お宅のと違いますか？』と届けると、丁寧にお辞儀をして、茶店へ戻るなり、料紙を出せと仰る」
熊「いや、高津さん辺りに漁師は居らん。海漁師は浜手、山猟師は池田の方へ行かんと」
作「料紙というのは、紙へ硯《すずり》を添えて持ってくる。紙へサラサラッと一首の歌をお書きになって、『瀬を早み　岩にせかるる　滝川の』としてある」
熊「あァ、お尻の出来物の呪いで？」
作「一々、阿呆なことを言いなはんな。あんたなぞは知ろまいが、百人一首にある崇徳院さんの御歌。唯、下の句の『割れても末に　逢はんとぞ思ふ』が書いてない。態《わざ》と書いてない所を見ると、『今日は本意《ほい》無いお別れを致しますが、末には嬉しゅう、お目に懸かれますように』という先様のお心かと思たら、フワァーッとなって、家へ帰って、床へ就くなり、枕から頭が上がらん。思い詰めて寝てると、お嬢さんの顔が、天井へフワアーッ。欄間《らんま》の天人の顔が、お嬢さん。掛軸の鍾馗《しょうき》さんや、踏み付けられてる鬼の顔まで、お嬢さんや。あんたの顔が、（熊五郎の顔を撫《な》でて）お嬢さん」

熊「コレ、其方へ行きなはれ。この顔が、お嬢さんに見えますか？　あァ、惚れました！　先様は御大家《たいけ》でも、此方も釣り合わん身代やないと思う。一体、何方の御方で？」

作「それが、わからん」

熊「コレ、頼り無いことを言いなはんな。何で、定吉っとんに後を随けささん。あァ、ぬかったな。まァ、わからん時の手もありますわ。お嬢さんを捜す間、食べる物を食べて、しっかりしなはれ。（座敷を出て）金持ちの倅は、しょうもないことを言うて患てるわ。（旦那の所へ来て）旦さん、行って参りました」

旦「あァ、御苦労さん。どんなことを言うてましたな、倅」

熊「えらいことを言うてました、倅」

旦「あんたまで、倅と言う奴があるか」

熊「二十日ほど前、高津さんへお参りをしはったそうで」

旦「御参詣したいと言うよって、定吉を随けてやりました」

熊「あァ、それがあかん。何で、伊勢神宮へ参らさん」

旦「コレ、ケッタイなことを言いなはんな。高津さんが、どうしました？」

熊「どうやら、高津さんが業《わざ》してますわ。御参詣を済まして、絵馬堂の茶店で一服した。向こうは見晴らしが良えよって、道頓堀まで一目で見える。直に、ブブを汲んでくる、羊羹を切ってくる。向こうの羊羹は、ブ厚て、美味い！」

旦「伜は、その羊羹が食べたいと言うてるか？」

熊「いいえ、私が食べたい」

旦「あんたのことは、どうでも宜しい」

熊「茶店で一服してる所へ入って来はったのが、齢の頃なら十七、八。お供を四、五人も連れた、ビチョビチョの女子やったそうで」

旦「ビチョビチョの女子とは、何じゃ？」

熊「川にでも落ちたみたいで、ボタボタと水が垂れてますわ」

旦「ひょっとしたら、水も垂れるような美しい御方と違うか？」

熊「あァ、ソレソレ！　綺麗な御方と思て見てると、向こうも此方を見て、ニヤッと笑たらしい。生意気なガキで、後ろから割木《わりき》で、ドツきたいわ。後から来て、先へ立った後を見ると、ヒッチョチェのチャブクチャが忘れてある」

旦「何ッ、ヒッチョチェのチャブクチャ？　ひょっとしたら、緋塩瀬の茶袱紗と違うか？」

熊「あァ、ソレソレ！　世話焼きの若旦那が、『これは、お宅のと違いますか？』と届けたら、向こうも邪魔臭いのに、茶店へ戻って、『さァ、狩人《かりうど》を出せ！』と仰る」
旦「狩人とは、何じゃ？」
熊「旦さんも、わからんことがあるらしい。狩人は、紙へ硯が付いてる」
旦「いや、それは料紙じゃ」
熊「あァ、ソレソレ！　紙へサラサラッと、歌を書きなはった。『石川や　浜の真砂《まさご》は尽きぬとも』と、これは違います。えェ、『古池や　蛙《かわず》飛び込む　水の音』でもないし。百人一首に、人食いという人が居りますか？」
旦「いや、そんな化物みたいな人は居らん。ひょっとしたら、崇徳院さんと違うか？」
熊「あァ、崇徳院さん！　その人の歌は、何と言います？」
旦「何方が聞いてきたか、わからん。崇徳院さんの御歌やったら、『瀬を早み　岩にせかるる　滝川の』」
熊「あァ、ソレソレ！」
旦「下の句が、『割れても末』」
熊「いや、それが書いてない。『今日は本意無いお別れを致しますが、末に嬉しゅう、お目に掛かれますように』という、先様のお心かと思たら、フワッとなって、枕から頭が上がらん。（旦那の顔を撫でて）あんたの顔が、お嬢さん！」

旦「コレ、何をする！」
熊「その御方を嫁に迎えたら、若旦那の御病気全快、間違い無しでございます！」
旦「おおきに、有難う！　熊はんは、伜の命の恩人じゃ。早速、その御方を嫁に迎えましょう。あんたは仲人という訳にはいかんが、橋渡しじゃ。今から、先様へ掛け合てもらいたい。さぞかし、先様は御大家じゃろな？」
熊「さァ、どこの誰方やわからんと仰る」
旦「わからんと言うて、日本人じゃろ？」
熊「恐らく、日本人ですわ。まさか、ボルネオの人やないと思います」
旦「ほな、捜せんことはない。大阪中、捜しなはれ。大阪で知れなんだら、京都。京都でわからなんだら、名古屋・浜松・静岡・横浜・東京。今は日本国中、縦横十文字に道が付いてる。決して、只とは言わん。首尾良う捜し出したら、あんたへ貸した金の証文は返して、別に一時の御礼もさしてもらう。何ッ、お腹が空いてる？　熊五郎は、お腹が空いてます。早速、御飯の支度をしなはれ。お膳は要らんよって、お櫃《ひつ》を持っといで。香香《こうこ》を一本洗《あろ》て、切らいでもええ！　お清、襷《たすき》を外しなはれ。（お櫃へ、襷を結んで）熊はん、首を出すのじゃ。お櫃を首へブラ下げて、お腹が空いても、立ち止まったり、茶店へ立寄ったりして食べることはならん。歩きながら、香香を齧《かじ》って、手掴みで御飯を食べながら捜しなはれ。さァ、玄関へ出るのじゃ。草鞋の紐が切れ掛かってるよって、履き替えなはれ。一足では心許ないよって、腰へ五足括っとくわ。尻からげを高して、（熊五郎の背中を叩いて）行ってきなはれ！」

熊「（お櫃を抱えて）こんな恰好で、どこへ行ける？　（家へ帰って）今、帰った」

嬶「まァ、何という恰好や。首からお櫃をブラ下げて、腰へ草鞋を吊って、荒物屋の化物やないか。早速、御本家へ行った？　ほゥ、フンフン。若旦那が、そんなことを仰るお齢にならはって。そのお嬢さんを捜し出したら、気になってる借金は棒引きで、別に一時の御礼！　まァ、結構な話やないか。さァ、早う行ってきなはれ！」

熊「アッサリ言うけど、どこの誰方かわからんと仰る」

嬶「わからんと言うたかて、日本人やろ？」

熊「おい、同じように言うな！」

嬶「大阪中、捜しなはれ。大阪で知れなんだら、神戸・岡山・広島・下関。今は日本国中、縦横十文字に道が付いてる。草鞋が五足では足らんよって、十足ほど括り付けたげるわ！」

熊「おい、同じようにするな！」

半泣きで、表へ飛び出し、丸一日、大阪の町中を、グルグルグルグル！
元より雲を掴むような話で、知れそうなはずが無い。
日が暮れになると、ヘトヘトになって帰ってきた。

熊「今、帰った」
嬶「何遍も、お遣いが来てはる。早う、御本家へ行ってきなはれ！」
熊「あァ、一服も出来ん。（本家へ来て）只今、帰りました」
旦「今、熊はんの声がしたのと違うか？　熊はんが帰ってきたら、奥へ通しなはれ。お風呂を沸かして、お酒の燗《かん》をして、鰻を焼きにやって。熊はん、御苦労さん！　最前は荒い言葉を使《つこ》て、済まなんだ。親は子どものことになると、訳がわからんようになるわ。コレ、手文庫を持ってきなはれ。（証文を出して）これは借金の証文で、こんな物は入れんでもええのに、熊はんは人間がキッチリしてるよって、入れさしてもろた。（金を出して）これは少ないが、一時の御礼。改めて、十分さしてもらう。さァ、そこでじゃ。最前、暦を見た。明後日《あさって》が、誠に日が宜しい。結納だけでも取り交わしたいと思うが、定めし、先様は御大家じゃろな？」
熊「（呟いて）一体、何を言うてなはる。こんなことが、直に知れる訳が無いわ」

旦「口の中でブツブツ言うて、狸が憑《つ》いたか？　何ッ、わからん？　酒の燗は止めて、お風呂も沸かさんで宜しい！　何で、御礼を懐へ入れる。わからんのに、よう帰ってきなはったな。倅の命は、あと五日が難しい。御礼の高が、気に入らんか？　その御方を捜し出したら、裏の蔵付きの借家五軒と、別に御礼が三百円！」
熊「ヘッ、三百円！　三百円というたら、百円札が三枚の三百円？」
旦「あァ、そうじゃ！」
熊「十円札で、三十枚？」
旦「おォ、その通り！」
熊「一円札で、三百枚？」
旦「あァ、そうじゃ！」
熊「五厘玉で、何ぼある？」
旦「いや、知らんわ！」
熊「ヘェ、わかりました！　三百円と聞いたら、命懸けですわ。唯、大阪も広て、上町辺りを廻るだけでも、半日掛かり。どうぞ、三日だけ御猶予を」
旦「三日待つよって、しっかり捜しなはれ！」
熊「ヘェ、御免！　（家へ帰って）おい、御礼が増えた！　お嬢さんを三日で捜し出したら、蔵付きの借家五軒と三百円！」
嬶「まァ、結構な話！　私らが家主になれるやなんて、運が向いてきた。私も心当たりを聞いて廻るよって、しっかり捜しなはれ」
熊「あァ、きっと捜し出してみせる！」

人間、欲と二人連れというのは恐ろしい
二日二晩、寝食を忘れ、大阪の町中をグルグルと歩き廻ったが、どうしても知れん。
二日目の晩になると、欲も得も抜け果て、ボケ上がってしもた。

熊「あァ、えらいことになったわ。この調子やったら、若旦那より、わしの方が二時間ほど早い。ウチへ帰ったら、嬶がボロカスに言いよる。（家へ帰って）今、帰った」
嬶「まァ、どうやったの？　えッ、わからなんだ？　ほな、諦めなはれ！　私らは運《かた》の無い夫婦やよって、家主になったり、財産家にはなれん。私らに運が無うて、先様も縁が無かっただけや。あんたが一生懸命に捜してくれただけで、十分！　さァ、お風呂へ行きなはれ。それはそうと、この二日二晩、どんな捜し方をしなはった？」
熊「唯、黙って、グルグルグルグル」

嬶「えッ、黙って？　阿呆かいな、このスカタン！」
熊「スカタンとは、どうや」
嬶「黙って歩いてて、お嬢さんが出てくるか？　あァ、こんな阿呆やとは思わなんだ。手掛かりが無かったら仕方無いけど、何で『瀬をはやみ』の歌を唱《うと》て歩かんの。その歌を聞いて、『実は、こんな話がある』『あァ、こんな噂を聞いた』『何で、そんな歌を唱て歩いてなはる？』と尋ねる人もある。何が手掛かりになるかも知れんのに、黙って歩いてたやなんて。明日一日あるよって、その歌を大きな声で唱いながら歩きなはれ。捜し出せなんだら、生涯、出世の見込み無し。私は荷物を纏《まと》めて、大和の親許へ帰るし！」
熊「おい、一寸待った！　余所の嫁を捜し出さん内に、ウチが夫婦別れをして、どうする。取り敢えず、一日残ってるわ。明日の内に何とかするよって、今日は寝さして」
嬶「あァ、情け無い人や。今日は早う寝て、明日の朝、早う起きて、ブブ漬でも食べて、捜しに行くの。ほな、寝なはれ」
熊「(横になって）あァ、お休み」
嬶「さァ、起きなはれ！」
熊「寝てる間も、何も無いわ」
嬶「それだけ寝たら、十分！　ブブ漬の支度がしてあるよって、食べなはれ。今日一日だけやよって、『瀬を早み』の歌を唱いながら歩くの。風呂屋や床屋みたいな、人寄り場所へ行かなあかん。さァ、行ってきなはれ！」
熊「（表へ出て）ボロカスに言うて、表へ放り出しやがった。唯、嬶の言うことも一理ある。黙って歩いてても仕方無いよって、一遍言うたろ。（口を開けて）道の真ん中で、声は出んわ。思い切って、言うてみたろ。えェ、瀬を早み！」
女「一寸、鰯屋はん！」
熊「コレ、誰が鰯屋や。瀬を早み、岩にせかるる滝川の。瀬を早み、岩にせかるる。（振り返って）わァ、子どもが仰山随いてきた。何ッ、チラシを一枚呉れ？　コレ、向こうへ行け！　えェ、瀬を早み！」
犬「ウゥーッ、ワン！」
熊「わァ、怖ァ！　あァ、犬まで馬鹿にしてる。風呂屋か床屋へ行けと言うてたよって、床屋へ行ったろ。（床屋へ入って）つかえてますか、空《す》いてますか？」
一「店を開けた所で、誰も居らん。どうぞ、お入りやす」
熊「あァ、さいなら！」
一「空いてるよって、直にやりますわ」
熊「いや、主だけではあかん。（床屋へ入って）つかえてますか、空いてますか？」

二「鈍なことで、四、五人待ってもらわなあかん」
熊「ほな、待たしてもらいます。（口を開け掛け、前の者と目が合って）へェ、こんにちは。（溜め息を吐いて）ハァーッ！　（煙草入れを出して）一寸、火をお借りします。（煙草を喫って）えェ、瀬を早み！」
三「あァ、ビックリした！　いきなり、大きな声を出しなはんな。私は心臓が悪て、医者から大きな声を聞かんように言われてますわ」
熊「へェ、済まんことで。瀬を早み、岩にせかるる滝川の！」
四「お宅は、崇徳院さんのお歌がお好きと見えますな」
熊「何方か言うたら、嫌いですわ。唯、この歌を聞いて、崇徳院さんの歌とおわかりになるとは、お詳しい」
四「詳しいことはないけど、負うた子に教えられという奴で。ウチの娘がチョイチョイ、その歌を唱てるよって、親まで覚えてしもて」
熊「ほゥ、耳寄りな話や。お宅の娘さんは、別嬪と違いますか？」
四「親の口から言うのも何ですけど、鳶が鷹生んだと言われてます」
熊「えッ、鳶が鷹？　娘が鷹で、お宅が鳶？　ほな、水が垂れてますな？」
四「はァ、何です？」

熊「いえ、此方のことで。二十日ほど前、高津さんへ御参詣しませんでしたか？」
四「家が近いよって、高津さんや生玉さんは、チョイチョイお参りをさしてもろてます」
熊「あァ、有難い！　水も垂れるような綺麗な御方で、齢の頃なら十七、八」
四「いえ、今年七つ」
熊「えェ、瀬を早み！」
四「何や、この人は！」

その日一日で、風呂屋を二十六軒、床屋を十八軒廻る。
日が暮れになると、目もゴボッ、頬もゲッソリ。

熊「つかえてますか、空いてますか？」
五「へェ、お越し。あァ、また来た。朝から六遍目やけど、何か御用で？」
熊「アノ、髭《ひげ》」
五「まだ、剃る所がありますか？」
熊「いえ、どこも無い。初めに髭を剃って、七分刈り、五分刈り、三分刈り、丸坊主。眉毛を落として、鼻毛を切って。顔中、剃る所が無い。アノ、植えて」

五「いや、そんなことは出来んわ」
熊「ほな、一服さしてもらいます。えェ、瀬を早み！」
五「あァ、また始まった！　朝から来て、同じことを言うてる。一寸、奇怪《おか》しいわ」
熊「とうとう、病人扱いや」
○「おい、髭を頼む。（見廻して）あァ、混んでるな。もし、徳さん。母屋の用事で走らなあかんよって、振り替わって。あァ、万さん。今も言う通り、母屋の急用で。埋め合わせはするよって、先へ廻して。あァ、其方《そちら》のお坊さん。頭が、ツルツルの御方。髭だけやよって、先へやらしてもらいたい」
熊「何ぼでも、先へやって。へェ、私は植えてもらうのを待ってる」
○「あァ、さよか。親方、頼むわ」
五「ほな、此方へ座って。何じゃ、えらい急いてるな」
○「実は、母屋の用事で」
五「母屋というたら、向こうのお嬢さんは、どんな塩梅や？」
○「あァ、気の毒で見てられん。どうやら、今日明日という話や」
五「二十町界隈に無い器量良しで、馬へ食わすほど金がある御大家には、金で片付かん心配事が出来るらしい。お嬢さんは達者な御方に見えてたけど、何で病いになった？」

○「今時、ありそうもない話や。二十二、三日前、下寺町で、お茶の会の帰り。お伴の者が、『近いよって、高津さんへお参りをしょう』と誘た。御参詣を済まして、絵馬堂の茶店で一服したら、先に休んではったのが、どこの御方か知らんけど、役者にも無いような、綺麗な若旦那や。おぼこい人でも年頃で、『まァ、綺麗な御方！』と見惚れてたのを、お伴の者は気が付かなんだ。『行きましょう、立ちましょう』と立ってしもたけど、気が残ってたみたいで、緋塩瀬の茶袱紗を忘れてた。親切な御方で、態々《わざわざ》届けてくれはって、手から手へ渡された時は、ブルブルッと震えて、震えが三日止まらなんだそうな。名残が惜しいと、茶店へ戻って、料紙を出させ、サラサラッと一首の歌を書きなさった。これだけが手掛かりで、百人一首の崇徳院さんの御歌の『瀬を早み　岩にせかるる　滝川の』。これを渡して帰ると、枕から頭が上がらん。段々、病いは重となる。さる御名医へ診せると、『医者や薬では治らん病いで、お医者様でも、有馬の湯でもという奴や。心の中に思い詰めてることを叶えてやりさえすれば治るが、このまま放っといたら、あと五日が難しい』。その思い事を、誰が聞いても仰らん。小さい頃、お乳を上げてたお乳母《んば》どんが、河内の狭山へ嫁入りしてるのを引っ張ってきて、宥《なだ》めたり、すかしたりして聞くと、耳の付け根まで真っ赤にして、『お父っつぁんや、お母《か》はんに言わんといて。知れたら、叱られる。実はコレコレ、こういう訳』と、ここで初めて様子が知れた。お乳母の口から、旦那の耳へ。旦那のお喜びは、如何ばかりか。『その若旦那を捜さなあかんよって、出入りの者は寄ってこい！』。出入りの者を集めて、お前は彼方へ行け、お前は此方へ走れ。可哀相に、前田さん。昨日、札幌へ行かはった。わしは和歌山の係で、和歌山の町中で知れなんだら、熊野の浦の鯨に聞いてこいやなんて。母屋は、引っ繰り返るような騒ぎでな」
五「良え男に生まれるのも、罪なことや」
熊「（煙管を落とし、○の胸倉を掴んで）コレ！」
○「おい、何をする！　いきなり、人の胸倉を掴んで」
熊「己に会おとて、艱難辛苦《かんなんしんく》は如何ばかり。ここで会うたが百年目、盲亀《もうき》の浮木《ふぼく》、うどんげの花咲く春の心地して」
○「コレ、仇討ちみたいに言うな。おい、離せ！」
熊「いや、離してたまるか！　その歌を書いてもろたのは、ウチの本家の若旦那じゃ！」
○「何ッ、己所《とこ》の若旦那？　（熊五郎の胸倉を掴んで）コレ！」
熊「おい、何をする！」
○「己に会おとて、艱難辛苦は如何ばかり。さァ、ここで会うたが百年目」
熊「コレ、同じように言うな。さァ、ウチの本家へ来い！」

○「いや、ウチの母屋へ来い！」
熊「己を連れて帰ったら、借家五軒に三百円！」
○「一体、何のことや？」

互いに揉み合うてると、大きな花瓶へ身体が触り、前の鏡へガチャン！

五「もし、一寸待った！　お宅らは捜してる相手が見つかって結構やけど、ウチは災難や。花瓶と鏡は、どうしてくれる？」
熊「心配せんでも、崇徳院さんの下の句や」
五「何ッ、崇徳院さんの下の句とは？」
熊「あァ、割れても末に買わんとぞ思う」

解説「崇徳院」

小学四年生の頃、私の落語好きを名古屋の叔父が知り、名古屋市内で一番大きい書店で買ってくれたのが、桂米朝師の最初の個人全集『米朝上方落語選』（立風書房、昭和四十五年）で、その中で一番好きになったネタが「崇徳院」だったのです。

数年後、『桂米朝上方落語大全集』第五巻（東芝レコード）でライブ録音を聞き、会場の笑いで面白い所が如実にわかると、読む落語と、聞く落語には、大きな差があることに気付きました。

その後、他の演者の録音を聞いたり、実際の高座も見ましたが、今でも私の根底にあるのは、その時に読んだ『米朝上方落語選』。

昭和五十六年三月、師匠（二代目桂枝雀）の許で内弟子修業を終え、早々に着手したのが「崇徳院」で、師匠に稽古を付けてもらい、上演することが出来ました。

「昔なら、こんなことがあったのでは？」と思えるような展開で物語が進行しますが、オチが地口《じぐち》（※駄洒落）になっているのが惜しいと言われています。

上方落語には、ドラマチックな展開の後半をコントにし、地口のオチを付ける場合もありますが、私は「崇徳院」のオチは、地口でも悪くないと思いました。

『米朝上方落語選』（立風書房、昭和45年）の表紙と本文。

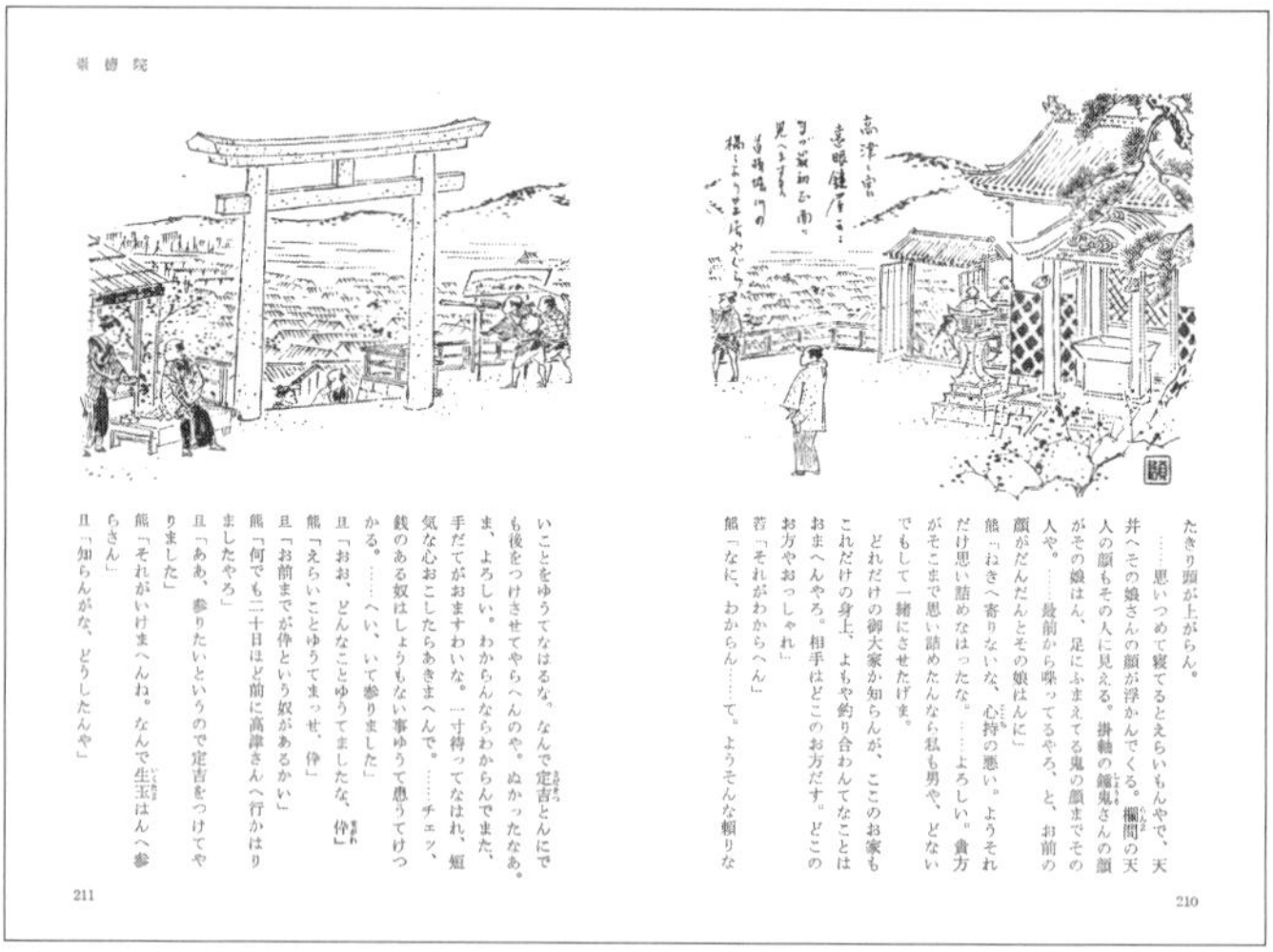

たきり頭が上がらん。

……思いつめて寝てるとえらいもんやで、天井へその娘さんの顔が浮かんでくる。欄間《らんま》の天人の顔もその人に見える。掛軸の鍾馗《しょうき》さんの顔がその娘はん、足にふまえてる鬼の顔までその人や。……最前から喋ってるやろ、と、お前の顔がだんだんとその娘はんに」

熊「ねきへ寄りないな、心持《こころもち》の悪い。ようそれだけ思い詰めなはったな。……よろしい」貴方がそこまで思い詰めたんなら私も男や、どないでもして一緒にさせたげま。

どれだけの御大家か知らんが、ここのお家もこれだけの身上、よもや釣り合わんてなことはおまへんやろ。相手はどこのお方だす。どこのお方やおっしゃれ」

若「それがわからへん」

熊「なに、わからん……て。ようそんな頼りないことをゆうてなはるな。なんで定吉《さだきち》とんにでも後をつけさせてやらへんのや。ぬかったなあ。ま、よろしい。わからんならわからんでまた、手だてがおますわいな。一寸待ってなはれ、短気な心おこしたらあきまへんで。……チェッ、銭のある奴はしょうもない事ゆうて患うてけつかる。……へい、いて参りました」

旦「おお、どんなことゆうてましたな、伜《せがれ》」

熊「えらいことゆうてまっせ、伜」

旦「お前までが伜という奴があるかい」

熊「何でも二十日ほど前に高津さんへ行かはりましたやろ」

旦「ああ、参りたいというので定吉をつけてやりました」

熊「それがいけまへんね。なんで生玉《いくたま》はんへ参らさん」

旦「知らんがな、どうしたんや」

約二百二十年前、大坂で最初に寄席を開いた初代桂文治の創作と言われていますが、文治が刊行した和本に原話を見ることは無く、あくまでも口伝・風評の類いと捉えた方が良いでしょうし、ネタの土台や、オチだけをこしらえたのかも知れません。

優れたオチに替える努力をした噺家もいたようで、作者は不詳ながら、五代目笑福亭松鶴が覚えていたオチは、「高津さんで一遍会うただけやのに、よう巡り合えた」「ウム、人徳（※仁徳）のある御方や」。

また、四代目桂米團治が創作したオチは、めでたく夫婦になり、若旦那が高津神社の本社前で「良い女房に会えたのも、高津さんへお参りしたお陰。高津さん、仁徳天皇様」と拝み、花嫁は「首尾良く夫婦になれたのも、『瀬を早み』の歌のお陰。有難い、崇徳院様」と讃岐の方を拝み、「高津さん」「崇徳院さん」と拝んでいると、後ろで「エヘン！」という咳払いが聞こえたので、振り返ると、出雲の神様。

従来のオチより良くなっているようにも思いますが、実際に上演すると、私の芸不足からか、物足らなく感じたり、回りくどくなるので、従来のオチを使うか、「めでたく一対の夫婦が出来上がる、『崇徳院』というお噺でございます」という台詞で終わる方が、観客の満足度も高いようです。

また、「千早ふる」「反古染《ほうぐぞめ》」など、百人一首を題材にしたネタも、初代文治の創作として伝えられてきました。

明治以降、東京落語へ移入され、『文藝倶楽部』十四巻六号（博文館、明治四十一年）へ初代三遊亭圓右は「さら屋」で、十六巻十四号（明治四十三年）には、四代目春風亭柳枝が「皿屋」で口演速記が掲載されており、圓右の場合、「二人が夫婦になったという、誠におめでたいお話でございます」で終わりますが、「三年目」というネタへ続けるため、オチを付けなかったという説もあります。

東京落語が「皿屋」「花見扇」などの演題で演じたのは、戦前は「不敬という理由で、崇徳院という天皇の名前を遠慮したのではないか」という意見もあり、五代目古今亭志ん生は「花見の縁」「皿屋」で上演。

また、関東大震災（大正十二年）の少し前、柳家金語楼が柳家金三時代に十八番とし、主人公・熊の素頓狂振りが評判を呼びました。

朝鮮羅南へ出征する数日前、金語楼が両国の寄席・立花家で「お名残です」と言い、「花見扇」を上演し、操り人形仕立ての「深川」を踊った後、同じ路地の天麩羅屋・天金で、正岡容《いるる》と共に天丼を食べて別れたという思い出を、演芸評論家・小菅一夫氏が綴《つづ》っています。

第二次世界大戦後、東京落語で評判を取ったのが三代目桂三木助で、上方に一年足らず居た時、五代目笑福亭松鶴から習ったと言われ、京都清水寺から上野の清水堂にネタの舞台を移し、橘ノ圓《まどか》時代から上演し始めました。

東京落語へ移入する時、大店の箱入り娘が、初対面の男へ短冊に歌を書くのは不自然と考え、短冊が桜の枝から、ヒラヒラと落ちてくるように改めたと言います。

上方落語では、「菊江仏壇」「親子茶屋」などに放蕩《ほうとう》息子が登場しますが、「崇徳院」は純情な若旦那が主人公で、相思相愛になった大家の娘も、五代目笑福亭松鶴は「上方落語のお嬢さんは箱入り娘で、物もハッキリ言えんような女子ばかりで、東京落語に時折出てくる、おキャンな、積極的な女性は居らん」と述べました。

いとさん・いとはん・とうさん・とうはんは、「愛しい娘」という意味のお嬢さんのことで、いとさんの末っ子は、上に小の字が付き、こいとさん・こいさん。

若旦那・お嬢さんの他、親旦那・手伝職の熊五郎夫婦・床屋の主人・客・その他数人が登場しますが、熊五郎は完全な主役で、慌て者ながら、主家思いで、忠義な好人物です。

このネタでいう母家や本家は、親類・商家の本家・別家という暖簾《のれん》分けをした関係ではなく、職人などが自分の出入り先の大店や、一番頼りになる得意先を指し、普通以上に世話になっている出入り先という程度ですが、親子何代の出入り先であれば、主従同様の心意気は持っていました。

「手伝い（※てったいと発音）」という仕事は、お手伝いさん・便利屋とは異なり、大工・左官・仲仕の真似事のような仕事をする、土木建築の雑務担当の職人で、何にでも間に合いますが、一人前の大工や左官ではありません。

昔、大阪には便利大工がおり、棚を吊り、壁の破れを繕《つづく》ったりしてくれたと言います。

手伝職の熊五郎は、東京落語では大抵、「鳶の者の熊」としていますが、「鳶頭《がしら》」と呼び、大店の旦那に相当の手当てや、盆暮の付け届けをもらい、店で強請《ゆすり》・脅迫・揉め事が起こると、駆け付けて処理し、慶弔事の手伝いもし、年末年始の供もしました。

ネタの要の「瀬を早み　岩にせかるる　滝川の　われても末に　逢わぬとぞ思ふ」という歌は、「川の流れが速いため、岩に遮《さえぎ》られている滝川と同じように、一旦は恋しい人と別れ別れになっても、必ず、後には逢おうと思っています」という意味であり、『詞華和歌集（※崇徳院の下命で、藤原顕輔が撰者となった）』巻七・恋上・二二九の歌で、『小倉百人一首』第七十七番。「瀬を早み」の「み」は、「ので」の意味で、純粋な恋歌としても秀逸で、百人一首の歌で、ベスト五に入る名歌という評価もあります。

崇徳院は、鳥羽天皇の第一皇子として、元永二年に誕生し（※鳥羽天皇の妻・待賢門院と、祖父の白河法皇の間の不倫の子という説あり）、顕仁親王となり、保安四年、四歳の時、顕仁親王を可愛がった白河法皇が、二十一歳の鳥羽天皇を強引に退位させ、第七十五代天皇へ即位させました。

大治四年、白河法皇が崩御すると、院政を開始した鳥羽上皇が、永治元年、在位十八年、二十二歳の崇徳天皇に譲位を迫り、寵妃美福門院の子で、崇徳天皇とは腹違いになる、近衛天皇を即位させたことで、鳥羽上皇を本院、崇徳上皇を新院と呼ぶことになります。

久寿二年、近衛天皇が十七歳で崩御後、崇徳上皇の実弟・雅仁親王が後白河天皇として即位したことを不満とし、保元元年、鳥羽上皇の崩御を機に保元の乱となりましたが、後白河天皇方に敗れると、讃岐へ流され、「願わくば、大魔王となりて、天下を悩乱せん」と血書し、生きながら天狗になったという伝説が生まれました。

長寛二年、四十五歳で崩御するまで憤怒が納まらず、崇徳上皇の魂は都へ飛び、さまざまな禍《わざわい》を起こしたそうですから、凄まじい執念と言えましょう。

鶴屋南北が創作した歌舞伎「貞操花鳥羽恋塚」も、崇徳上皇の伝説が土台になっていますが、「崇徳院」という落語や、「瀬をはやみ」の歌からは、激動の生涯や、過激な性格を垣間見ることは出来ません。

令和元年、ユネスコの世界文化遺産へ登録されたのは、世界最大級の仁徳天皇陵古墳（※大山古墳・大仙陵古墳）ですが、仁徳天皇に崇徳天皇が加わるという、一つの落語で複数の天皇の名前や歌が登場することは珍しく、値打ちまで感じますが、自らの名前が名作落語へ採り上げられるとは、両天皇は夢にも思わなかったと思います。

若旦那と、大家の娘が出会った高津宮について、少しだけ触れておきましょう。

高津宮は、大阪市中央区高津一丁目にある神社で、大阪隆昌の礎を築かれた仁徳天皇を王神とし、仲哀天皇・応神天皇・神功皇后・履中天皇・葦姫皇后も祭神とされています。

仁徳天皇が難波高津宮の高殿から遠くを眺めたところ、人家から炊事などの煙が立ち上っていないことを嘆かれ、三年間の免税をすると、人家の煙が見えてきたので、大変喜ばれ、「高き屋に　上りて見れば　煙《けぶり》立つ　民の竈は　賑わひにけり」と詠まれた『新古今和歌巻第七／

賀歌（※長寿・繁栄を寿《ことほ》ぐ歌）』巻頭の歌の逸話が有名ですが、これは伝説で、史実では大阪城近辺にあった高津宮を、豊臣秀吉が大坂城築城後、現在地へ移しました。

もっとも、昔の場所の高津宮の高殿で詠まれたのかも知れませんし、後世に誰かが創作した歌という説もあります。

昔から高津宮絵馬堂からの眺望は素晴らしかったので、遠眼鏡（※当時の望遠鏡）を貸し、大坂の町並みを説明する商いが評判を呼びましたが、その賑わいを十返舎一九が『東海道中膝栗毛』で紹介しました。

昔の大坂人にとって、高津宮は郊外のような気分が味わえる、一番手近な所だったという意見があるのも、もっともと言えましょう。

昔から大阪人は、神様や神社に「さん」を付け、「高津さん」と呼びました。

当初、四代目桂米團治は「高倉はんの前の茶店」としていたそうですが、「高倉稲荷の前に茶店があったのは、明治中期以降は知らないし、それ以前にしても不自然」という意見を聞いた米朝師は、師匠の米團治と相談し、絵馬堂の茶店へ替え、「瀬をはやみ」の歌を書くのも扇子・短冊・色紙とさまざまでしたが、後の手掛かりが何も無い方が良いと考え、茶店の料紙へ書くことに改めたそうです。

また、米團治は「この噺の見染めの場は、歌舞伎『新薄雪物語』の除幕の新清水《きよみず》の絵馬堂を思い浮かべる。高津の絵馬堂へ綺麗な男女が居合わしたところで、額に入ってる、どこかの手習いの社中が百人一首を書いた色紙が風で剥がれ、ヒラヒラと降ってくるのを手に取った娘が、若旦那へ渡して逃げて出た。『瀬を早み』の歌を見た若旦那が、娘の後を追うために立ち上がり、何かに蹴つまづいて、バッタリ腰を落とす所で析頭が入る場面が、原作者のイメージやなかろうか。この手法を落語でやるには難しいし、効果は上がらんよって、こんな形になったのではないか？」と述べたそうですが、面白い解釈と言えましょう。

このネタが語り継がれた系譜は、米團治系と松鶴系があり、何方も二代目桂南光（後の桂仁左衛門）から教わったようで、米團治系は二代目桂南光〜四代目桂米團治〜三代目桂米朝、松鶴系は二代目桂南光〜二代目桂三木助〜五代目笑福亭松鶴〜六代目笑福亭松鶴・三代目桂小文枝（後の五代目桂文枝）・笑福亭松之助へ引き継がれ、各々の工夫が加わり、構成・演出の違った形となりました。

二代目南光は、明治時代の大看板であり、「三十石夢の通い路」を十八番とし、門人も多く、八代目桂文楽の師匠・初代桂小南や、持ちネタが千以上あったと言われる二代目桂三木助、珍芸・珍品ネタで存在感を示した初代桂南天も、その中に居たのです。

桂派と三友派が競い合った明治中期の上方落語界の全盛時代、二代目南光や二代目三木助は桂派で、五代目松鶴や四代目米團治は三友派でしたが、派に関係なく、ネタが伝わることは、落語界の良い慣習だと言えましょう。

ちなみに、絵馬堂の前の茶店で出される菓子は、米團治系は羊羹、松鶴系ではカステラ。

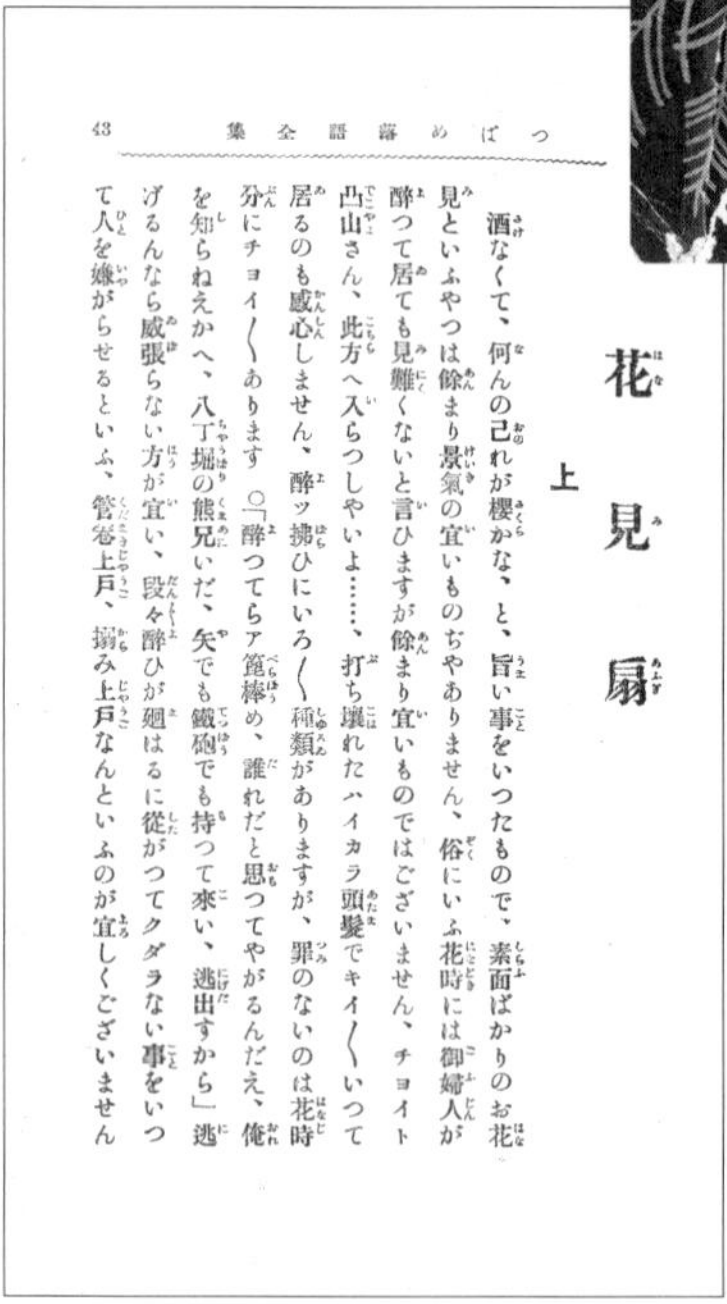

つばめ落語全集　43

花《はな》見《み》扇《あふぎ》

上

酒《さけ》なくて、何《な》んの己《おの》れが櫻《さくら》かな、と、旨《うま》い事《こと》をいつたもので、素面《しらふ》ばかりのお花《はな》見《み》といふやつは餘《あん》まり景氣《けいき》の宜《い》いものぢやありません、俗《ぞく》にいふ花時には御婦人《ごふじん》が醉《よ》つて居《ゐ》ても見難《みにく》くないと言《い》ひますが餘《あん》まり宜《い》いものではございません、チョイト凸山《でこやま》さん、此方《こちら》へ入《い》らつしやいよ……、打《ぶ》ち壞《こは》れたハイカラ頭髪《あたま》でキイ〱いつて居《ゐ》るのも感心《かんしん》しません、醉《よ》ッ拂《はら》ひにいろ〱種類《しゆるゐ》がありますが、罪《つみ》のないのは花時《はなじ》分《ぶん》にチョイ〱あります ○「醉《よ》つてらア箆棒《べらぼう》め、誰《だ》れだと思《おも》つてやがるんだえ、俺《おれ》を知《し》らねえかへ、八丁堀《ちやうぼり》の熊兄《くまあに》いだ、矢《や》でも鐵砲《てつぱう》でも持《も》つて來《こ》い、逃出《にげだ》すから」逃《に》げるんなら威張《ゐば》らない方《はう》が宜《い》い、段々《だん〱》醉《よ》ひが廻《ま》はるに從《した》がつてクダラない事《こと》をいつて人《ひと》を嫌《いや》がらせるといふ、管卷上戸《くだまきじやうご》、搦《から》み上戸《じやうご》なんといふのが宜《よろ》しくございません

『柳家つばめ落語全集』（三芳屋書店、大正５年）の表紙と速記。

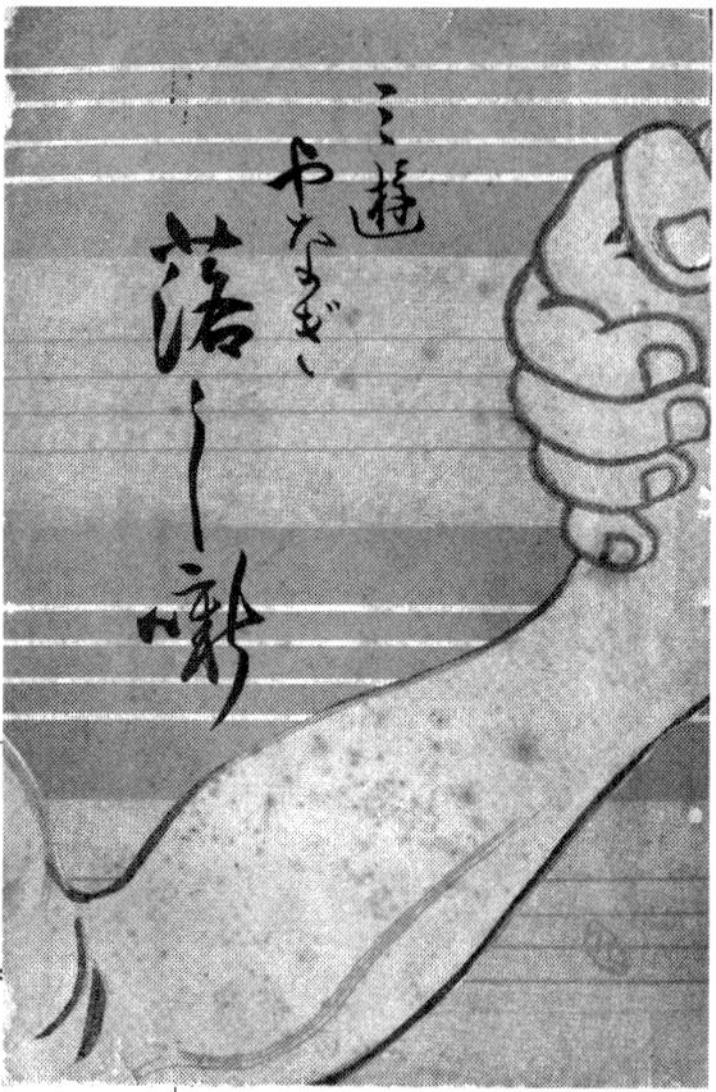

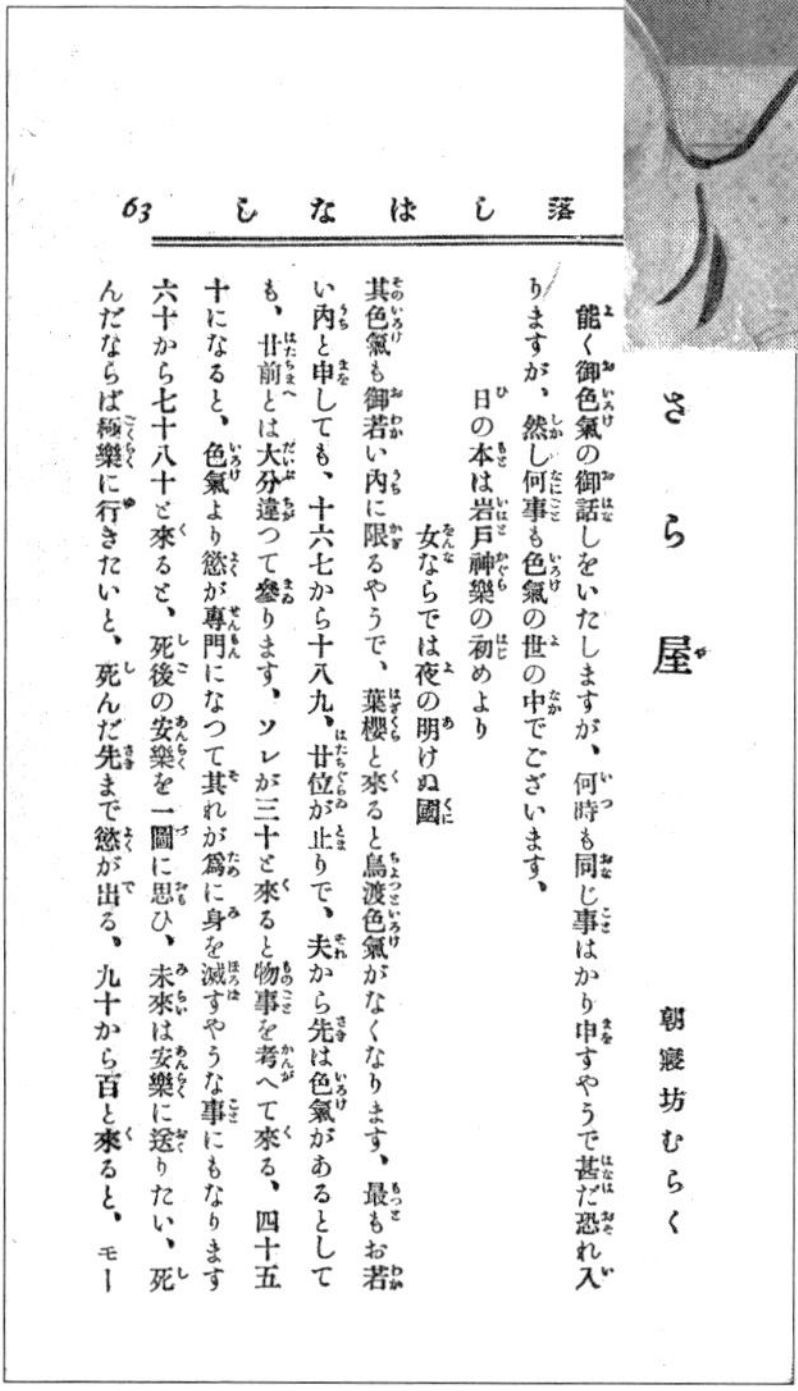
63　落しはなし

さら屋《や》

朝寢坊むらく

能《よ》く御《お》色氣《いろけ》の御《お》話《はな》しをいたしますが、何時《いつ》も同《おな》じ事《こと》はかり申《まを》すやうで甚《はなは》だ恐《おそ》れ入《い》りますが、然《しか》し何事《なにごと》も色氣《いろけ》の世《よ》の中《なか》でございます、

日《ひ》の本《もと》は岩戸《いはと》神樂《かぐら》の初《はじ》めより
女《をんな》ならでは夜《よ》の明《あ》けぬ國《くに》

其《その》色氣《いろけ》も御《お》若《わか》い内《うち》に限《かぎ》るやうで、葉櫻《はざくら》と來《く》ると鳥渡《ちよつと》色氣《いろけ》がなくなります、最《もつと》もお若《わか》い内《うち》と申《まを》しても、十六七から十八九、廿位《はたちぐらゐ》が止《とま》りで、夫《それ》から先《さき》は色氣《いろけ》があるとしても、廿前《はたちまへ》とは大分《だいぶ》違《ちが》つて參《まゐ》ります、ソレが三十と來《く》ると物事《ものごと》を考《かんが》へて來《く》る、四十五十になると、色氣《いろけ》より慾《よく》が専門《せんもん》になつて其《そ》れが爲《ため》に身《み》を滅《ほろぼ》すやうな事《こと》にもなります、六十から七十八十と來《く》ると、死後《しご》の安樂《あんらく》を一圖《づ》に思《おも》ひ、未來《みらい》は安樂《あんらく》に送《おく》りたい、死《し》んだならば極樂《ごくらく》に行《ゆ》きたいと、死《し》んだ先《さき》まで慾《よく》が出《で》る、九十から百と來《く》ると、モー

『三遊やなぎ落し噺』（三芳屋書店、大正５年）の表紙と速記。

このネタで描かれる時代が明治中頃から末期、大正初期ぐらいまでと見るのが正しいのは、当時は風呂屋や床屋が、町内の人寄り場所になっており、そこで噂話やニュースを仕入れたからと言われています。

緋塩瀬の茶袱紗は、真っ赤な上等の絹で出来た、茶杓《ちゃしゃく》や棗《なつめ》などを拭き清めるための、茶の湯で使用する小さな布。

戦前の速記本は『傑作落語豆たぬき』（登美屋書店、明治四十三年）、『滑稽名人落語十八番』（上方屋書店・金正堂書店、大正十二年）、『名人揃／名人落語全集』（丸山贇六堂本店、大正十年）、『柳家つばめ落語全集』（三芳屋書店、大正五年）、『三遊やなぎ落し噺』（三芳屋書店、大正五年）、『名作落語全集・恋愛人情編』（騒人社書局、昭和四年）があり、戦前の雑誌は『文藝倶楽部』『はなし』（田中書店）などへ掲載されました。

ＳＰレコードへ二代目笑福亭枝鶴（五代目笑福亭松鶴）が吹き込み、ＬＰレコード・カセットテープ・ＣＤは二代目三遊亭百生・三代目桂三木助・三代目桂米朝・三代目古今亭志ん朝・五代目三遊亭圓楽・二代目桂枝雀・笑福亭仁鶴・桂三枝（六代桂文枝）などの各師の録音で発売されています。

長襦袢

ながじゅばん

丹波の福知山で機を織り、細々と暮らす、仲の良え夫婦。

或る年の春、織り上がった絹織物を持ち、亭主が大坂へ商いに出ると、「品が良うて、値が安い」という評判で、残らず売り切り、懐が温《ぬく》なった。

道頓堀で一杯呑む内に、新町の廓《くるわ》へ行く気になる。

女房のことも忘れ、新町橋を渡り、木原という店へ上がり、紫という女郎へ当たった。

この女子が大変な手取りで、掌へ乗せ、丸め込まれたので、居続けをする。

何も知らん女房は、亭主が帰ってこんので、大坂へ行く人に亭主の様子を探ってもらうと、新町の紫という女郎の許で居続けをしてることが知れた。

「さても憎いは、女郎の紫。この恨みは、七生崇《ひちしょうたた》る！」と、剃刀《かみそり》で喉笛を切ると、織り上がった反物の上へ倒れ、息が絶えたので、反物が真っ赤な血で染まる。

金を遣い果たした亭主が家へ帰ると、座敷一面が血の海。

「わしさえ遊ばなんだら、こんな間違いは起こらなんだ。あァ、可哀相なことをした」

と悔んだが、後の祭。

葬式を済ませ、亭主一人で機織りをしたが、女房の血染めの反物が気になる。

「いっそのこと、売ってしまえ」と、早速、洗い張りをしたが、血が綺麗に落ちんので、菊模様へ染め、売ってしまう。

暫くして、亭主も藪蚊に刺されて死んだが、この反物が巡り巡って、大坂福島羅漢前の古手屋の店先へ、振袖になり、ブラ下がる。

船場の袋物屋・伊勢屋の番頭・半七は、「来年、暖簾分けをする」と言われてた。

或る日のこと、福島羅漢前を通り掛かると、古手屋の店先へ、洒落た菊模様の振袖がブラ下がってるのが、目に留まる。

半「この柄やったら、洒落た長襦袢になるわ。(店へ入って)えェ、御免」

古「へェ、お越しやす」

半「この振袖を、男物の長襦袢へ仕立て直してくれるか」

古「ほな、お身丈《みたけ》を計らしていただきます。お代は仕立て直しを入れて、一貫三百で。明日の今頃、仕立て上がります」

明くる日、半七が古手屋へ寄ると、見事な男物の長襦袢になり、袖を通すと、酒に酔うたような心持ちになり、表へ出る。

フラフラッと新町橋を渡り、引き付けられるように木原へ行く。

出てきた女郎が紫で、美人の上、客あしらいが上手いだけに、初会から惚れ込んだ。

店へ帰っても、目の前へ紫の顔がチラつき、店の用事も手に付かん。

日が暮れると、皆の目を盗み、紫の所へ通う内に、自分の蓄えを遣い果たした上、店の金にまで手を付けたのが、主の知る所となる。

「あァ、えらいことになった！　川へ身を投げて、お詫びをしょう」と、フラフラッと表へ出て、安綿橋《やすわたばし》まで来ると、欄干《らんかん》へ手を掛けた。

半「身投げをするのに、着物を着てても、仕方無い。良え長襦袢を川へ沈めてしまうのは勿体無いよって、欄干へ掛けとこか。ほな、ここを通った者が持って帰るわ」

身投げの時、着てる物は気にせんでもええのに、長襦袢を欄干へ掛け、身を躍らせ、ザブゥーンと飛び込み、敢え無い最期を遂げた。

その後で安綿橋を通ったのが、住吉の忠太という三下《さんした》で、博打で負け、一文無し。

忠「出ては取られ、出ては取られ、出掛けの筍《たけのこ》。欄干へ掛かってるのは、良え長襦袢や。誰が置いて行ったか知らんけど、持って帰って、質へ入れたろ」

早速、質入れをした長襦袢が質流れになり、流れ流れて、福島羅漢前の古手屋の店先へ、ブラ下がる。

そこへ天満の青物問屋の若旦那が通り掛かり、これに目を付けると、早々に買い取り、袖を通すと、新町へ行く気になり、木原の紫を相手に遊ぶ。

この後も夢中になり、親の金を遣い込み、知り合いから金を借りたことも知れ、勘当になった。

親許に居る時は、金の融通も利いたが、自分一人になると、稼ぐ道も無い。

「いっそのこと、川へ身を投げよか」と、安綿橋の半ばまで来て、欄干を跨《また》いだ時、気が付いたのは長襦袢。

「良え長襦袢を、川へ沈めるのは勿体無い」と、長襦袢を欄干へ掛け、身を躍らせ、ザブゥーン！
暫くすると、この長襦袢が廻り廻って、福島羅漢前の古手屋の店先へ、ブラ下がる。
古「また、この長襦袢か。店へ出すと売れるよって、福の神みたいな長襦袢やけど、こんなに廻ってくると、気色悪いわ」
古手屋の主が独り言を言う前へ通り掛かったのが、日本橋の小間物屋の若旦那。その長襦袢を買い取って着ると、新町へ行く気になり、店は木原で、相手は紫。前の男二人も長襦袢を自慢気に見せたが、今度の男もチラ付かせた。
紫「同じ模様の長襦袢を着て、お越しにならんようになる。恨みが籠ってるかも知れんよって、供養をする方がええかも知れん。若旦那、お願いがございます。アノ、その長襦袢をいただけませんか？　その代わり、別の長襦袢を誂《あつら》えます」
若「長襦袢を起請代わりにすると思たら、気が良え。ほな、そうしょうか」
紫「明日の晩までに、代わりの長襦袢を誂えます」

明くる日、二人は長襦袢を取り替え、紫が菊模様の長襦袢を着ることになったが、その後、その若旦那も来んようになり、忙しかった紫の客が減ってしまう。

菊模様の長襦袢を着た紫は、一人淋しく寝るようになる。

半「おい、紫!」
紫「あッ、半七っつぁん!」
半「おォ、御無沙汰。お前の許へ通て、店の金を遣い込んで、江戸へ逃げたけど、久し振りに大坂へ帰ってきた。今から、わしと一緒に逃げてくれ」
紫「はい、そうします」

店の者や、夜廻りの目を盗み、新町を出て、やって来たのが安綿橋。

「わしの家は、ここにある」と、半七が欄干へ跨がり、真っ暗な川の中へ消える。

「ほな、私も!」と、紫も身を躍らせ、ザブーン!

明くる朝、紫の亡骸《なきがら》が引き上げられ、木原は大騒ぎ。

病気でもなし、殺された様子も無し、胸の上で両手を合わしてるだけに、心中かと思たが、男の土左衛門が見つからんので、わからず終い。

葬いは木原が営み、紫の着物や道具は、古手屋や古道具屋へ売り払う。
その中にあったのが、紫が着てた菊模様の長襦袢。

竹「松っつぁん、掘出物はあったか？」
松「この頃は不景気で、何も無いわ」
竹「あァ、わしも同じや。長屋の隣り同士に住んで、何方も紙屑屋で独り者。わしらもボチボチ、嫁をもらわなあかんわ」
松「縁があったら、先にもろて。ひょっとしたら、わしの方が早いかも知れんわ。（笑って）ヘッヘッヘッヘ！」
竹「おい、ケッタイな笑い方をすな。ほな、どこかに掘出物の女子でも居るか？」
松「あァ、その通り！　それより、この行燈《あんどん》を見てくれ。一寸、珍しいやろ？」
竹「最前、掘出物が無いと言うてたけど、こんな良え品を仕入れてるわ」
松「女郎屋で使てたみたいやけど、売り払てしもたらしい。枕許へ置いて寝ると、何とも言えん、良え心持ちになるわ」
竹「そんなことは、どうでもええ。嫁になる女子は、誰や？」
松「実は、或る長屋の別嬪」

竹「何ッ、ほんまか！」
松「まァ、落ち着け。その別嬪が、わしに惚れてるらしい」
竹「おい、惚気《のろけ》は堪忍してくれ。一体、どこの長屋や？」
松「お前が行くと困るよって、場所は言えん。或る長屋の一番奥で、一昨日《おとつい》、『えェ、屑は溜まってェーん』と言うて、路地を入って行くと、戸が三寸ほど開いて、三十四、五の別嬪が顔を出して、わしの顔を見て、ニコッと笑た」
竹「ほゥ、フンフン！」
松「おい、前へ出てくるな。笑てるだけで、声を掛けてこんよって、黙って帰ってきた。昨日も戸を開けて、別嬪が顔を出して、ニコッと笑たわ。今日が三日目やよって、何とか物になると思て、楽しみにしてる」
竹「ほな、わしも随いて行く！」
松「おい、阿呆なことを言うな。一人で行くよって、随いてきたらあかん」
竹「上手いこと行ったら、一杯奢《おご》ってや」
松「あァ、わかってる。（籠を担ぎ、外へ出て）どうやら、わしも運が向いてきたらしい。あァ、この長屋や。さァ、声を出してみよか。（節を付けて）えェ、屑は溜まってェーン！　戸が三寸ほど開いて、別嬪が顔を出して、ニコッと笑てる。今日は、此方も笑い返したろ。（ニッコリして）へェ、どうも」
女「もし、屑屋さん。どうぞ、お入り下さいませ」
松「ほゥ、声を掛けてきた。へェ、何か御用で？」
女「お入りになり、表の戸を閉めていただきますように」
松「中へ入れとは、有難い！（家へ入り、戸を閉めて）へェ、御免」
女「折入って、お願いがございまして」
松「えェ、何でも聞かしていただきます。へェ、フンフン！」
女「鼻息が荒《あろ》ございますけど、どうなさいました？」
松「いえ、何でもございません。夕べから風邪で、熱が出て」
女「まァ、お気の毒。アノ、この長襦袢を引き取っていただきたい」
松「あァ、さよか。一遍に、気が抜けてしもた。こうなったら、色気を欲に代えて、商売をさしてもらおか。上等の菊模様の長襦袢を、紙屑屋へ売るのは損ですわ」
女「何ぼでも結構ですよって、お求め下さいませ」
松「紙屑屋は、着物まで目が利かん。何ぼと言えんけど、此方も損をせんことを考えて、百文やったら買わしていただきます」
女「この長襦袢は、古手屋で求めまして。仕立て直して、娘が着ておりました。娘も病いで亡くなり、夫も大病で臥《ふせ》っております。娘の形見は手放しとございませんけど、明日の暮らしには代えられません」

松「亭主が居られるとは、残念。（口を押さえて）いや、何でもない。ほな、百文で引き取らしていただきます。（外へ出て）嫁の掘出物やのうて、長襦袢の掘出物や。この長襦袢やったら、どこの古手屋でも、五百ぐらいで引き取ってくれるわ。鯛を釣りに行って、鯖を仰山釣ってきたと思たら、諦めが付く。ゴジャゴジャ言うてる内に、長屋へ帰ってきた。（家へ入って）良え長襦袢やけど、ウッスラと染みがある。長襦袢は屏風《びょうぶ》へ掛けて、行燈へ火を点けて。気が付かなんだけど、行燈の内側に、紫と書いてあるわ。あァ、紫という女郎が使てたらしい。行燈と長襦袢が揃うと、ほんまの女郎屋に居る心持ちになるわ」

仰山の人間の恨みが籠ってる長襦袢とは知らず、一杯呑み、横になる。

次第々々に夜が更け、草木も眠る丑三《うしみ》ツの頃合い。

どこで鳴るやら縁寺の鐘が、陰に籠って物凄く。〔ハメモノ／銅羅〕

隣りに住んでる紙屑屋の竹蔵が、「松っつぁんが別嬪を連れてくると言うてたけど、一体、どうなった？」と思て、ムクムクッと起き上がり、壁の穴から覗くと、目に付いたのは、二ツ折りの屏風へ掛かってる長襦袢。

竹「(穴を覗いて) 長襦袢を屏風へ掛けて、女子とシッポリかと思たら、松っつぁんが一人で寝て、女子が居らん。屏風へ掛けてある長襦袢が動き出したけど、後ろに誰か居るか？　一体、どうなってる？」

屏風へ掛けてある長襦袢が、松の枕許へ行くと、怪しげな灯りを灯す行燈を提げ、それへさして、ズゥーッ！〔ハメモノ／音取。三味線・大太鼓・能管・銅鑼で演奏〕

竹「(戸を叩いて) 家主さん、起きとおくれやす！」

家「あァ、夜更けに喧しい。何ッ、紙屑屋の竹か？　ほな、直に開ける。(戸を開けて) こんな夜更けに、どうした？」

竹「松、松、マツマツマッ！」

家「コレ、何を言うてる。まァ、落ち着け。松が、どうした？」

竹「長襦袢が行燈を提げて、フワフワワフワッ！」

家「何じゃ、ケッタイな夢を見たのと違うか？　一体、どうした？　何ッ、ほんまか？」

竹「嘘やと思たら、ウチへ来て、壁の穴を覗いてみなはれ」
家「ほな、行くわ！」
竹「（家へ帰って）家主さん、この壁の穴で」
家「こんな穴を、いつ開けた？　住んでる家は、大事に使いなはれ」
竹「小言は後で聞きますよって、穴を覗いとおくれやす」
家「あァ、ドレドレ。（穴を覗いて）何じゃ、あれは！　一体、どうなってる？」
竹「ソレ、嘘は吐いてませんやろ」
家「（穴を覗いて）世の中には、恐ろしいことがある。毎晩、長襦袢が歩いたら、この長屋を化物屋敷にして、一稼ぎ出来るわ」
竹「コレ、阿呆なことを言いなはんな！」
家「松は鼾《いびき》を掻いて寝てるよって、わしに任しなはれ。（松の家へ入って）長屋の家主じゃが、あんたは誰じゃ？」
長「お宅は、私が怖いことがないので？」
家「怖ても、放っとけん。長襦袢が行燈を提げて歩くとは、どういう訳じゃ？」
長「このままでは、おわかりになりますまい。私の申しますことを、お聞きなされて下さりませ。〔ハメモノ／青葉。三味線・当たり鉦・篠笛で演奏〕　私の亭主は、大坂新町の紫という女郎へうつつを抜かし、余りの悔しさ・情け無さに、剃刀で喉笛を切り、自害しました。恨みは深き女郎を、七生祟ると思う折、この家で紫の行燈へ出会い、引きずり廻して折《せっ》檻《かん》せんと、こうして苛めておりました」
家「長襦袢が、行燈を折檻してたか？」
長「はい、嘘やございません。コレ、行燈。さァ、私の言うことに間違いなかろう？」
行「お話を伺うまで、何も知りませんでした。このままでは夜な夜な引きずり廻され、紙は破れ、骨は折れ、無残な姿を晒《さら》すだけでございます。どうぞ、お助け下さいませ」
家「行燈へ恨みがあっても、娑《しゃ》婆《ば》の話じゃ。あの世で、仲良うすることは出来んか？」
長「いや、出来ん！　この上は、七生祟る！」
家「わァ、えらい剣幕じゃ。ほな、この長屋を化物屋敷にして、儲けさしてもらうわ」
長「一寸、お待ち！　恨みの折檻を見世物にされたら、具合悪い」
家「ほな、大人しゅうしはれ」
長「いや、出来ん！」
家「ほな、化け物屋敷にする」
長「一寸、お待ち！」
家「一体、何方じゃ？　さァ、ハッキリ決めとおくれ！」

長「恨み重なる行燈なれど、見世物にはされとない。大人しゅうしてるよって、見世物だけは御勘弁」
家「ほな、仲良うしなはれ」
長「口惜しいけど、そうします」〔ハメモノ／ドロドロ。大太鼓で演奏〕
竹「あッ、家主さん。長襦袢が行燈を置いて、屏風へ掛かって行きました」
家「これで長襦袢が、夜な夜な歩くことはなかろう」
松「(欠伸《あくび》をして)アァーッ！　アレ、家主さん。一体、何です？」
竹「こんな騒動の間、よう寝てたな。実は、えらいことがあって」
松「ほゥ、フンフン。寝てる間に、そんなことがありましたか。アレ、長襦袢の柄が変わりました。菊の花が咲いてたのに、花の裏を見せて、重なり合うてます。どうやら、恨みは消えたらしい」
家「いや、消えてないわ。なるほど、女子の一念を見た」
松「ほゥ、何が？」
家「あァ、女子の執念は物凄い。ソレ、恨み(※裏見)重なると言うてるわ」

解説「長襦袢」

古典文学から日本昔話まで、因果応報の怪異談は数多くありますが、人の気を引き、ユニークな存在となる話が、文楽・歌舞伎・講談・落語・浪曲へ採り入れられ、劇作家・講釈師・噺家が創作した作品の「四谷怪談」「怪談牡丹燈籠」「真景累ケ淵」「怪談乳房榎」「皿屋敷」などが、令和の今日でも人気を博しています。

落語界では、幕末から三遊亭圓朝が怪談噺で評判を取っていたことで、幽霊が登場するネタを創作することが流行り、怪談噺を集めた本も刊行されましたが、当時は楽しまれた噺でも、上演する者が居なくなり、置いてきぼりになったネタは、明治以降の速記本の中で冷凍保存されることになりました。

その一つが『三遊亭金馬落語全集』（三芳屋書店、大正十五年）へ掲載されている「箱丁《はこや》の提灯」で、この本を約三十年前に入手し、ストーリーを確認しましたが、「さて、どうしたらよかろう?」と考え込んだのも事実。

『増補落語事典／改訂版』（青蛙房、平成六年）へ目を通すと、演題は「長襦袢」で掲載されており、解説に「臼井の三遊亭金馬（二代目）がやった。手のこんだはなし。芸者の三味線箱を、はこということを、マクラで説明しておく必要がある」と記しています。

『三遊亭金馬落語全集』（三芳屋書店、大正15年）の表紙。

箱丁とは、三味線を入れた箱を持っていく、荷物持ちのこと。

二代目金馬の「箱丁の提灯」のラストは、隣りの屑屋が壁の穴から覗くと、菊模様の長襦袢が枕許の行燈を提げ、ヒョロヒョロと歩き出したので、早速、家主を呼び、その翌日から大評判になり、「長兵衛の買ってきた長襦袢が、夜になると、行燈を提げて歩くとよ」

「何、柳橋へ行けば、はこ（箱丁）が提灯を提げて行く」。

枕で説明しても、このまま演じると効果は上がりにくく、却って、わざとらしい始まりとなるだけに、新しいオチに替えるしかないと思い、独自のオチを付けました。

平成十八年十月二十九日、東京八重洲ブックセンターで開催された「第六回・桂文我の世界／復活珍品上方落語」で初演し、その後も全国各地の落語会や独演会で上演しましたが、笑いは少なくとも、ラストまで興味深く、じっくり聞いていただけるネタになったことを実感しています。

菊模様の長襦袢が行燈を提げて動き出す所で、幽霊などが登場する時に使う「ねとり」を入れました。

歌舞伎で、幽霊・人魂・生霊などが現れるシーンで使用される歌舞伎下座音楽が「ねとり」で、笛も鳴物も不気味な雰囲気の手が付けられ、それへ三味線が入ると、「ねとりの合方」になり、江戸歌舞伎では「幽霊三重」とも言われています。

「音取／寝鳥」と書き、「雅楽を演奏する前、楽器の調子合わせを、音取と呼ぶことから採った」「寝ている鶏の、クゥクゥという声に準《なぞら》えた」という説がありますが、何方とも言えません。

歌舞伎下座音楽では、二上りの曲が複数あるそうですが、その一つを寄席囃子へ採り入れ、ハメモノの「ねとり」となりました。

三味線は、一、二の糸を重く弾き、恐ろしさを強調し、大太鼓を長バチでドロドロドロドロと細かく打ち続け、〆太鼓や当たり鉦は使いません。

笛は能管で、乙（※低い音のこと）を不気味に震わせながら、高く吹いたり、低く吹いたりしますが、戸の隙間へ風が通う気持ちで、淋しく吹くのが極意です。

元来、能管の吹き方と、大太鼓のドロドロを足し、「ヒュードロ」とも呼びますが、曲の始

『三遊亭金馬十八番』（三芳屋書店、大正11年）の表紙と速記。

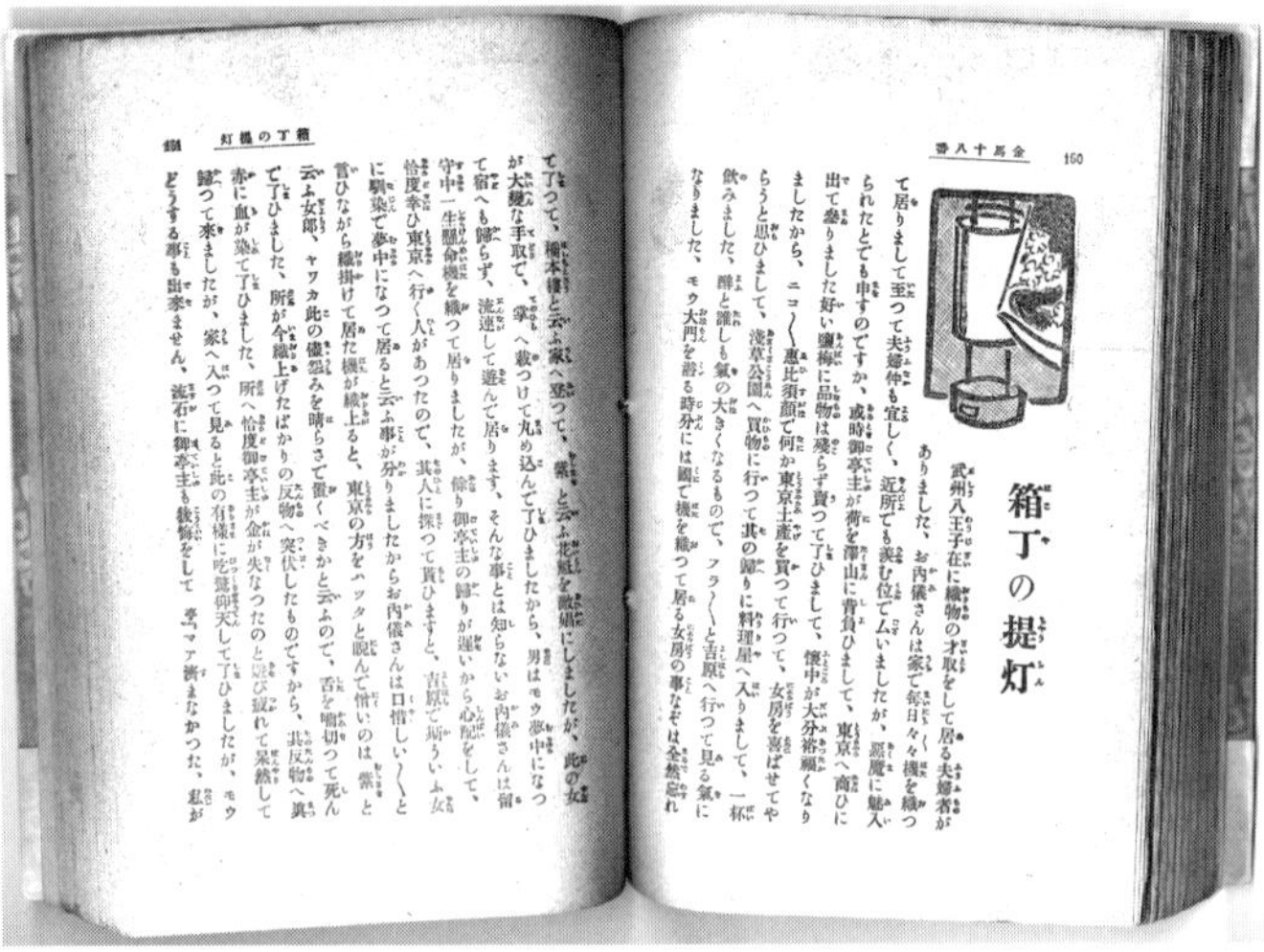

金馬十八番　150

箱丁の提灯

武州八王子在に織物の才取をして居る夫婦者がありました、お内儀さんは家で毎日々々機を織つて居りまして至つて夫婦仲も宜しく、近所でも羨む位でムいましたが、或時御亭主が荷を澤山に背負ひまして、東京へ商ひに出て參りました好い鹽梅に品物は殘らず賣つて了ひまして、懐中が大分裕福くなりましたから、ニコ〳〵惠比須顔で何か東京土産を買つて行つて、女房を喜ばせてやらうと思ひまして、淺草公園へ買物に行つて其の歸りに料理屋へ入りまして、一杯飲みました、醉と謂しも氣の大きくなるもので、フラ〳〵と吉原へ行つて見る氣になりました、モウ大門を潜る時分には國で機を織つて居る女房の事なぞは全然忘れ

箱丁の提灯　151

て了つて、稲本樓と云ふ家へ登つて、紫と云ふ花魁を敵娼にしましたが、此の女が大變な手取で、掌へ載つけて丸め込んで了ひましたから、男はモウ夢中になつて宿へも歸らず、流連して遊んで居ります、そんな事とは知らないお内儀さんは留守中一生懸命機を織つて居りましたが、餘り御亭主の歸りが遲いから心配をして、恰度幸ひ東京へ行く人があつたので、其人に探つて貰ひますと、吉原で斯ういふ女に馴染で夢中になつて居ると云ふ事が分りましたからお内儀さんは口惜しい〳〵と言ひながら織掛けて居た機が織上ると、東京の方をハッタと睨んで憎いのは紫と云ふ女郎、ヤワカ此の儘怨みを晴らさで置くべきかと云ふので、舌を噛切つて死んで了ひました、所が今織上げたばかりの反物へ突伏したものですから、其反物へ眞赤に血が染て了ひました、所へ恰度御亭主が金が失なつたのと遊び疲れて呆然して歸つて來ましたが、家へ入つて見ると此の有様に吃驚仰天して了ひましたが、モウどうする事も出來ません、流石に御亭主も後悔をして　嗚呼マア濟まなかつた、私が

まりや、台詞の間へ銅鑼を打ち込むと、不気味さが加わるでしょう。

上方落語では、「足上り」「七度狐」「皿屋敷」「高尾」「へっつい幽霊」「不動坊」「夢八」「出歯吉」などに使われ、「……の幽霊、それへさしてズゥーッ」というキッカケから演奏が始まり、幽霊が現れる時は大きな音で、台詞が始まると静めます。

寄席囃子では、音を大きくすることを「おやす」、小さくすることを「かすめる」と言い、音の大小を加減することを「生け殺し」と言いますが、この技術の上手下手で、噺全体がイキイキしたり、ぶち壊しになったりするだけに、三味線や鳴物の演奏者は、心して務めなければなりませんし、ハメモノの美味しさの象徴と言えましょう。

東京落語の「箱丁の提灯」を上演する方が、粋な終わり方にはなるでしょうが、恨みを残して死んだ女房の一念を強調し、一つのドラマが終わるのも悪いことではありません。

今後も会場の広さや雰囲気に合わせ、じっくり演じていきたいと思っています。

戦前の速記本は、『三遊亭金馬十八番』（三芳屋書店、大正十一年）、『三遊亭金馬落語全集』などへ掲載されました。

茶碗屋裁き

ちゃわんやさばき

島之内の清水町で、軒を並べる茶碗屋六兵衛と砂糖屋八兵衛は、至って、仲が悪い。

定「旦さん、えらいことです！」

八「コレ、定吉。仰々《ぎょうぎょう》しい声を出して、どうした？」

定「ヘェ、隣りの茶碗屋の素丁稚《すでっち》が！」

八「いや、お前も素丁稚じゃ。一体、どうした？」

定「表の台の上へ黒砂糖を干してたら、道へ水を打ってた茶碗屋の素丁稚が、黒砂糖の上へ掛けてきて、『お前の店の黒砂糖は、湿ってた方が味が良え』と、こんな憎たらしいことを言いました。（泣いて）ウェウェウェウェ！」

八「コレ、アヒルみたいな泣き方しなはんな。そんなことを吐かすとは、堪忍ならん！

コレ、番頭どん。隣りへ行って、文句を言うてきなはれ」
番「捩《ねじ》り鉢巻きに、尻からげをして、片肌脱いで行ってきますわ！（茶碗屋へ来て）えェ、御免！」
ば「砂糖屋の御番頭が、鼻息を荒して入ってきなはった。はい、何か御用で？」
番「ウチの丁稚が黒砂糖を干してたら、己の店の素丁稚が水を掛けよった。乾き掛けた黒砂糖へ水が掛かったら、ワヤになる。さァ、元通りにせえ！」
ば「コレ、無茶を言いなはんな。ところで、御番頭。黒砂糖は、どこへ干しなさった？」
番「台へ乗せて、往来へ干してたわ」
ば「大事な黒砂糖やったら、店の中で干しなはれ。天下の大道を勝手に使うのは、往来盗人じゃ。夕立で黒砂糖が濡れても、お天道様へ文句は言えん。ウチの丁稚が水を掛けたのは、それと同じじゃ。さァ、グゥとでも言えるか？」
番「あァ、グゥ！」
ば「ほんまに、グゥと言うてるわ。さァ、店へ帰りなはれ！」
番「（砂糖屋へ帰って）へェ、行って参りました」
八「一体、どんな塩梅じゃ？」
番「アノ、グゥ！」

八「グゥとは、何じゃ？」

番「隣りへ行って、番頭へ文句を言いましたら、『黒砂糖は、どこへ干した？』『あァ、往来じゃ』『大事な黒砂糖やったら、店の中で干せ。天下の大道を勝手に使うのは、往来盗人。夕立で黒砂糖が濡れても、お天道様へ文句は言えん。ウチの丁稚が水を掛けたのは、それと同じ。さァ、グゥとでも言えるか！』と言われて、グゥ！」

八「それやったら、逆捻《さかね》じじゃ。わしが智慧《ちえ》を出して、仇を討つわ！」

一晩中、砂糖屋の主が考える内に、ガラリ夜が明けた。

八「コレ、番頭どん。隣りが店を開けたよって、昨日の仇討ちをする。犬が庭で寝てるよって、割木で頭をドツきなはれ」

番「悪さをせん犬を、何でドツきます？」

八「犬の頭をドツいたら、表へ飛んで出る。北へ逃げたら、南へ追え。南へ逃げたら、北へ追いなはれ。行き場を失《うしの》た犬が、隣りへ飛び込んで、店へ並べてある品を、遠慮無しに割りよる。犬が無茶をして、ウチへ文句を言いに来た所で、昨日の仇を討つわ」

番「わァ、面白なってきた！　ほな、犬の頭をドツいたろ」

こうなると、犬が災難。

機嫌良う寝てる犬の白やんが、頭をドツかれたことで、「おい、何をさらす！」と言うたかどうかは知らんが、ギャンと啼くなり、表へ飛んで出た。

北へ逃げると、丁稚が追い、南へ逃げると、若い者が追い立てる。

茶碗屋の主が、店先で煙草を喫うてる所へ、行き場を失た白やんが、挨拶も無しに飛び込み、壺・鉢・茶碗を木ッ端《こ》微塵《ぱみじん》に割り出した。

「阿呆犬、出て行け！」と怒鳴ると、主の頬《ほ》ベタへ齧り付く。

六「おい、番頭。隣りの阿呆犬が、店の品を割って、わしの頬ベタへ齧り付いた」
ば「隣りの犬は、旦さんの頬ベタが好きで？」
六「コレ、阿呆なことを言いなはんな。隣りへ行って、文句を言いなはれ！」
ば「捩り鉢巻きに、尻からげをして、片肌脱いで行ってきますわ！（砂糖屋へ来て）え エ、御免！」
八「おォ、お隣りの御番頭。朝早うから、何か御用で？」
ば「おい、己の店の素犬《すいぬ》が！」
八「素犬とは、何じゃ？」

ば「丁稚が素丁稚やったら、犬は素犬じゃ。己の店の素犬が、ウチの店の品を割って、主の類ベタへ噛み付いた。さァ、元通りにしてもらいたい！」
八「コレ、何を吐かす。大名やないよって、町人は安々と犬は飼えん。ウチの犬やのうて、町内の犬じゃ。いつの間にか、ウチの庭で寝泊まりするようになった。わしが割らした訳やないよって、文句は犬へ言いなはれ」
ば「何ッ、犬へ文句が言えるか！」
八「ほな、わしが謝ることもないわ。さァ、グゥとでも言えるか？」
ば「あァ、グゥ！」
八「ほゥ、グゥと吐かした。胸がスッとしたよって、店へ帰りなはれ！」

こんな喧嘩が続くと、近所の体裁も悪い。

二軒の店を貸してる家主が一計を案じ、砂糖屋へやって来た。

家「えェ、御免」

八「おォ、家主さん。どうぞ、お座布を当てとおくれやす」

家「いや、お構い無く。わしが来たのは、他でも無い。家を貸す時、『御入用の節は、家をお空け申し候』という一筆が取ってある。実は、この家が急に要ることになった。今日明日という訳やないが、早々に宿替えをしてもらいたい」
八「ほな、早々に店を探しますけど、隣りの茶碗屋も宿替えをしますので？」
家「隣りは、そのままじゃ」
八「ウチと隣りは同じ間取りで、ウチだけ宿替えをして、隣りがそのままということは無いわ。隣りが宿替えをせんのやったら、ウチも宿替えはせん！」
家「隣りと一緒やったら、宿替えをするか？」
八「茶碗屋が宿替えをしたら、その隣りを借りる。茶碗屋の横が空き地やったら、そこへ家を建てて、毎日、茶碗屋と喧嘩をするわ！」
家「あァ、一筋縄では行かん。また、出直してくるわ」

困り果てた家主が願書を認《したた》め、お恐れながらと、西の御番所へ願い出る。
茶碗屋と砂糖屋へ差し紙が届き、奉行所の溜まり・控え所へ来た。
八「己が、犬のことを訴えたか。しょうもないことを、お上へ届け出るな！」
六「コレ、何を吐かす！　いや、己が訴えた！」

家「御番所へ来て、喧嘩をしなはんな。わしが、お上へ願い出た。事の次第は、お白州で知れる。さァ、静かにしなはれ」
役「茶碗屋八兵衛、砂糖屋六兵衛、家主・近江屋源兵衛。出ましょう、出ましょう！」
家「さァ、お呼びじゃ。身形を直して、袴を着けなはれ。喧嘩をしながら、袴を着けるよって、無茶苦茶じゃ。六兵衛さんの袴は、袴板が前へ来てるわ」
六「いっそのこと、湯呑みを乗せる棚にします」
家「コレ、阿呆なことを言いなはんな。八兵衛さんは、袴の片方へ両足を入れてるわ」
八「ほな、お白州へ跳んで行きます」
家「一々、ケッタイなことをしなはんな。そんな着付けでは、お役人に叱られるわ」

お白州は、白い砂利を一面に敷き、胡麻目筵が敷いてあり、三人に町役が付き添い、それへ座らされる。

正面の後ろは、紗綾形の襖が嵌《は》まり、横に書記の目安方の与力が控え、一段下がった所へ、赤鬼青鬼という、江戸は蹲《つくばい》の同心、関西では総代という者が二人座る。

シィーッという警蹕《けいひつ》の声で、スッと出てきたのが、お奉行様。

正面へ御着座になると、目の前の書面へ目を通す。

奉「皆の者、出ておるのう。差し出されたる願面に依れば、両人は軒を並べ、渡世を致しながら、連日の喧嘩口論。『遠い身内より、近い他人』と申し、隣家は昵懇《じっこん》に致さば相ならん。何故《ゆえ》、口論を致すか、有体《ありてい》に申し上げよ」

八「えェ、私から申し上げます。ウチの丁稚が表へ干した黒砂糖へ、隣りの丁稚が水を掛けました。番頭が掛け合いに参りますと、『大事な黒砂糖やったら、店の中へ干せ。往来へ勝手に干すのは、往来盗人。夕立で濡れた時、お天道様へ文句を言うか』『いや、それは言えん』『さァ、グゥとでも言えるか』『あァ、グゥ！』と申しまして」

六「ほな、私も申し上げます。隣りの阿呆犬が飛び込んで参りまして、店の品を割りました。番頭が文句を言いに参りましたら、『大名やないよって、犬は町人の飼う物やない。ウチの犬と言うけど、町内の犬。文句があったら、犬へ言え。さァ、グゥとでも言えるか』『あァ、グゥ！』」

奉「コリャ、控えよ！　その方らは、グゥの言い合いを致しておるだけではないか」

八「こ奴は、わからん奴で」

六「こ奴とは、誰じゃ？」

八「おォ、己へ言うてる」

六「己とは、誰じゃ？」

八「いや、ワレへ言うてるわ」
六「ワレとは、誰じゃ？」
八「あァ、貴様へ言うてる」
六「貴様とは、誰じゃ？」
八「おォ、お主《ぬし》へ言うてるわ」
六「お主とは、誰じゃ？」
八「いや、あんたへ言うてる」
六「あんたとは、誰じゃ？」
八「おォ、お前へ言うてるわ」
六「お前とは、誰じゃ？」
八「(言葉に詰まって) あァ、もう無い！」
奉「コリャ、控えよ！　お白州で喧嘩口論を致しながら、言葉遊びをするではない。甚《はなは》だ、不埒な者共である。然らば、双方が手を出し、手と手を握り合うがよい」
八「こんな奴と手を握るのは片腹痛いけど、お奉行様が仰るよって、仕方無い。(六兵衛の手を握って) お奉行様、これで宜しゅうございますか。もし、何をなさいます！　いきなり、手錠を掛けられて」

奉「両人を手錠で繋《つな》ぎ、家主・源兵衛へ預けおく。追って、沙汰に及ぶであろう。本日の裁きは、これまで。皆の者、立ちませェーい！」

皆が奉行所を出て、清水町へ帰ると、茶碗屋と砂糖屋は、自分の家へ入ろとする。

六「そんなに引っ張ったら、どんならん。さァ、わしの家へ入れ」
八「誰が、己の家へ入るか。さァ、わしの家へ入れ」
家「コレ、往来で喧嘩をしなはんな。お奉行様が仰るには、わしへ二人を預けて、追って沙汰をするとのことじゃ。仕方無いよって、ウチへ来なはれ」

家主が願い出ただけに、手錠で繋がれた二人を、自分の家へ連れて帰った。
相手の手が付いてくるだけに、三度の食事も箸が使えんので、握り飯にしたが、御飯粒は零す、おかずは引っ繰り返す、食事をするだけでも大騒動。
手水へ行くのも、二人揃て行くしかないし、後の始末も出来んので、家主の世話になるという塩梅で、とうとう二人は根負けをした。

六「あァ、これでは商売が上がったりじゃ。一体、どうしたら外してくれる?」
八「わしらが仲良うしたら、手錠は外してもらえるわ」
六「仕方無いよって、仲良うしょうか。そやけど、仲良うなったという証《あかし》が要るわ」
八「わかりやすいのは、お互いの顔を見て、笑い合うことじゃ」
六「お前の顔を見て、笑うか」
八「わしも辛抱して笑うよって、お前も笑え。ほな、目と目を見つめ合うて」
六「コレ、そんな気色悪いことが出来るか!」
八「わしも嫌やけど、仕方無い。ほな、行くわ。(笑って)アハハハハッ!」
六「笑てるか、泣いてるか、わからん。(笑って)ハハハハハハッ!」
八「(笑って)ウフフフフッ!」
六「(笑って)アハハハハッ!」

気色悪い稽古をしてるのを見た家主が、もう大丈夫と思い、奉行所へ届け出る。
暫くすると、お呼び出しになり、お白州へ出た。

奉「茶碗屋八兵衛、砂糖屋六兵衛。仲直りを致したそうじゃが、その証を見せよ」

六「二人で顔を見て、笑い合います」
奉「ほゥ、面白き証である。然らば、奉行へ見せるがよい」
六「はい、承知を致しました。（八兵衛へ向かい、笑って）ウフフフフフッ！」
八「（笑って）アハハハハハッ！」
六「（笑って）ウフフフフッ！」
八「（笑って）アハハハハハッ！」
奉「あァ、もうよい！　何やら、胸が悪くなって参った。しかしながら、天晴《あっぱ》れな証である。コリャ、二人の手錠を外してやれ。八兵衛に六兵衛、楽になったか？」
八「隣り同士で喧嘩をしてたのは、恥ずかしいことで」
奉「然らば、後々も仲良く致せよ」
八「一緒に繋がれた者同士だけに、これからは仲良う致します」
奉「ほゥ、嘘・偽りは無いな？」
六「めでとう納まりましたのも、お奉行様の情（※錠）のあるお裁きのお陰でございます」

解説「茶碗屋裁き」

「茶碗屋政談」「茶碗屋裁判」という演題もあり、明治半ばから昭和初期まで、大阪・京都で活躍した二代目桂（文我家）文之助（※現在も、京都の人気甘味処・文の助茶屋の創業者）が創作したとも言われていますが、「江戸時代から、上演されていたのではないか?」と思えるだけの風情も感じます。

話は逸れ、私事ですが、昭和五十四年三月二日から、大阪府豊中市上野東の師匠（二代目桂枝雀）宅で、二年間の内弟子修業が始まりました。

一緒に内弟子修業をしたのは、一日先輩の桂九雀さんでしたが、「世の中で、こんなに機転の利く人が居るのか」と思ったほど、内弟子中の作業は完璧でした。

それに引き替え、私は失敗の連続で、町の様子もわからないだけに、買物を頼まれ、自転車で出掛けても、道に迷うことばかりで、師匠一家も困り果てたと思います。

振り返れば、よく置いてもらえたと思いますが、師匠の奥さんが和歌山県日高郡みなべ町の出身だったこともあり、地方出身者に理解があり、許して下さったのが大きかったのでしょう。

食後の食器洗いでも、茶碗を割ることは日常茶飯事で、最初は師匠に「わしも内弟子の頃は、よう割った」と慰めてもらいましたが、さすがに朝昼晩と割ってしまった時は、師匠も堪忍袋

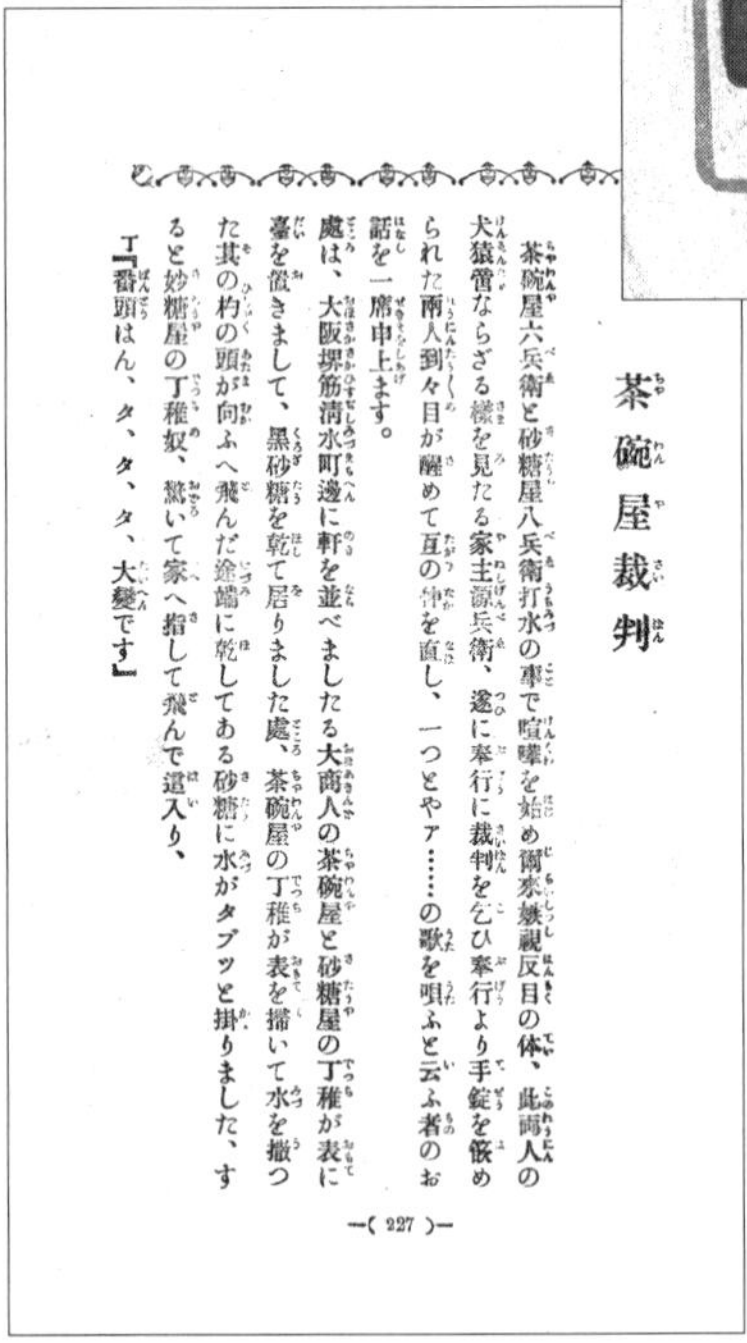

茶《ちや》碗《わん》屋《や》裁《さい》判《はん》

茶碗屋《ちやわんや》六兵衛《べゑ》と砂糖屋《さたうや》八兵衛《べゑ》打水《うちみづ》の事《こと》で喧嘩《けんくわ》を始《はじ》め爾来《じらい》嫉視《しつし》反目《はんもく》の体《てい》、此両人《このりやうにん》の犬猿《けんゑん》啻《たゞ》ならざる様《さま》を見《み》たる家主《やぬし》源兵衛《げんべゑ》、遂《つひ》に奉行《ぶぎやう》に裁判《さいばん》を乞《こ》ひ奉行《ぶぎやう》より手錠《てぢやう》を篏《は》められた両人《りやうにん》到々《たう／＼》目《め》が醒《さ》めて互《たがひ》の仲《なか》を直《なほ》し、一つとやァ……の歌《うた》を唄《うた》ふと云《い》ふ者《もの》のお話《はなし》を一席申上《せきまをしあげ》ます。

處《ところ》は、大阪堺筋清水町邊《おほさかさかひすぢしみづまちへん》に軒《のき》を並《なら》べましたる大商人《おほあきんど》の茶碗屋《ちやわんや》と砂糖屋《さたうや》の丁稚《でつち》が表《おもて》に臺《だい》を置きまして、黒砂糖《くろざたう》を乾《ほし》て居《を》りました處《ところ》、茶碗屋《ちやわんや》の丁稚《でつち》が表《おもて》を掃《は》いて水《みづ》を撒《う》つた其《そ》の杓《ひしやく》の頭《あたま》が向《むか》ふへ飛《と》んだ途端《じつみ》に乾《ほ》してある砂糖《さたう》に水《みづ》がタブッと掛《かゝ》りました、すると妙糖屋《さたうや》の丁稚奴《でつちめ》、愕《おどろ》いて家《うち》へ指《さ》して飛《と》んで這入《はい》り、

丁『番頭《ばんとう》はん、タ、タ、タ、大變《たいへん》です』

—(227)—

『文の家文之助落語集』（三芳屋書店、大正４年）の表紙と速記。

の緒が切れ、「いっそのこと、アルマイトの茶碗を買うてきて！」。

今でも師匠の茶碗に似た品を見ると、当時の失敗を思い出します。

茶碗を題材にし、落語の演題になっているのは、「はてなの茶碗」「井戸の茶碗」「猫の茶碗」が有名で、上演者も多いのですが、「茶碗屋裁き」となると、粗筋さえ知らない噺家が大半で、上演者は皆無に等しいと言えましょう。

この噺を知ったのは、『落語事典』（青蛙房、昭和四十四年）でしたが、粗筋程度の紹介だったので、全容が掴めたのは『文の家文之助落語集』（三芳屋書店、大正四年）を入手してからでした。

かなり複雑な内容だったので、自分なりに整理し、平成十五年十月二十八日、大阪梅田太融寺で開催した「第二十九回／桂文我上方落語選（大阪編）」で初演しましたが、砂糖屋と茶碗屋の最初の揉め事のシーンが受けも良く、演っていて楽しかったことが、何よりの収穫だったことを覚えています。

このような揉め事で、お白州が開かれたかどうかは疑問ですが、訴状の書き方の上手下手で、奉行の取り上げ方に相当な差があったそうですから、ひょっとすると、事実談を基に創作した噺かも知れません。

本来のオチは、お白州の奉行の裁きで、砂糖屋と茶碗屋が仲直りをした証拠に、「二人で、唄を唄え」と言われ、二人は仕方なく、「一つとえい（せえ）、人の通らぬ山中を、お類さんと、

『大阪文の家文の助乃落語』（三芳屋書店、大正４年）の表紙。

吉さんと、手を引いて……、この嬢かいな」の替え唄で、「人の通ってる町中を、茶碗屋の八兵衛さんと」「砂糖屋の六兵衛さんと、手を引いて」と唄うと、役人が手錠を放り出し、「この錠かいな」。

　上方落語らしく、ナンセンスなオチで、これはこれで良いのでしょうが、当時の唄が洒落になっているのはわかりにくいと思い、私なりのオチを付けました。

　また、「隣り同士が手と手を取り合い、仲良く致せ」「いいえ、手を取り合うのは、真っ平御免！」というオチも考えましたが、もっと良いオチがあれば、入れ替えたいと思いますので、洒落たオチが思い浮かんだ方は、ご教授いただければ幸甚です。

　この落語の揉め事は、数多くある揉め事のネタでも屈指の面白さがあると思いますが、その中で一番気の毒なのは、何の罪も無いのに、割木で頭を殴られた犬。

私が勝手に、寝ている犬を「白やん」と名付けました。

「犬」と言うだけでは、どのような犬か想像しにくいこともあるため、大人しく寝ている白犬が気の毒な目に遭うのは、命を落とさず、怪我《けが》もしなければ、滑稽な役廻りになると考え、そのような役を務めてもらうことにしたのです。

砂糖屋と茶碗屋が笑い合うシーンからは、完全に見て楽しむ落語だけに、ライブで見ていただくのが一番でしょう。

戦前の速記本は『滑稽落語臍の宿替』（杉本梁江堂、明治四十二年）、『文の家文之助落語集』、『大阪文の家文の助乃落語』（三芳屋書店、大正四年）へ掲載されました。

七草

ななくさ

一月七日は七草正月で、芹《せり》・薺《なずな》・御形《ごぎょう》・はこべら・仏の座・すずな・すずしろという、七つの草を入れて炊いたお粥を食べ、無病息災を願う。

正月七日の夜明けに、一家の主が七草を俎《まないた》の上へ乗せ、店先へ持って出て、後ろへ家内や店の者が並び、キチンと座ると、主が面白い文句を唄いながら、七草を菜刀《ながたん》（※菜切り包丁のこと）で叩いて切った。

「七草、薺、唐土《とうど》の鳥が、日本の土地へ渡らぬ内に、トントンパタリ、トンパタリ」と唄うと、皆が「おてててて！」と言うて、七草の朝の儀式が済む。

唐土の鳥は、唐土《もろこし》、今の中国に限らず、異国を指し、「鳥が悪い毒を抱え、日本の空へ飛んでくる」という意味やそうで。

唐土の嶺南山《れいなんざん》へ棲む、鬼車鳥《きしゃどり》という毒を持った鳥が、夜中に日本の家の軒下へ来て、人が捨てた爪を食べ、子どもの乾いた着物へ毒を掛ける。

それを知らずに着物を着ると、疳《かん》の病いを患うと言われてた。

これは外国から来た病原菌のことで、昔は「旧暦正月七日の早朝、日本の空で、鬼車鳥が悪い毒を撒き散らし、日本で悪い病気が流行る」とも言われてたそうで。

日本の空で、鬼車鳥が悪い毒を撒き散らさん内に、下で「唐土の鳥が、日本の土地へ渡らぬ内に」と声を揃えると、鬼車鳥が驚き、毒を撒かず、余所の土地へ行くと信じてた。

七草の唄は不思議な文句で、この行事を後々まで続けたら、無形文化財になるかも知れん。

日本三廓の京の島原・大坂の新町・江戸の吉原の華やかさは、浮世絵でも知られてる。

昔、大坂の新町に七越《ななこし》という、絶世の美人の太夫が居った。

三味線・唄・踊り・舞・お花・茶の湯・歌・俳諧・盆画盆石と、何でも出来る太夫でありながら、初会は声が掛かっても、裏が返らん。

色街では、お客が初めて来た時を初会、二遍目が裏・裏壁、三遍目からは馴染《なじ》みと言うて、初会で来んようになった者を、「裏壁返さぬ、甲斐性無し」と言うたそうで。

昔、浪曲師・篠田実の十八番「紺屋高尾」で、「遊女は、客に惚れたと言い。客は来もせで、また来ると言う。嘘と嘘との色里で」という一節が流行った。

七越太夫へ初会の声は掛かっても、裏が返らんので、お茶屋の主が仲居へ尋ねる。

主「七越は別嬪で、芸達者。愛想も良え太夫へ裏が返らんとは、どういう訳じゃ？」
仲「告げ口になりますけど、お客が座敷を出はると、摘み喰いをなさいます」
主「あァ、何たることじゃ。お客が『お腹が空いたら、好きな物を言いなはれ。それが届くまで、わしのお膳を荒しても宜しい』と仰ったら、箸を付けてもええ。何にも仰らん内から、摘み喰いをするとは。『七越は別嬪じゃが、摘み喰いをする。行儀の悪い太夫が居る店には、二度と遊びに行かん』と、評判が悪なる。悪い癖は治した方が良えよって、七越を呼びなはれ！」
仲「はい、承知致しました」
七「アノ、旦さん。七越でございますが、何か御用で？」
主「あァ、此方へ入り。七越で。今日は小言を言うが、お座敷で摘み喰いをするそうな。食べたい物があっても辛抱して、お座敷の摘み喰いは止めなはれ！」
七「はい、以後は慎みます」

お茶屋の主が釘を刺すと、七越は摘み喰いをせんようになった。

或る年の暮れ、伏見の酒問屋のお大尽がお越しになり、元日から七草まで呑み続け。

七草の日、お大尽が小用を足しに座敷を出ると、芸妓・舞妓・幇間・仲居も随いて行く。

座敷へ残った七越が、お大尽のお膳を見ると、魴鮄《ほうぼう》が乗ってる。

赤い、綺麗な魚でも、飛び切り美味しい魚やないだけに、お客は箸を付けんことが多い。

そのまま他の客へ出すと、また手付かずで下がり、方々の座敷へ出すことから、魴鮄（※方々）という名前が付いたという説もある。

皆が居らんようになったので、辛抱をしてた七越に例の癖が出て、魴鮄の身を箸で摘み、口へ入れた時、廊下で足音がした。

箸で毟《むし》った魴鮄を引っ繰り返し、口の中の魚を呑み込むと、小骨が喉へ引っ掛かる。

七「（苦しんで）あッ、あッ！　アアアアアッ！」

大「コレ、どうした？　あァ、お膳の上の魴鮄の向きが替わってる。また、悪い癖が出たらしい。よし、わしが治したる」

幇「もし、お大尽。箸を二本持って、何をなさいます？」

大「この箸で、七越の髷《まげ》を叩いて、呪いをする。（唄って）七越、泣くな。魴鮄の骨が刺さらぬ内に、二本の箸で、トントンパタリ、トンパタリ！」

七越が涙を零して、「痛テテテテテテテッ！」

解説「七草」

アフリカ原住民のクンタキンテが、奴隷船でアメリカへ運ばれた後、苦労が実り、末裔《まつえい》が市民権を得たという、アレックス・ヘイリー原作の「ルーツ」というドラマを高校時代に見て感動した私は、刊行された本を貪《むさぼ》るように読みました。

本の結末は、アレックス・ヘイリーが、六代前の先祖であるクンタキンテの故郷・アフリカの村を訪れ、古老の口から、村の歴史の「クンタキンテが、この村から居なくなった」という一節を聞き、自分の家の系図をまとめようと思い立ったということだったと思います。

文字の無かった時代や、文字を使わずに過ごしてきた村などは、集落の歴史を伝えるには、口伝《くでん》しか無いだけに、当時の者は、令和の今日のように、印刷・コピー・メールなどで残すことが出来る時代が来るとは、夢にも思わなかったでしょう。

「ルーツ」のような壮大な物語ではありませんが、私も時折、口伝や歌で、頭の中がタイムスリップしたり、意外な事柄がつながったりすることもありました。

約十年前、現在も三重県伊勢市二見の賓日館（※国指定重要文化財）で年一回開催されている「四代目桂文我落語会」で、開演前に挨拶された、当時の伊勢パールセンター代表取締役・小西蔀氏が、二見近辺の正月の行事のことに触れられ、突然、「七草の唄」を唄い出されたことに仰

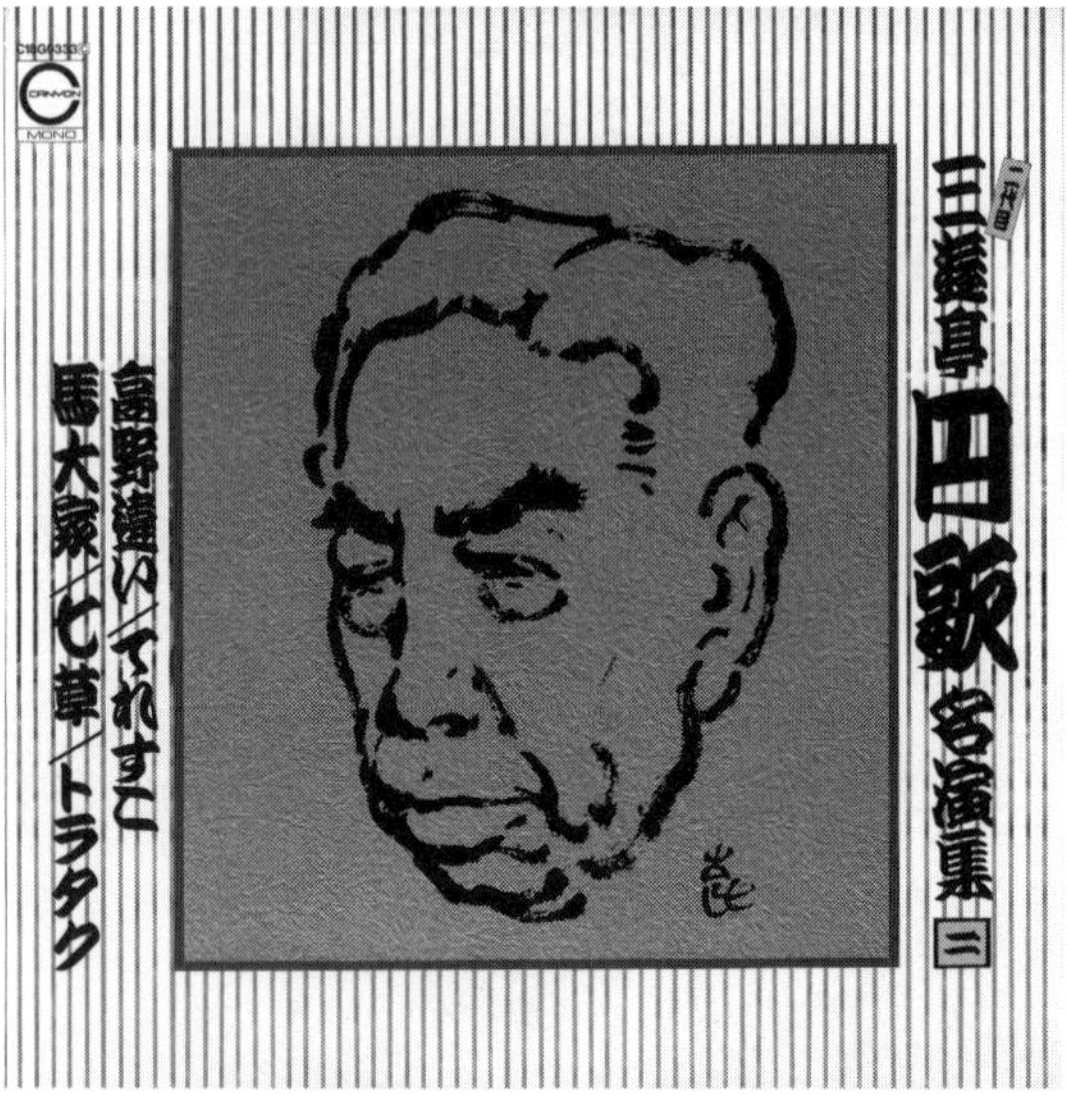

『二代目三遊亭円歌名演集②』（キャニオンレコード、昭和57年）

天したのです。

その当時も、大阪近辺の商家で、わずかに伝わる新年の行事と聞いていましたが、まさか二見で「七草の唄」を聞くとは思いませんでしたし、小西氏が素直に唄われた唄は味わい深く、気持ちの良いメロディでした。

小西氏の唄を聞くまで、「七草」という落語に関心はありませんでしたが、これをキッカケに、「七草」を上演するための作業へ取り掛かったのです。

桂米朝師から粗筋は聞いていましたが、細かい構成・演出は、橘ノ圓都・二代目三遊亭円歌の音源と、二代目三遊亭小圓朝の『三遊亭小圓朝の落語』（三芳屋書店、大正十二年）、『上方落語』第五号（大阪大学落語研究部、昭和四十三年）で確認が出来たので、何とか上演へ漕ぎ着けました。

二代目小圓朝の速記では、七草の行事を「節分に続いて、七草を祝いまする。当今は余り、そういう事を致す御家が無くなりましたが」と述べており、大正十年代でも珍しい行事になっていたことも知れたのです。

また、「これも随分馬鹿馬鹿しい物で。何故かと言うと、七つの草を叩きます。その草が、芹・薺・御形・繁縷《はこべら》・仏の座・菘《すずな》（蕪）・蘿蔔《すずしろ》（大根）。それを叩くので、それも叩きにくい物で叩くのでございます。杓子だの吹竹だの火箸だのという、叩きにくい物ばかりで叩く。芹・薺、唐土の鳥が、日本の土地へ渡らぬ先に、ストトントン。御屋敷なんぞは御家風で、いろいろな事をしたもので。女中衆が赤い襷を掛けまして、擂粉木《すりこぎ》を持って、叩いているなぞと言う。今日では、誰方もやりませんが、昔は門並致したもので。どういう訳で、そういう事をしたものであろうと、その故事を聞いてみまするると、唐土から悪鳥が渡って、その悪鳥を、キシヤ鳥と言い、またはウズメ鳥、或いはウブメ鳥なぞとも言いますが、その鳥が来て、悪血を吸うとか、その血が身体に掛かると、悪病を患って死すと言う。そこで、七草を叩いて、羹物《あつもの》にして、それを食べると、その病いに罹らぬてか、京洛中より流行り始めた事だとか言う、これが故事なのでございます」と、枕で述べました。

二代目円歌は、必ず、正月の高座で上演していたそうです。

人日《じんじつ》の節句（※七日正月）の朝、春の七草を炊き込んだ七草粥を食べると、邪気が払えるとい

『三遊亭小圓朝の落語』（三芳屋書店、大正12年）の表紙と速記。

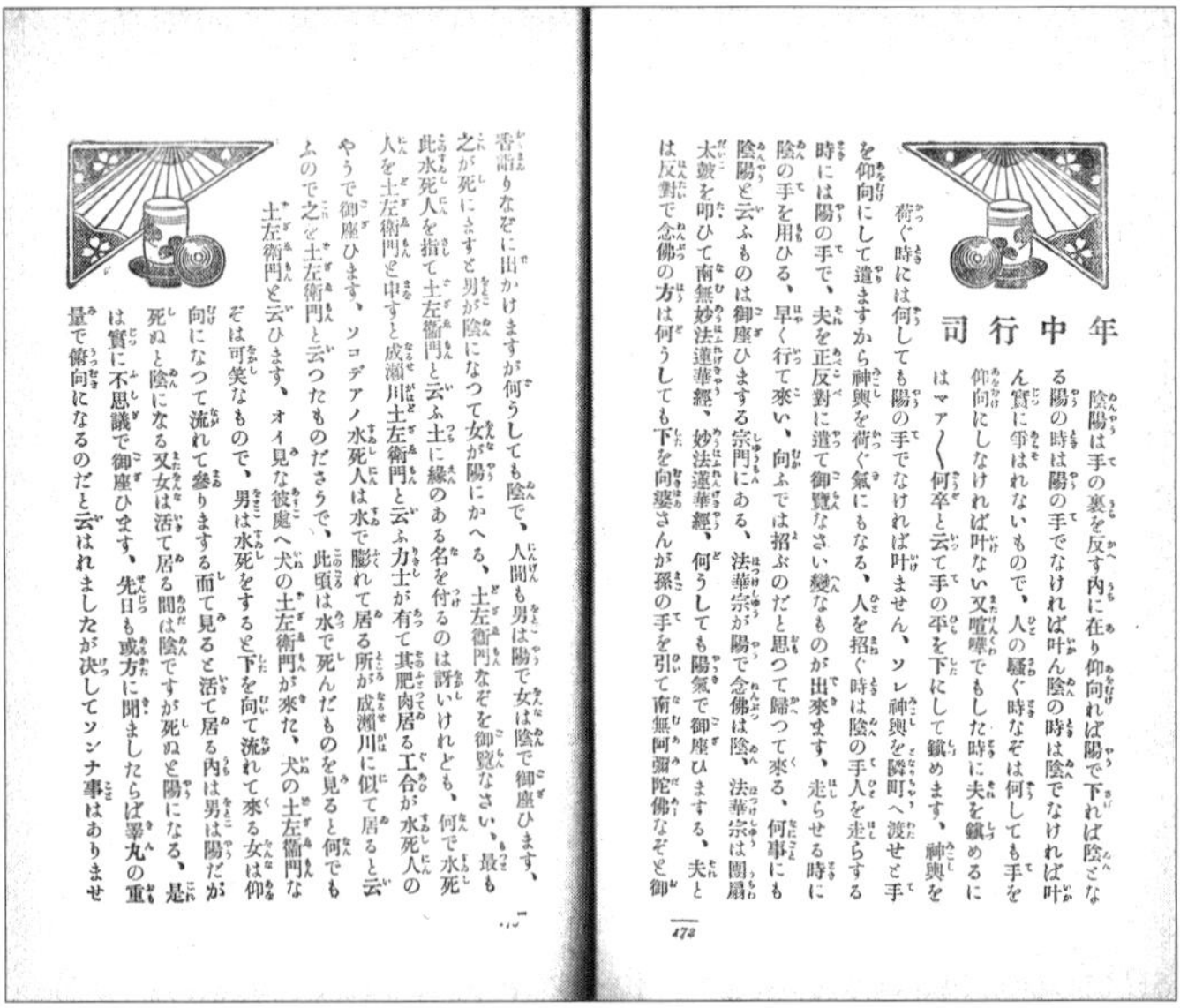

年中行司

陰陽《いんやう》は手《て》の裏《うら》を反《かへ》す内《うち》に在《あ》り仰向《あをむけ》れば陽《やう》で下《さげ》れば陰《いん》となる陽《やう》の時《とき》は陽《やう》の手《て》でなければ叶《いか》ん陰《いん》の時《とき》は陰《いん》でなければ叶《いか》ん實《じつ》に爭《あらそ》はれないもので、人《ひと》の騒《さわ》ぐ時《とき》なぞは何《どう》しても手《て》を仰向《あをむけ》にしなければ叶《いけ》ない又喧嘩《またけんくわ》でもした時《とき》に夫《それ》を鎭《しづ》めるにはマア〳〵何卒《どうぞ》と云《いつ》て手《て》の平《ひら》を下《した》にして鎭《しづ》めます、神輿《みこし》を

荷《かつ》ぐ時《とき》には何《どう》しても陽《やう》の手《て》でなければ叶《いけ》ません、ソレ神輿《みこし》を隣町《となりちやう》へ渡《わた》せと手《て》を仰向《あをむけ》にして遣《やり》ますから神輿《みこし》を荷《かつ》ぐ氣《き》にもなる、人《ひと》を招《まね》ぐ時《とき》は陰《いん》の手《て》人《ひと》を走《はし》らする時《とき》には陽《やう》の手《て》で、夫《それ》を正反對《あべこべ》に遣《やつ》て御覽《ごらん》なさい變《へん》なものが出來《でき》ます、走《はし》らせる時《とき》に陰《いん》の手《て》を用《もち》ひる、早《はや》く行《いつ》て來《こ》い、向《むか》ふでは招《よ》ぶのだと思《おも》つて歸《かへ》つて來《く》る、何事《なにごと》にも陰陽《いんやう》と云《い》ふものは御座《ござ》ひまする宗門《しゆうもん》にある、法華宗《ほつけしゆう》が陽《やう》で念佛《ねんぶつ》は陰《いん》、法華宗《ほつけしゆう》は團扇《うちわ》太鼓《だいこ》を叩《たゝ》ひて南無妙法蓮華經《なむめうほふれんげきやう》、妙法蓮華經《めうほふれんげきやう》、何《ど》うしても陽氣《やうき》で御座《ござ》ひまする、夫《それ》とは反對《はんたい》で念佛《ねんぶつ》の方《はう》は何《ど》うしても下《した》を向《む》き婆《ばあ》さんが孫《まご》の手《て》を引《ひい》て南無阿彌陀佛《なむあみだぶつ》なぞと御《お》

172

香詣りなぞに出《で》かけますが何《ど》うしても陰《いん》で、人間《にんげん》も男《をとこ》は陽《やう》で女《をんな》は陰《いん》で御座《ござ》ひます、之《これ》が死《し》にますと男《をとこ》が陰《いん》になつて女《をんな》が陽《やう》にかへる、土左衞門《どざゑもん》なぞを御覽《ごらん》なさい、最《もつと》も此水死人《このすゐしにん》を指《さし》て土左衞門《どざゑもん》と云《い》ふ土《つち》に緣《えん》のある名《な》を付《つけ》るのは訝《おかし》いけれども、何《なん》で水死人《すゐしにん》を土左衞門《どざゑもん》と申《まを》すと成瀬川《なるせがは》土左衞門《どざゑもん》と云《い》ふ力士《りきし》が有《あつ》て其肥肉居《そのふとつてゐ》る工合《ぐあひ》が水死人《すゐしにん》のやうで御座《ござ》ひます、ソコデアノ水死人《すゐしにん》は水《みづ》で膨《ふく》れて居《ゐ》る所《ところ》が成瀬川《なるせがは》に似《に》て居《ゐ》ると云《い》ふので之《これ》を土左衞門《どざゑもん》と云《い》つたものださうで、此頃《このごろ》は水《みづ》で死《し》んだものを見《み》ると何《なん》でも土左衞門《どざゑもん》と云《い》ひます、オイ見《み》な彼處《あすこ》へ犬《いぬ》の土左衞門《どざゑもん》が來《き》た、犬《いぬ》の土左衞門《どざゑもん》なぞは可笑《をかし》なもので、男《をとこ》は水死《すゐし》をすると下《した》を向《む》いて流《なが》れて來《く》る女《をんな》は仰《あを》向《むけ》になつて流《なが》れて參《まゐ》りまする而《し》て見《み》ると活《い》て居《ゐ》る内《うち》は男《をとこ》は陽《やう》だが死《し》ぬと陰《いん》になる又女《またをんな》は活《い》て居《ゐ》る間《あひだ》は陰《いん》ですが死《し》ぬと陽《やう》になる、是《これ》は實《じつ》に不思議《ふしぎ》で御座《ござ》ひます、先日《せんじつ》も或方《あるかた》に聞《き》きましたらば睾丸《きん》の重《おも》量《み》で俯向《うつむき》になるのだと云《い》はれましたが決《けつ》してソンナ事《こと》はありませ

う風習は、令和の今日でも残っていますが、本来は旧暦の節句なので、新暦では二月初旬に行われていた行事と言えましょう。

七日正月の前夜や、当日の朝、春の七草を俎の上へ乗せ、恵方へ向かい、「七草、薺。唐土の鳥の（が）、日本の土地へ（鳥と）、渡らぬ先（うち）に、七草・薺、手に摘み入れて」などと唄いながら、菜刀で刻むような風習が伝わっていた時代の方が、正月気分が長続きしたように思います。

歌の意味は、枕で語っている通りですが、「オテテテテテ」という囃子言葉（？）の意味は、何のことかわかりません。

わらべ唄の「七草ばやし・七草なずな」では「ストトントン」になっており、これは七草を菜刀で刻む音と推察が出来るだけに、なぜに落語の「七草」では「オテテテテテ」になったのか？

当時の大阪で伝わっていたことを落語へ採り入れただけに、それなりに意味があるはずですから、ご存じの方はご教授くだされば幸甚です。

七草を芸妓の七越、唐土を魴鮄、「オテテテテ」を「イテテテテ」など、わかりやすい駄洒落を使い、一席の短編落語へ仕立てるとは、このネタを初めて上演した噺家は、仲間内から「ようこんな恥かしい、わかりやすいネタをこしらえたな」と、嘲笑と称賛を兼ねた言葉を浴びせられたことでしょう。

私は、このような落語が大好きで、今後も照れずに、堂々と、正月の風情を濃厚に加えた上、上演し続けるつもりですから、機会があれば、実演で、お楽しみ下さいませ。

魴鮄は、カサゴ目ホウボウ科の海水魚で、沿岸の海底に居り、頭部が四角で、大きい上に堅く、鱗《うろこ》も細かく、暗赤色に赤い斑点が散り、胸鰭《むなびれ》の内面は青緑色で、前部の軟条（※魚の鰭にある、やわらかい筋）三本が遊離しており、それを使って、歩くように動くそうです。

戦前の速記本は『三遊亭小圓朝の落語』があり、LPレコード・カセットテープ・CDは、二代目三遊亭円歌の録音で発売されています。

平成二十七年一月十六日、東京お江戸日本橋亭で開催した「桂文我／新春二夜連続落語会」で初演しましたが、その後も新年を迎えると、正月に関する落語の枕代わりにしたり、独演会の一席目に組み込むことが多くなりました。

このようなネタは、重みのある大ネタより、演り甲斐を感じる場合もあるだけに、正月気分に浸りながら、明るく演じる方が良いでしょう。

「このネタがあること自体、落語に大きな広がりをもたらしている」と、声を大にして言いたいほど、好きな落語となりました。

貧乏花見

びんぼうはなみ

○「あァ、雨が上がったな」
△「良え天気になると知ってたら、仕事へ行ったわ」
○「長屋で出そびれてる者も、仰山居る」
△「雨が上がると、表通りが賑やかになった。皆、どこへ行く？」
○「良え着物を着て、毛氈《もうせん》を持って、お重や酒樽を提げてる者は、桜ノ宮へ花見へ行くと思う。花を見に行く、着物を見せに行くという奴じゃ」
△「向こうから来る女子は、良え身形やな」
○「あれは親子で、贅沢な恰好じゃ。娘の方が派手やけど、母親の方が金目《かねめ》は上と思う」
△「二人の着てる物を、裸に剥《む》いて売ったら、何ぼになる？」
○「一々、ケッタイなことを聞くな。母親の着物や帯は高そうやし、娘も贅沢やよって、

履物まで売ったら、百円は下らんと思う」
△「えッ、百円！　わしらの着物と帯を売ったら、何ぼになる？」
○「まア、どこの古手屋でも断るわ」
△「さア、そこを紙屑屋へ頼んで」
○「コレ、頼むな。紙屑屋へ頼んでも、十三銭五厘か、十三銭で、十五銭は無理じゃ」
△「褌《ふんどし》を二本付けるよって、十五銭で買え」
○「いや、誰が買うか」
△「わァ、えらい違いや。百円の着物を着て、御馳走を持って、花見へ行く者が居るかと思たら、二人合わして、十五銭にもならん着物を着て、ボヤいてる者も居るわ」
○「一々、情け無いことを言うな。とかく、この世は夢の浮世。あの人らは、先《さき》の生《しょう》で良えことをしたよって、今は良え夢を見てると思たらええわ」
△「わしらは年中、悪夢に襲われてるか？」
○「おい、心細いことを言うな。人間は、気で気を養わなあかん。花見へ行きたかったら、行ったらええ。木戸銭は要らんし、花を見るのは只じゃ」
△「そやけど、こんな恰好で行けるか？」
○「花見へ行くだけで、着物を見せに行く訳やない。良え着物を着て行こが、ボロを着て

行こが、花の咲き方に変わりはないわ」
△「肝心の酒や御馳走が無いよって、頼り無い」
○「家にある物を持って行って、花を見ながら、食べたらええわ。酒が無かったら、茶を持って行け。向こうが酒盛りやったら、此方は茶カ盛り。茶を呑んで、花を見て、よう咲いてると思うのが、ほんまの風流じゃ」
△「そんなことは、よう思わん。昔から『酒無くて 何の己が 桜かな』と言うて、酒を呑んでるよって、花も綺麗に見える。この寒空に、花の下で、茶をガブガブ呑んで、花の下と便所を往復しながら、よう咲いてるとは思えん」
○「一々、侘《わび》しいことを言うな。人間は、心まで貧乏をしたらあかん。長屋の者が仰山出そびれてるよって、花見へ行く者も居るわ。ほな、皆に聞いてみよか。おい、皆。花見へ行く話が出てるけど、行く者は居らんか？」
□「オット、山椒《さんしょ》！」
○「山椒とは、何じゃ？」
□「そやということを、山椒と言うわ」
○「いや、それは賛成じゃ。ほな、お前は？」
×「おォ、山葵《わさび》！　こいつが山椒やったら、わしは山葵で、こいつは芥子《からし》」

○「おい、何を言うてる。この男が言うたのは、賛成じゃ」
×「あァ、三銭か。ほな、わしは四銭！」
◎「よし、五銭まで出す！」
○「コレ、競《せ》り市やないわ。ほな、其方は？」
□「あァ、同じく」
○「ほな、向こうは？」
×「おォ、チョボチョボ」
○「コレ、相撲の番付みたいに言うな。土瓶へ一杯ずつ、茶を出して。醤油の一斗樽を綺麗に洗《あろ》て、お茶をブチ込め。茶カ盛りの肴は、夕べや、今朝のおかずの残りじゃ。下駄の歯入れ屋と、羅宇仕替屋（※煙管の羅宇を仕替える商売のこと）の荷へ詰め込め。皆、何か持ってきて」
△「（暫く経ち、戻って）遅なって、すまん」
○「いや、一番早い。一体、何を持ってきた？」
△「笊《いかき》へ蒲鉾を二枚入れてきたけど、あかんか？」
○「何ッ、蒲鉾？　この長屋で、そんな贅沢な物を食べてる家があるか。ほな、出して」
△「いや、気兼ねで出しにくい」

○「引っ込めたら、受け取りにくいわ。もう一寸、前へ出して」
△「いや、遠くから見る方が良えと思う」
○「早う、此方へ出せ。何じゃ、これは？　真っ黒に焦げて、平べったい」
△「実は、飯の焦げや。何も無い時、それへ塩を掛けて食べると、美味い」
○「何ッ、飯の焦げか？　最前、蒲鉾と言うた」
△「焦げた飯は、釜の底へ引っ付くよって、釜底《かまぞこ》」
○「わァ、えらい物を持ってきた。ほな、其方へ置いとけ。次は、何じゃ？」
□「長いなりが、鉢に一杯」
○「何ッ、長いなり？　そんな物は聞いたことが無いけど、此方へ出して」
□「いや、遠くから見た方が良えと思う」
○「また、ケッタイなことを言うてる。さァ、此方へ出して」
□「いや、ほんまに気兼ねで出しにくい。さァ、これや」
○「ひょっとしたら、オカラと違うか？」
□「あァ、その通り！　オカラのことを、キラズと言うわ。切らなんだら、長いなり」
○「謎解きみたいな物を持ってきたけど、其方へ置いとけ。次は、何じゃ？」
×「おォ、ほんまに気兼ねで出せん」

○「いや、気兼ねはせんでもええ。釜底や長いなりで、これより下は無いわ」
×「素麺《そうめん》は、あかんか？」
○「アッサリして結構やよって、出して」
×「いや、遠くから見る方が良え」
○「最前から、あんなことばっかり言うてる。さァ、此方へ出して」
×「いや、ほんまに気兼ねで。さァ、これや」
○「おい、それは醤油と違うか？」
×「よッ、大当たり！　おかずが無い時、これを飯の上へ掛けて食べてる。これを箸で挟《はさ》もとしても、中々、挟《は》そうめん」
○「人間は、長生きをせなあかん。挟そうめんという物があることを、今まで知らなんだ。世の中、下には下がある。次は、何じゃ？」
◎「卵の巻焼やけど、怒られるかと思て」
○「この長屋で、卵焼を食べた者は、一人も居らん。そんな結構な物を、どこで手廻してきた。さァ、此方へ出して」
◎「これこそ、遠くから見る方が良え」
○「もうええよって、卵焼を見せて」

◎「ほな、出すわ。いや、ほんまに怒らんといて」
○「おい、それは香香（※沢庵のこと）と違うか？」
◎「色が、よう似てる」
○「似てても、味が違うわ」
◎「あァ、そこは気で気を養え！」
○「また、あんなことを言うてる。ところで、酒の段取りは出来たか？」
△「土瓶の茶を、醤油の一斗樽へブチ込んだら、えらい色や。赤黒て、酒には見えん」
○「洋酒と思たら、諦めが付く。水を廻して、薄めたらええわ」
△「水を放り込んだら、えらい泡立った」
○「ほな、新酒と思え。あァ、それから毛氈《もうせん》は？」
△「言いたいことを言うてるけど、この長屋に毛氈みたいな結構な物は無いわ」
○「いや、梅干を並べてる筵じゃ。梅干や紫蘇《しそ》で赤う染まってるよって、毛氈の代わりになる。今月と来月の月番が荷を担げて、途中で代われ。気の利いた者は、身形を改めてきた。八卦見の先生は商売柄、黒の五ツ紋付。此方へ来て、皆へ見せとおくなはれ」
八「いや、遠くから見る方が宜しい」
○「おい、先生も同じことを言うてる。黒紋付の生地は、羽二重で？」

八「いや、そんな上等やない」
○「ほな、縮緬《ちりめん》？」
八「いや、そんな物やない」
○「ほな、紬《つむぎ》？」
八「いや、草紙《そうし》じゃ」
○「草紙というたら、どんな物で？」
八「長屋の子どもの手習いで、真っ黒になった草紙を貼り合わしてある」
○「ほな、紙の着物？　何やら、ガサガサ音がすると思た。紋は、何です？」
八「紙を切り抜いて、貼ってある」
○「ほな、羽織の紐は？」
八「あァ、紙縒《こよ》りじゃ」
○「火の傍へ寄ると、燃えてしまう。松っつぁんは、粋《すい》な小紋の羽織を着てるわ」
松「やっぱり、羽織に見えるやろ。半襦袢の襟を外して、着てる」
○「ほな、羽織の紐は？」
松「おォ、下駄の鼻緒や」
○「何と、えらい恰好じゃ。徳さんは、洋服がピッチリ身に合うて」

徳「おォ、洋服に見えるか？　実は、裸へ墨を塗った」
○「わァ、身に合い過ぎてると思た。ほな、服のボタンは？」
徳「あァ、絵の具で書いてある」
○「汗を掻いたら、流れてしまうわ。皆、嫁はん連中を見てくれ。顔に白粉《おしろい》の一つも叩《はた》いて、見違えるような。そやけど、お梅はんの着物は変わってる。裾《すそ》模様はあるけど、あんたの着物は裾が無地で、上に模様があるわ」
梅「ウチは夫婦で着物が一枚しか無いよって、亭主へ着せたら、私の着る物が無い。仕方無いよって、上は襦袢を着て。下に何も無いのは頼り無いよって、風呂敷を巻いて、間へ帯を締めてる」
○「何と、良え度胸じゃ。襦袢と風呂敷で、道を歩くそうな。頼むよって、風呂敷を落とさんといて。一遍に、大騒ぎになるわ。皆で路地を出る時、『チョイとチョイと、コラコラ、花見じゃ、花見じゃ』と、陽気に踊って出よか」
□「いや、それだけは止めさしてもらう。酒も呑まんと、そんな阿呆らしいことは出来んわ。おい、これが踊って出るような花見か？」
○「近所の長屋で、花見へ繰り出そという、気の利いた長屋は一軒も無いわ。近所へ、ひけらかしたろと思て」

□「ひけらかす暇があったら、しめやかに行列をしょう」
○「コレ、野辺の送りやないわ。陽気に行った方が、皆の気も上がる」
□「最前から、下がりっ放しや」
○「一々、要らんことを言うな。ほな、随いてきて。（踊って）チョイとチョイと、コラコラ、花見じゃ、花見じゃ！　皆、言え！　一人で言うてたら、恥ずかしいわ」
甲「仕方無いよって、言うたろか。（自棄《やけ》になって）花見じゃ、花見じゃ！　えェ、花見です！　（溜め息を吐いて）あァ、花見！」
○「おい、何という言い種じゃ。チョイとチョイと、コラコラと、陽気に踊ってくれ。（踊って）花見じゃ、花見じゃ。ソレ、花見じゃ」
◎「そうな！」
○「コレ、そうなと言う奴があるか。（踊って）チョイとチョイと、コラコラ、花見じゃ！」
◎「夜逃げじゃ！」
○「一遍、ドツけ！　あのガキは、碌《ろく》なことを言わん」
ワァワァ言いながら、桜ノ宮へ掛かってくる、その道中の陽気なこと。〔ハメモノ／我が恋。

〔三味線・〆太鼓・大太鼓・当たり鉦で演奏〕

○「皆、早う来いよォーッ！」

△「おい、先へ行くな。此方は、重たい荷を担げてるわ。何で、わしらが荷を担げなあかん。中身は、赤黒い茶と、釜底に、長いなりや。阿呆らしいよって、放ったろか！　そやけど、あんたと担げることが多いわ。こないだも一緒に、何か担げたな？」

×「松っつぁんの爺さんが死んだ時、棺桶を担げた」

○「コレ、花見で葬礼の話をすな！」

□「オォーイ、先へ行かんといて。お梅はんの風呂敷が落ちて、馬の草鞋を当てでる」

○「わァ、えらい花見じゃ。もう一寸、高見へ行こか」

□「高見は止めて、低見《ひくみ》が良え」

○「おい、低見と言う奴があるか。花が見たかったら、高見の方が良えわ」

×「いや、低見の方が良え。どんな拍子に、上から御馳走が転がってくるかも知れん」

○「一々、情け無いことを言うな。今日だけは旦那衆で、羅宇仕替屋は、煙管屋の旦那。紙屑屋は、紙屋の大将じゃ。周りの者は、洒落で、汚い恰好をしてると思うわ」

□「誰が、そんなことを思うか」

○「いや、思う。下駄の歯入れ屋は、履物屋の旦那じゃ」
□「ほな、拾い屋は？」
○「あァ、拾い問屋の」
□「そんな問屋が、どこにある！」
○「そう言うたら、気が良え。嫁はん連中も、お梅はん・お竹はんと言わんと、小梅ちゃん・小竹ちゃんと言うたら、芸者みたいに聞こえる」
□「どこの世界に、腰へ風呂敷を巻いた芸者があるか。一体、どこへ座る？」
○「濡れてない所やったら、どこでもええ。筵の毛氈を敷いて、御馳走を並べる。さァ、幔幕《まんまく》を張れ」
甲「一遍、ドツくで！　一人で盛り上がってるけど、どこに幔幕がある？」
○「いや、嫁はん連中の腰巻を出して」
甲「えッ、そこまでするか。ほな、幕を出して」
松「まァ、出すの？　あァ、難儀や。（腰巻を投げて）兄さん、頼みます！」
甲「おい、顔へ放るな！　これは、お松っつぁんの幕か？　わァ、何と汚い幕じゃ」
松「コレ、気色悪そうにしなはんな。その腰巻は、新《さら》やし。去年の夏に買《こ》うて、まだ一遍も水潜《くぐ》らず」

甲「いや、潜る方が良えわ。誰も、幕の風下へ座るな」
竹「(腰巻を投げて) 兄さん、私も頼みます!」
甲「何で一々、顔へ放る! この幕を吊ったら、火事でも逃げ出すわ。御馳走を並べて、真ん中へ一斗樽を据えてくれ。猪口《ちょこ》やなしに、湯呑みで呑め」
△「オォーイ、茶を汲んで!」
○「一斗樽へ入れてるのに、『オォーイ、茶を汲んで!』と言う奴があるか」
△「一々、ゴテクサ言うな。荷を担げてきたよって、喉が乾いてるわ!」
○「顔色を変えて、怒るな。ほな、呑んだらええわ」
△「わしは、土瓶で二杯出した。(茶を呑んで) 喉が乾いてるよって、美味い!」
○「おい、もっと上手に呑む奴は居らんか?」
米「ほな、私がいただきます。強ないよって、軽うに。(湯呑みへ受けて) オットットットッ ト! 仰山注ぐと、散ります、散ります。ほな、いただきますわ。(茶を呑んで) あァ、五臓六腑へ染み渡るなァ!」
○「ほゥ、上手い! 皆、こんな調子で呑め。御馳走も、ドンドン行け」
△「ほな、いただきます。一寸、鰆《さわら》の子を取って」
○「えッ、鰆の子があったか?」

△「いや、オカラの子」
○「なるほど、見た目が似てるわ」
△「お手塩《てしょう》も、何も要らん。親からもろた、万年手塩。（オカラを食べて）ほゥ、美味い！
これは、お梅はんの味付けか？　塩加減が良うて、ほんまに結構！」
○「ほな、もっと食べなはれ」
△「いや、もうええわ。鰖の子を食べ過ぎたら、目が赤なって、耳が長《など》なる」
○「コレ、兎みたいに言うな」
△「あァ、兎と一緒や。筵の上で、オカラを食べて」
○「コレ、侘しいことを言うな。さァ、ドンドン行け」
米「皆に注がれて、腹がチャブついてる。コレ、そんなに勧めなはんな！　おい、わしに
恨みでもあるか？　ほな、もう一杯だけ。（ゲップをして）ウイッ！」
○「一体、どんな気分？」
米「去年の夏、井戸へ落ちた時みたいや」
○「おい、阿呆なことを言うな」
□「もし、一寸見なはれ。寅はんは、粋な瓢箪《ひょうたん》を持ってるわ」
寅「親父が大事にしてた瓢箪で、これだけは売らんと持ってる」

□「瓢箪の中身は、ほんま物で？」
寅「ヘェ、ほんま物のお茶ケ」
□「あァ、やっぱり。お茶ケでも、瓢箪の口から出ると、気分が違うわ。（湯呑みで受けて）色が良えのは、お宅は宇治に親類がある。（茶を呑んで）あァ、渋口や！」
○「おい、渋口の酒があるか！」
□「皆、見なはれ！　近々、長屋で良えことがあるわ。今、酒柱《さかばしら》が立った」
○「コレ、立たすな！」
☆「ほな、御馳走の卵焼をいただきますわ。厚かましいけど、大きい奴を取らしてもらいます。（香香を食べて）バリバリバリバリッ！」
○「卵焼を、バリバリ食べる奴があるか。卵焼やよって、音をささんと、口の中でオネオネして、グイ呑みにしなはれ」
□「えッ、音をさしたらあかんか。そんなことは知らんよって、一番大きい奴を取ってしもた。（香々を食べ、喉へ詰めて）ググッ！」
○「卵焼を、喉へ詰めよった。皆、背中を叩け！　コレ、しっかりしなはれ！」
□「（泣いて）オホホホホッ！　もう一寸で、卵焼と心中する所や。皆、この卵焼だけは食べたらあかん。卵焼を食べるのは、命懸けや！」

○「コレ、阿呆なことを言うな！」
ワァワァ言うてる内に、彼方此方から御馳走の匂いがし、浮かれて踊る奴が出てくると、辛抱が出来んようになる。

◎「阿呆らしなって、茶ばっかり呑んでられん。わしの言う通りにしたら、ほんま物の酒が呑めるわ。向こうで毛氈を敷いて、御馳走を並べて、酒盛りをしてる連中が居る。わしらが相対《あいたい》喧嘩をして、ダァーッと暴れ込んだら、ビックリして逃げるわ。その隙に、酒・肴を持ってきたらええ。その代わり、『さァ、殺せ！』という勢いでやらなあかん。さァ、わしへ行き当たれ。『コラ、何をさらす』と言うて、ボォーンと、ドツくわ」
寅「えッ、ドツかれるか。ほんま物の酒が呑めるよって、辛抱する。何方側を、ドツく？」
◎「その時の勢いで、わからん」
寅「ほな、右は止めて。こないだから、腫物《できもん》が出来てる」
◎「あァ、わかった！　バァーンとドツくよって、『おい、何をする！』と言え。ほな、『コラ、何も糞もあるか』と言うて、向こう脛《ずね》を蹴り上げるわ」
寅「わァ、痛そうな所ばっかりや。頼むよって、ボンヤリ蹴って」

◎「ほな、『あァ、お互いじゃ！』と言え。『何ッ、お互いも糞もあるか！』と言うて、ドォーンと胸板を突くわ」
寅「そこまでして、酒を呑みとない！」
◎『さァ、殺せ！』『いや、行てもたろか！』と言うて暴れ込んだら、酒盛りをしてる連中が逃げよる。その隙に、酒・肴を持ってきたらええわ。さァ、早う来い」
寅「よし、わかった。（◎へ当たって）ワァーッ！」
◎「おい、何で行き当たりやがった！」
寅「いや、お前が当たれと言うよって」
◎「コレ、そんなことを言う奴があるか。（寅の頭を叩いて）ええい、この阿呆！」
寅「（頭を押さえて）おい、右は叩いたらあかん。わァ、ベチャと潰《つぶ》れた！」
◎「いや、潰れたも糞もあるか。（寅の頭を叩いて）ええい、コラ！」
寅「また、ドツきやがった。本気でやったら、お前には負けん！」
旦「おォ、向こうで喧嘩が始まった。怪我をしたらあかんよって、其方へ逃げなはれ」
寅「（◎の胸倉を掴んで）コラ、このガキ！」
◎「コレ、いつまでやってる。今の内に、酒・肴を運ばなあかん」
寅「あァ、忘れてた。一寸、盃へ注いである酒をいただこか」

◎「呑むのは後にして、早う運べ。この御馳走は、其方へ持って行け！」
旦「(元の場所へ戻って）さァ、此方へ来なはれ。皆、怪我は無いか？」
女「へェ、大丈夫でございます。ほんまに、無茶な輩で」
旦「怪我が無かったら、良えとせんならん。どうやら、喧嘩は納まったらしい。さァ、元の場所へ戻って。(見廻して）確か、ここと違うか？」
一「ウチの酒樽も、お重も無くなりました。腰巻を吊ってる連中が呑んでるのは、ウチの酒ですわ。話をしてると思たら、ワァーッと来たよって、相対喧嘩みたいで。この一升徳利で、ゴォーンと！」
旦「コレ、止めなはれ。一升徳利を振り廻しても、向こうは大勢じゃ」
一「旦さん、何を仰る！　幇間《たいこもち》は祝儀をもろて、阿呆なことばっかり言うてると思たら、大間違い。あんな輩は、一握りに潰してしまいます。ここは、お任せを！　(一升徳利を振り廻して）ヤイ、コラ！　一体、誰の酒を呑んでけつかる！」
◎「(酔って）文句を言うてるのは、踊ってた幇間か。一体、何や？」
一「おい、誰の酒・肴を呑み食いさらしてけつかる！」
◎「お宅の酒や肴を、呑み食いさらしてるわ。こんな御馳走をいただいたのは、久し振りで。わしらが持ってきた釜底・長いなりとは、えらい違いや。さァ、ドツけ！　一遍死んだら、二度と死なん。御馳走を食べて、美味い酒を呑んで、ドツかれて死んだら、悔いは残らん。さァ、殺せ！　おい、ドツけ！」

一「(怖《お》じ気付《け》いて）いや、何も手荒いことをしょうと思てる訳やない」

◎「尻捲《まく》りをして、向こう鉢巻で、えらい勢いや」

一「今から、カッポレでも踊らしてもらおかと思て」

◎「何ッ、カッポレ？　一升徳利を振り廻してるのは、ドツく算段と違うか？」

一「いえ、酒のお代わりを持ってきました」

解説「貧乏花見」

小学生の頃から、東京落語「長屋の花見」は知っていましたが、上方落語「貧乏花見」は、ラジオで桂米朝師の口演を聞くまで知りませんでした。

同じネタでも全く違う構成・演出だけに、「似た所はあるけど、別の落語？」という程度しか思わず、「貧乏花見」が東京落語へ移植され、現在のような形になったことを知った時、「落語は、こんなに変化しても許されるのか」と驚いた次第です。

「貧乏花見」にちなむ、強烈な思い出も述べておきましょう。

私が長年、浄瑠璃の教えを受けた女流義太夫の竹本角重師が、大阪梅田の「おれんじ寄席」で、この落語を見た時の感想は、「『貧乏花見』を聞いて、腹が立ちました。雨が止んだら、仕事へ行ったら宜しい。そんな料簡やよって、貧乏してなあきまへん！」。

この感想を桂米朝師へ伝えると、「腹切りや心中の話が多い浄瑠璃を語ってると、落語も真面目に捉えて、そんな見方になる。一体、どんな顔で『貧乏花見』を見てはったかを見たかった」と仰り、傍で聞いていた師匠（※二代目桂枝雀）と大笑いになりました。

ネタの解説へ戻りますが、「長屋の花見」と「貧乏花見」には決定的な違いがあると、かなり前から指摘されていたのです。

「長屋の花見」は「長屋そろって、花見に行こう」と、大家が音頭を取る設定で、半強制的に長屋の住人を花見へ駆り出しますが、町奉行へつながる大家は、長屋住人の管理者や親代わりでもあっただけに、大家の進言には逆らえません。

「貧乏花見」は、その日暮らしの連中が一日潰し、世間の者に遅れまいと、自発的に花見へ行くことになっており、家主や差配人は登場しないのです。

長屋の住人の恰好は滑稽の極みで、紙を貼り合わせた紋付や、みすぼらしい着物ばかりですが、その中で一番酷いのが、洋服に見立てようと、裸へ墨を塗った男。

「世の中に、そんな人は居ない」と思っていましたが、数年前、渋谷公園のベンチで寝ていた人が洋服に見せ掛け、裸の身体へペンキを塗っていたことを、テレビで紹介しており、「『貧乏花見』は、嘘を吐いていない」と、妙に感心した次第です。

米一粒も無い、極限の貧しさは笑いになりにくいのですが、このネタに登場する長屋の住人の貧乏は、見事な笑いへつながりました。

貧乏を楽しんでいる訳ではありませんが、周りが貧乏であれば、自分が置かれた境遇も仕方ないと考え、貧乏長屋の住人が肩を寄せ合い、日々の生活を繰り返す姿は、飽食の時代と言われ、物が溢《あふ》れている令和の今日こそ、見習う点が多いでしょう。

明治末頃、三代目蝶花楼馬楽が東京落語へ移入し、「長屋の花見」という演題で、お馴染みの落語になったと言われています。

元治元年八月、江戸芝口一丁目の袋物屋の伜に生まれた馬楽は、若い頃から道楽三昧で、博打打ちの家へ居候した時、親分が催した慈善演芸会で演じた講釈師や噺家の物真似が、三代目春風亭柳枝の目に留まり、春風亭千枝の名前で入門を許されましたが、後に三代目柳家小さん門下へ移り、明治三十一年五月、三代目蝶花楼馬楽となりました。

晩年、精神を病んだことで、「気違い馬楽」と呼ばれ、本名・本間弥太郎にちなみ、「弥太っ平馬楽」とも言われ、吉井勇・久保田万太郎・岡村柿紅・岡鬼太郎などの文人にも愛された上、著作へも登場しましたが、五十一歳で没。

隅田川沿いの向島を舞台にしたことで、「隅田の花見」という演題にし、明治三十八年、第四回落語研究会へ初出演した時に上演すると、大変褒められたそうです。

その後、「長屋の花見」という演題で、お馴染みの落語とした上、「長屋中　歯を食いしばる花見かな」という句も詠みました。

また、馬楽の構成・演出を受け継いだ四代目柳家小さん（四代目蝶花楼馬楽）は、女性表現が苦手だったので、長屋の女房達が登場するシーンを省きましたが、その埋め合わせとして、家賃の催促の場面を、「黄金の大黒」から採り入れたと言います。

第二次世界大戦後、五代目柳家小さん師などに引き継がれましたが、三代目桂三木助の音源もあり、四代目三遊亭圓遊師の構成・演出も面白いので、聞き比べをするのも一興でしょう。

貧乏長屋を体験している噺家が土台をこしらえ、大勢で工夫を重ねた結果、面白くなったネ夕でしょうが、このような長屋は実際に存在しており、下駄の歯入れ屋・紙屑買い・拾い屋・羅宇仕替屋、日雇いの人足など、貧乏でも活気のある人々の商いを見ることも出来ますし、細かく演じると、ネタの端々に生活感が滲み出ていることがわかります。

酒柱が立つ所や、香香を喉へ詰めるシーンで終わる場合が多いのは、相対喧嘩へ移る前に山場が来るので、改めて噺を盛り上げることは難しい上、今まで善人だった貧乏長屋の住人が、他人の酒・肴を呑み食いし、悪人になるのはいかがなものかという理由からでした。

オチまで演じるには、徹底して無邪気で、陽気で、何をしても許される人間集団にし、好意的な眼で見られるようにしなければなりませんが、これが中々難しい。

茶を酒にしたり、香香を卵焼に見立てる、涙ぐましい工夫が笑いを誘いますが、令和の今日、酒より茶、卵焼より香香の方が高価になっている場合もあります。

時代の価格変動や、価値観の相違で、気になる点もありますが、缶入りの茶よりカップ酒の方が、また料亭や居酒屋では、漬物より卵焼の方が高価な場合も多いだけに、今後も「貧乏花見」の価値観で通せるのではないでしょうか。

呑み食いする物を、長屋の月番が桜ノ宮まで担いで行きますが、月番は一月毎に交替する当番（※地域で異なる）で、月番になった店子は、長屋の門番・慶弔行事の世話・建て増し・井戸替えなどの音頭取りをする、自治会長のような役目を担っていたそうです。

長屋は路地を挟み、二棟が向かい合って建つ場合が多く、路地と表通りが交わる場所へ防犯用の木戸を設け、日没（※後には、午後十時ぐらい）から朝まで閉められたので、この間に締め出された長屋の住人は、月番に頼み、長屋へ入れてもらいました。

ちなみに、貧乏長屋の家賃は月払いではなく、日払いが普通だったようで、家賃を三十溜めるのは、三十カ月ではなく、一カ月の家賃を滞らせたということになります。

古い風習や言葉が出てくるネタですが、それを演者が重視するか、わかりやすさを取るかで、構成・演出が異なる訳で、どれが良いとは言えません。

米朝師が若手だった頃、バイタリティ溢れる、陽気な長屋の連中の「お前、何をクヨクヨしてんねん。考えたかて、仕方が無いやないか。陽気に行け、陽気に。明日は、明日の風が吹くわ。いざとなったら、度胸据えてしまえ」という、「貧乏花見」の台詞で励まされたそうです。

そうなると、「落語も精神衛生上、プラスになることもある」と思いますが、これも各々の考え方と捉える方が良いでしょう。

桜が出てくる落語は、「さくらん坊（※別題、あたま山）」「鶴満寺」「鼻ねじ（※別題、隣りの桜）」「花の都」「花見小僧」「花見酒」「桜の宮（※別題、花見の仇討）」「百年目」「お若伊之助」「桜鯛」など数多くある中、上演頻度が高いのは「貧乏花見」で、笑いが多く、軽い落語と見られがちですが、大勢の登場人物を描き分けるのは難しい。

日本の花見のことも、少しだけ触れておきましょう。

奈良時代は梅が主流でしたが、平安時代には桜と替わり、詩や和歌の好題材にもなり、一部の貴族の嗜《たしな》みとして、花見の習慣が定着しました。

鎌倉時代頃になると、その習慣は武家の間へも拡がり、絵巻物にも数多く描かれ、桜の名所も生まれてきたそうです。

寛正六年、足利義政が開催した「花頂山・大野原の花見」は華やかさを極め、文禄三年、豊臣秀吉の「吉野の花見」も有名になりました。

慶長三年、豊臣秀吉が諸大名や配下の者を約千三百人も集め、京都醍醐寺で盛大な花見の宴を催し、江戸時代になると、庶民の間でも盛んになったと言います。

庶民が桜を見ながら、酒宴を楽しむスタイルが始まったのは、江戸幕府第八代将軍・徳川吉宗の頃からで、民心掌握政策とし、王子の飛鳥山、隅田川沿いの堤へ桜を植えたことから、一気に江戸庶民の春の風物詩として定着しました。

最近、新型コロナの影響で、全国各地の花見も自粛することになり、麗《うらら》かな春の気分が味えなくなったのは、本当に残念です。

先年、上京した時、例年であらば、花見で賑わう皇居前の千鳥ケ淵や上野公園も閑散としており、淋しい思いをしました。

「貧乏花見」の台詞にあるように、酒や御馳走が無くても、花の咲き方に変わりはないのですが、やはり花見に必要なのは、人の賑わいでしょう。

桜の周りに人が集まらず、機嫌の良い声も聞こえなければ、桜の咲き方も淋しく感じてしまうだけに、足らないことを、気で気を養うことで補う、強靭な上方精神も及びにくい現実に直面したように感じました。

大阪桜ノ宮は、昔から桜の名所として有名で、近年は大川の対岸にある「大阪造幣局の通り抜けの桜」が人気を集めていますが、それは造幣局が出来た明治以降のこと。

ネタの気分を高めるため、「長屋の連中が、桜ノ宮へやって参りました、その道中の陽気なこと」というキッカケの言葉で、ハメモノを入れる場合もあり、上方の座敷唄の代表曲と言える「我が恋」という端唄の替え歌で、「世の中に、貧ほど辛いものは無い。置けば置くほど、利が積もる。早く、利上げをせにゃならぬ」というユニークな歌詞で、ネタの滑稽さを増幅させています。

この唄の詳しい内容は、第二巻収録の「馬子茶屋」の解説で、お確かめ下さいませ。

平成十九年四月十九日、大阪梅田太融寺で開催した「第四十回／桂文我上方落語選（大阪編）」で初演し、その後も春が近付くと、全国各地の落語会・独演会で上演していますが、その場の雰囲気で構成・演出を替え、上演時間も伸縮自在で、楽しみながら演じています。

戦前の速記本は『大阪笑福亭松鶴の落語』（三芳屋書店、大正三年）、『橘家圓太郎落語集』（増田平和堂、大正十二年）、『柳派三遊派新撰落語集』（大盛堂書店、大正四年）などがあり、戦前の雑誌は『上方はなし』（樂語荘、昭和十三年）などへ掲載されました。

SPレコードは初代桂春團治・二代目笑福亭枝鶴（五代目笑福亭松鶴）・三代目蝶花樓馬楽・

笑福亭松鶴講演
宮原流水速記

貧乏《びんぼう》花見《はなみ》

東都《あづま》の書林《しよりん》三芳屋《よしや》さんの、御所望《ごしよまう》に依《よ》りまして純粋《じゆんすゐ》の大阪落語《おほさからくご》を申《まを》し上《あ》げまする、大阪の貧民窟《ひんみんくつ》で有名《いうめい》な所《ところ》と申《まを》しますると、當今《たうこん》は何所《どこ》も大分《だいぶ》變《かは》つて居《を》りますが、従前《まへかた》は北《きた》では福島羅漢前《ふくしまらかんまへ》、南《みなみ》では日本橋《につぽんばし》三丁目《ちやうめ》から五丁目《ちやうめ》あの邊《へん》を長町《ながまち》と稱《とな》へまして、随分《ずいぶん》惨《ひど》い長家《ながや》が澤山《たくさん》ございました、百軒長家《けんながや》、ガタ〳〵裏《うら》、三角《かく》裏《うら》、六月裏《ろくわつうら》、釜一ツ裏、雪隠裏《せつちんうら》、戸無裏《となしうら》など〻云《い》ふ綽名《あだな》が附《つ》いてある裏長家《うらながや》が澤山《たくさん》ございました、三角裏《かくうら》とは何《ど》う云《い》ふ所《ところ》から三角裏《かくうら》と申《まを》しますかと云ふ

— 1 —

『大阪笑福亭松鶴の落語』（三芳屋書店、大正３年）の表紙と速記。

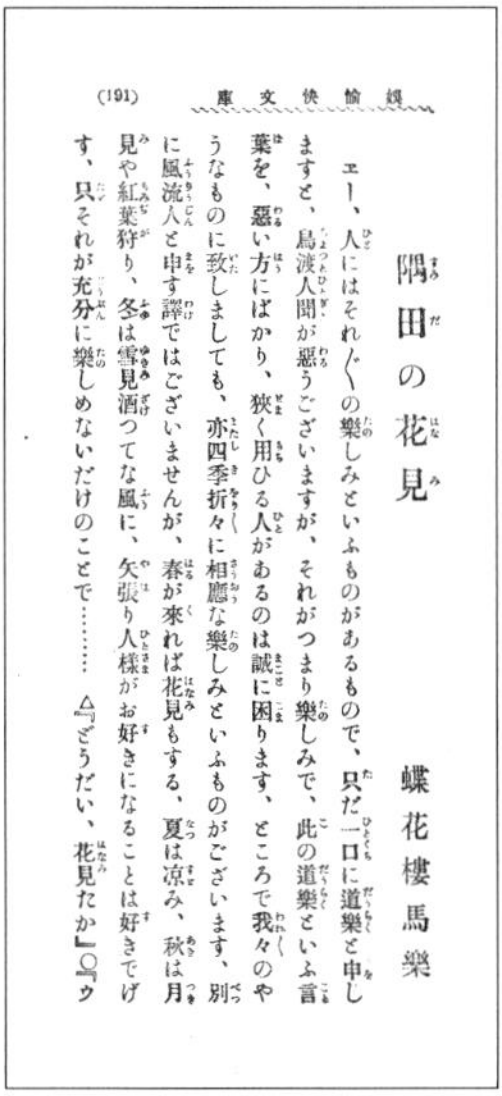

（191）　娯愉快文庫

隅《すみ》田《だ》の花《はな》見《み》

蝶花樓馬樂

エー、人《ひと》にはそれ〴〵の樂《たの》しみといふものがあるもので、只《た》だ一口《ひとくち》に道樂《だうらく》と申《まを》しますと、鳥渡人聞《ちよつとひとぎゝ》が惡《わる》うございますが、それがつまり樂《たの》しみで、此《こ》の道樂《だうらく》といふ言《こと》葉《ば》を、惡《わる》い方《はう》にばかり、狹《せま》く用《もち》ひる人《ひと》があるのは誠《まこと》に困《こま》ります、ところで我々《われ〳〵》のやうなものに致《いた》しましても、亦《また》四季《しき》折々《をり〳〵》に相應《さうおう》な樂《たの》しみといふものがございます、別《べつ》に風流人《ふうりうじん》と申《まを》す譯《わけ》ではございませんが、春《はる》が來《く》れば花見《はなみ》もする、夏《なつ》は涼《すゞ》み、秋《あき》は月《つき》見《み》や紅葉狩《もみぢが》り、冬《ふゆ》は雪見酒《ゆきみざけ》つてな風《ふう》に、矢張《やは》り人様《ひとさま》がお好《す》きになることは好《す》きでげす、只《たゞ》それが充分《じうぶん》に樂《たの》しめないだけのことで…… △『どうだい、花見《はなみ》たか』○『ウ

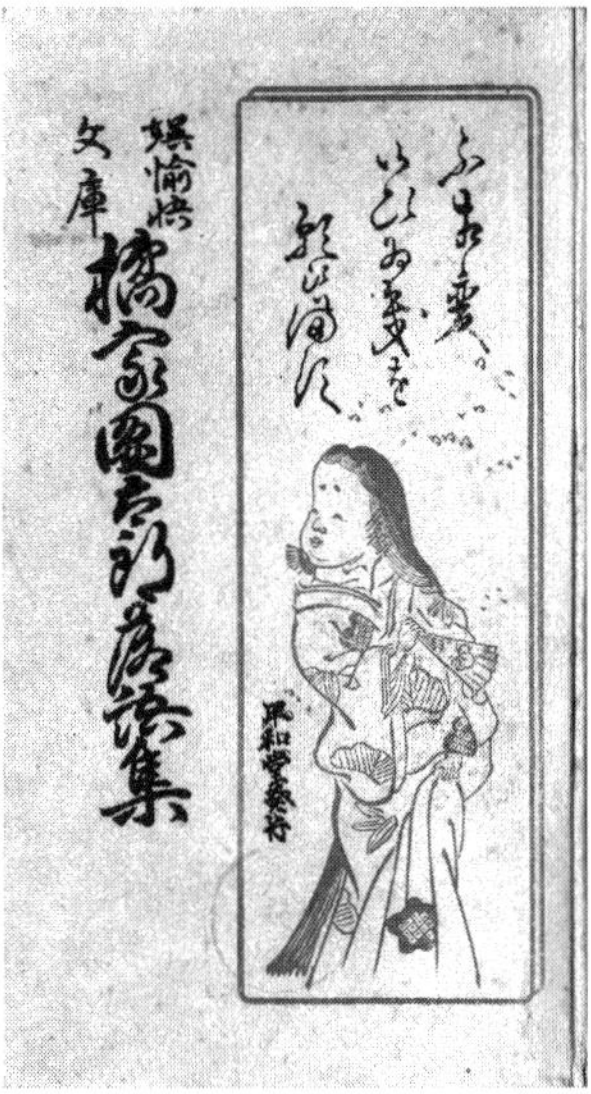

『橘家圓太郎落語集』（増田平和堂、大正12年）の表紙と速記。

貧乏花見

笑福亭松鶴 口演
朝賀大鱗 書

エ、現今《たゞいま》は大阪の端々も中々綺麗になりまして、往昔《まえがた》の様な穢苦しい所は御座りませんが、昔は隨分非道い所が有た物で、先づ北では福島の羅漢前、南では日本橋の三丁目から五丁目へ掛けての長町。あの邊へ參りますと夫りやアもふお話に成りまへん。百軒長屋。ガタ〳〵裏。三月裏。六月裏。釜一つ裏。雪隱《せんち》裏、戸無し裏てな名前の附いた長屋がムります。三月裏、六月裏などゝ申しますと、鳥渡氣の利いた長屋の様に聽えますが、家が菱形《ひしなり》に歪んでるので三月裏。年中裸で暮すので六月裏。聽た丈けでも戰慄とします。釜一つ裏と云ふのは七十六軒の長屋で釜が一つしかムりまへん。籤引で飯を炊きますねが、籤運の悪い家では中々番が廻て來まへん。

『オイお前とこ、モウ朝飯は濟んだか。』

『ヤ中々。今日の朝飯は明後日《あさつて》の晝頃や無いと喰えん』心細い事云ふてよる。戸無し裏と云ふのは戸

四三

『上方はなし』第24集（樂語荘、昭和13年）の表紙と速記。

『松鶴古典独演会』（ローオンレコード株式会社）。

四代目柳家小さん・六代目春風亭柳橋・三代目三遊亭金馬・昔々亭桃太郎・柳亭芝楽（八代目春風亭柳枝）が吹き込み、LPレコード・カセットテープ・CDは三代目蝶花樓馬楽・三代目三遊亭金馬・八代目三笑亭可楽・八代目春風亭柳枝・五代目柳家小さん・六代目笑福亭松鶴・三代目桂米朝・笑福亭仁鶴・三代目三遊亭圓之助・五代目三遊亭圓楽などの各師の録音で発売されています。

　また、今となれば懐かしいVHDで、六代目笑福亭松鶴の映像が販売されました。

餅犬《もちいぬ》

喜「えェ、こんばんは」

甚「誰やと思たら、喜ィさんか。まァ、此方へ入り」

喜「ヘェ、おおきに。(咳払いをして) オホン!」

甚「納まり返って、どうした?」

喜「(咳払いをして) オホン! さァ、一円八十銭を返せ!」

甚「いきなり、何を言うのじゃ。喜ィさんに、金を借りた覚えは無いわ」

喜「(尻捲りをして) コゥコゥコゥ!」

甚「コレ、鶏じゃ。尻捲りをして、褌が見えて、気色悪いわ。一体、何じゃ?」

喜「ほな、言うたる。忘れもせん、七草の晩。この家で、町内の若い者が一杯よばれた」

甚「年明けの楽しみで、毎年、七草の晩、若い者に一杯呑んでもらうのじゃ」

喜「あの時は、御馳走になった。おおきに、有難う！」
甚「ほんまに、ケッタイな男じゃ。尻捲りをしたり、礼を言うたり。一体、何じゃ？」
喜「あの時、良え塩梅に酔うて帰る道で、吉っつぁんと出会た。『おい、女郎買いへ行こか？』『いや、止めとく』『ほゥ、嬶が怖いか。腰抜けの、オッペッペ！』『嬶が怖て、往来が歩けるか。よし、行ったる！』と、色街へ繰り込んだ時に遣《つこ》た金が、一円八十銭。ここで呑んだ酒が元で、しょうもない金を遣た。さァ、返せ！」
甚「コレ、無茶を言いなはんな。己の楽しみで遣た金を、わしに払わすつもりか。ウチで酒を御馳走になっただけでも、有難いと思いなはれ」
喜「そう思て、『おおきに、有難う』という御札が貼ってある！」
甚「呆れて、物が言えん。最前から、ウチの婆も笑てるわ」
喜「ほゥ、クソ婆も笑てるか？」
甚「コレ、クソ婆と言う奴があるか。一々、無茶を言うのは止めなはれ」
喜「ウチの嬶も『甚兵衛はんみたいな、物のわかった御方が、毎年、七草の晩、若い者へ酒を呑まして、女郎買いへ行くのを、見て見ん振りをしてるのは奇怪しいし、町内のためにならん！』と言うて、怒ってるわ」
甚「ほゥ、偉い！」

喜「褒められると、辛い！」
甚「喜ィさんやのうて、お咲さんじゃ。来年の七草の晩も酒を呑ますが、女郎買いは止めるように言うわ。こうなったら、只では帰せんな」
喜「ほゥ、一円八十銭を返してくれるか？」
甚「一円八十銭は、もうええ。コレ、奥に誰か居るか？　ほな、その犬を持ってきなはれ。さァ、喜ィさん。お咲さんへ、この犬を渡しとおくれ」
喜「犬をもろても、飼うのに苦労するわ」
甚「この犬は、飯を食わん」
喜「ほな、牛肉ばっかり食べるか？　高付《たこ》いて、どんならん」
甚「この犬を、よう見なはれ。さァ、これは餅で拵えてある」
喜「いや、嘘を吐きなはれ。目がピカピカと光って、質《たち》の悪そうな犬や」
甚「目は、水晶玉が嵌め込んである。手で触ると、わかるわ」
喜「（犬を触って）あァ、餅や！　これは、お餅ろ（※面白）い」
甚「コレ、しょうもない洒落を言いなはんな」
喜「ほゥ、上手に拵えてあるわ。今にも噛み付きそうやけど、誰が拵えた？」
甚「年の暮れの餅搗きで、娘婿が拵えた犬じゃ。今年は戌《いぬ》年やよって、床の間へ飾った。

年始に来た御方で、褒めん者は無かったわ。娘婿は齢は若いが、日本で指折りの彫物師。家へ置いときたいが、お咲さんやったら、上げても惜しない」
喜「ほゥ、嬶も喜ぶわ。この犬を質に入れたら、何ぼになる？」
甚「コレ、ケッタイなことを言いなはんな。質に入れて、どうする？」
喜「また、女郎買いに行こと思て」
甚「その性根は、焼かな直らん。喜ィさんやのうて、お咲さんに上げるわ」
喜「いや、夫婦は一心同体！　嬶の物は、亭主の物！」
甚「コレ、無茶を言いなはんな。質に入れかねんよって、約束しょう。先ず、この犬の値を百円と決めるわ」
熊「餅で拵えた犬が、百円！」
甚「いや、これでも安う見積もったつもりじゃ。明日返しに来たら、百一円。明後日は、百二円で引き取る。つまり、一日一円ずつ殖《ふ》えて行くことにするわ。返しにくるのが遅けりゃ遅いほど、得になる。ほな、質に入れんじゃろ」
熊「一日一円ずつ上がると、一ト月《ひつき》で百三十円、一年で四百六十五円。ほな、十年で！」
甚「あァ、三千七百五十円じゃ。わしが生きてる内に返しに来たら、その値で買い戻す。名人の品は、時が経つほど、高なる」

喜「ほゥ、有難い！　唯、喜んでばっかり居られんわ。その間に傷んだら、どうする？　黴《かび》が生えたり、割れたり、傷まんとも限らん」
甚「割れんように工夫がしてあるし、黴が付くと、値打ちが出る。唯、爪一本でも折れたら、一円八十銭しか買い戻さん」
喜「お宅の口から、一円八十銭が出るとは思わなんだ。命懸けで、大事にするわ」
甚「犬へ付けてる首輪は小さいが、混ざり物の無い金で、純金《むく》じゃ」
喜「首輪が純金やったら、ムク犬や」
甚「ほゥ、面白いことを言う男じゃ」
喜「この犬は、ウチの大黒柱にするわ。風呂敷も、お呉れ。値打ち物は、気を使う。この犬は、牡《おす》や」
甚「あァ、やっと気が付いたか。その犬は、牡じゃ」
喜「折角やけど、返すわ。ウチの嬶と犬がケッタイな仲になったら、具合悪い」
甚「コレ、阿呆なことを言いなはんな。さァ、持って帰りなはれ」
喜「へェ、おおきに！」

一日一円、一ト月三十円と胸算用した後で、そんなに生きられんのに、百年、二百年と数え、勘定が出来んようになった頃、家へ着いた。

そのことは家内へ言わず、餅で拵えた犬を箱へ入れ、「おい、この箱は大事にするように」と言うと、枕許へ置き、寝てしまう。

夜寝て、朝起きると、一円が加算されてるだけに、朝起きるのが楽しみになる。

毎日、亭主が一生懸命に働き出したことで、家内も大喜び。

いつも亭主の好物を拵え、帰ってくるのを待ってる。

喜「今、帰った。あァ、腹が減ったわ」
咲「あんたの好きな善哉《ぜんざい》を拵えたよって、仰山食べなはれ」
喜「ほゥ、有難い！　甘い物には、目が無いわ。善哉と聞くだけで、涎《よだれ》が出る。お椀やのうて、丼で持ってきて」
咲「(丼と箸を渡して) さァ、お上がり」
喜「(丼を持って) 小豆《あずき》も仰山入って、大きな餅も浮いてるわ。(善哉を食べて) あァ、美味い！　(餅を食べて) おォ、この餅は固いわ。一体、どこで買うた？」
咲「買うた餅やのうて、掃除をしたら、枕許へ置いてる箱が引っ繰り返って、犬の形の餅が出てきて。早う食べなんだらあかんと思て、顔と足を千切った」

喜「（餅を喉へ詰まらせ、後ろへ倒れて）ウゥーン！」
咲「餅を喉へ詰まらして、そんなに美味しかった？」
喜「コレ、阿呆！　ようも、ウチの大黒柱を善哉にしたな。最前から胸騒ぎがして、餅を噛んだ時、涙が零れた。あの犬は、唯の犬と違うわ！」
咲「あァ、わかってる。餅で拵えた犬で、黴が生えてた」
喜「いや、そやない！　あの犬は、甚兵衛はんの娘婿の彫物師が拵えた。もろた日を百円として、一日一円ずつ、値が上がる犬や。さァ、犬を元通りにして返せ！」
咲「そんなことは知らんし、箱から犬が飛んで出て、ワンと啼いたよって、善哉にして」
喜「コレ、餅で拵えた犬が啼くか！」
咲「甚兵衛はんの娘婿は、左甚五郎と違う？」
喜「一々、しょうもないことを言うな！」
咲「そんなに大事な餅やったら、私にも訳を言うといたらよかったのに。俎の上へ、胴だけ残ってる。甚兵衛はんに、半値で買うてもらいなはれ」
喜「爪一本折れても、一円八十銭にしかならん。一体、どうしてくれる！」
咲「ほな、私が身を売るわ」
喜「誰が、お前を買うか！　その顔では、五十銭も払てくれんわ」

咲「今、良えことを思い付いた。似てる犬を、甚兵衛はんの家へ連れて行って、『あの餅が、この犬へ化けました』と言いなはれ。左甚五郎が柱へ掘った龍が抜け出して、近くの池で水を呑んだという話を聞いたことがある。『名人が拵えた品は、偉い物や』と言うたら、娘婿の名誉になるよって、その犬を千円ぐらいで買うてくれるわ」
喜「ほゥ、お前は策士や。この町内で、似た犬が居るか？」
咲「それやったら、俥屋《くるま》の白犬が良えわ」
喜「顔付きはソックリやけど、体が大きいわ」
咲「ほな、半月で太ったと言いなはれ。生まれた赤子でも、半月経つと、大きなるわ」
喜「あァ、なるほど。ほな、俥屋の犬を捕まえに行こか！」

賢い嫁と、阿呆の亭主が結託し、俥屋の白犬を捕まえに来た。
俥屋の犬は、体は大きいが、穏やかな気性で、煮干をやったら、ニコニコ顔。
「何方でも、お供します」と、夫婦の後をヒョコヒョコと随いてくる。
早速、甚兵衛の家へ連れてきた。

喜「甚兵衛はん、えらいことや！」

甚「誰やと思たら、喜ィさんか。一体、どうした？」
喜「やっぱり、甚兵衛はんの娘婿は偉い！　餅で拵えた白犬が、この犬に化けたわ。さァ、（犬を出して）甚兵衛はんへ挨拶せえ」
犬「（啼いて）ワン！」
甚「コレ、阿呆なことを言いなはんな！　餅で拵えた犬が、ほんま物の犬に化けるか」
喜「いや、そんなことはない。ウチの大黒柱の犬やよって、大事に箱へ入れて、枕許へ置いといた。今朝、東の空が白む頃、ワンワンと枕許で啼く声が聞こえるわ」
甚「コレ、婆さん。こんな話を、まともに聞きなはんな」
喜「箱の蓋《ふた》を開けると、ワンと啼いて、この白犬が飛び出したわ。おい、そやな？」
犬「（啼いて）ワン！」
甚「この犬は、煮干か何かで仕込んだのと違うか？　昔から名人の品は、生きたとか、動いたとか言うが、今の世の中で」
喜「そんなことを言うてるだけ、手遅れや。甚兵衛はんは、水を呑む龍を知ってるか？」
甚「左甚五郎の水呑みの龍は、夜な夜な柱を抜け出した。近所の池で、水を呑んだそうな」
喜「この犬も、その類いや。左甚五郎が拵えた物が化けるぐらいやよって、甚兵衛はんの娘婿が拵えた犬が化けるのは、当たり前や。それぐらい、娘婿の品は値打ちがある！」
甚「娘婿を褒められるのは嬉しいが、信じられん。前より、体が大きなってる」
喜「さァ、半月で太ったらしい。生まれたての赤子も半月経ったら、大きなるわ」
甚「餅で拵えた犬は牡やったけど、この犬は雌で、孕《はら》んでるわ」
喜「今は雌になって、牡の小犬を孕んでる。数が殖えたら、めでたい」
甚「何ッ、数まで殖えたか。わしは犬が好きやよって、犬の子が生まれるのは嬉しいわ」
喜「甚兵衛はんに喜んでもろたら、有難い！」
甚「何方にしても、結構なことじゃ。誠に善哉、善哉！」
喜「えッ、善哉？　わしらが食べたのが、バレたらしい」

解説「餅犬」

この落語は『落語名物男』（村田松榮館、大正十三年）へ掲載された松鶴の速記で知りましたが、『増補落語事典』（青蛙房、平成六年）にも掲載されていなかったので、「ひょっとすると、古典落語ではないのかも？」と思いました。

予想は当たり、演芸雑誌『文藝倶楽部』第十六巻第一号（博文館、明治四十三年一月）の、朝寝坊むらくの「大どこの犬（「鴻池の犬」の改題）」の後、募集落語のコーナーの「夏のや」というペンネームの人の第二等になった新作落語で、『落語名物男』の速記は『文藝倶楽部』の引き写しであり、演者の名前を松鶴へ変更してあったのです。

時代から見て、四代目笑福亭松鶴でしょうが、松鶴としか記されていないだけに、「この速記は笑福亭松鶴ではなく、松鶴という素人の作です」という言い逃れも出来ましょう。

四代目松鶴が上演したのかも知れませんが、戦前の刊行物は、実際の口演者ではなく、人気者の噺家の名前と差し替えた刊行物もあるだけに、「餅犬」も、その類いかも知れません。

腰の据わった構成・演出ではありませんが、独特の面白さもあり、他の古典落語と比べても、ユニークさが勝るだけに、再構成することに決めました。

『文藝倶楽部』の通りに演じると、上演時間が長く、内容も複雑なので、スッキリさせたつ

『落語名物男』（村田松榮舘、大正13年）の表紙と速記。

隠『少々《ちつと》變《へん》だな』
八『夫《そ》れから引窓《ひきまど》でげすがね、開《あ》けるか閉《し》めるか何方《どつち》にしますえ』
隠『今日等《けふら》の天氣《てんき》では、閉《し》めさせて置《お》くな』
八『違《ちが》つてまさア、引窓《ひきまど》をと來《く》りや、開《あけ》て口惜《くや》しき玉手箱《たまてばこ》と、物《もの》は理詰《りつめ》になつてるんでげすよ、何《なに》しろ之《こ》れ丈《だ》けの學問《がくもん》をズラリと、並《なら》べるんでげすから、大《たい》した物《もの》でげせう』
隠『大《たい》した物《もの》でも離座敷《はなれ》はどうする』
八『そこが腕《うで》の宜《よ》い、家根《やね》やだから雨《あめ》が漏《も》りさ』

餅《もち》犬《いぬ》　　松鶴

「エ、今晩《こんばん》は、御免《ごめん》ねえ、御隠居《ごゐんきよ》さん在宅《いらつしや》いますか』
隠『之《これ》は熊《くま》さんかい、嫌《いや》に丁寧《ていねい》に出《で》て來《き》たね、何《ど》うしたい、彼《あれ》夜からズ

▷ 87 ◁

ツト來《こ》なかつたやうだが、松《まつ》の内《うち》も過《す》ぎてソロ〳〵仕事《しごと》が忙《いそが》しいと見《み》えるねマアすつと此方《こつち》へお寄《よ》り』
熊『へえ眞平《まつぴら》……オホンー』
隠『オヤ何《なん》だい熊《くま》さん、オホンなんていやに他所行《よそゆき》な顔《かほ》をするね、オヤ〳〵氣味《きみ》の惡《わる》い目付《めつき》をするよ……何《ど》うかしたナ此人《このひと》は』
熊『オホン、エヘン、何《なあ》にね、大《たい》した事《こと》はねヱんで、ギリ〳〵負《ま》からねヱ處《とこ》、一圓《えん》四十八錢戴《せんいただ》きやせう』
隠『何《なん》だい一圓《えん》四十八錢《せん》てヱナ、お前《まへ》さんに私《わし》や金《かね》を借《か》りた覺《おぼ》えがねヱが……婆樣《ばあさん》、お前《まへ》さんでも借《か》りたのかへ』
婆『私《わたし》は些《ちつ》とも知《し》りませんよ』
隠『ナニ、熊《くま》さん之《これ》は何《なん》か間違《まちが》ひだらうお前《まへ》さんに一圓《えん》四十八錢《せん》なんてお錢を借《か》りる筈《はず》がない』

▷ 88 ◁

第十六巻第一號

募集落語

餅《もち》犬《いぬ》（竹舟畫）

第二等當選　夏のや

『エ、今晩《こんばん》は、ご免《めん》ねえ、ご隱居《いんきよ》さん在宅《いらつしや》いますか。』隱『之《これ》は八さんかい、嫌《いや》に叮嚀《ていねい》に出《で》て來《き》たね、何《ど》うしたい、彼夜《あれ》からズット來《こ》なかつたやうだが、松の内《うち》も過ぎてツヽ〱仕事《しごと》が忙《せは》しいと見《み》えるね、マアずツと此方《こつち》へお寄《よ》り。』八『へえ眞平《まつぴら》……オホン！。』隱『オヤ何《なん》だい八さん、オホンなんていやに他所行《よそゆき》な顔《かほ》をするね、オヤ〱氣味《きみ》の惡い目付《めつき》をするよ……何《ど》うかしたナ此人《このひと》は。』八『オホン、エヘン、何《なに》にね、大《たい》した事《こと》はねえんで、ギリ〱負《ま》からねえ處《ところ》、一圓《ゑん》四十八錢《せん》戴《いたゞ》きやせう。』隱『何《なん》だい一圓四十八錢《せん》てえナ、お前《まへ》さんに私《わたし》や金《かね》を借《か》りた覺《おぼ》えがねえが……婆《ばあ》樣《さん》お前《まへ》さんでも借《か》りたのかへ。』婆『私《わたし》は些《ちつ》とも知りませんよ。』隱『ウム、八《はつ》さん之《これ》は何《なに》か間違《まちが》ひだらうお前《まへ》さんに一圓《ゑん》四十八錢《せん》なんてお錢《あし》を借《か》りる筈《はず》がない。』八『借《か》りねえ？　コイツヤ面白《おもしろ》いや、愈《いよ〱》借りねえと云《い》ふならべらぼうめ、今《いま》一什始終《いちぶしじう》を語《かた》つて聞《き》かすから、奴《やつ》！　耳《みゝ》を搔《かつぽじ》つて、（尻を捲り）聞《き》きやがれツ。』隱『之《これ》は聞《き》きませう、何《なに》も其《そ》う聲色《こはいろ》を遣《つか》つて、尻《しり》を捲《まく》り上《あ》げなくとも可《い》い、貸《か》した覺《おぼ》えがあると云《い》ふなら、承《うけたまは》りませうヲ。』八『忘《わす》れもしねえ此七草《このなゝくさ》の夜《よ》

265

『文藝倶楽部』第16巻第1号（博文館、明治43年）の表紙と速記。

もりです。

当時の演芸雑誌へ掲載された創作落語を練り上げ、古典落語へ入れてもよいネタになった場合もあるだけに、昨今に創作された落語も工夫を重ねれば、古典落語のグレードまで引き上げることが出来るかも知れません。

平成二十五年三月二十三日、大阪梅田太融寺で開催した「第五十六回／桂文我上方落語選（大阪編）」で初演しましたが、最初から受けも良く、ユニークな作品として、独演会の演目へ入れることが出来る予感はありました。

頻繁に上演するネタではありませんが、年末年始になると、落語会や独演会の番組へ入れたくなる、不思議な魅力のネタになっています。

餅の犬の代わりに、本当の犬を連れて行き、誤魔化せると思うこと自体、ナンセンスで、犬との掛け合いのシーンなどは、上演しながら吹き出してしまいそうになることもありましたが、それを観客も楽しむことにもなり、和気藹々《わきあいあい》で、会自体の成功につながったことも否めません。

生で楽しむ落語会は、その時だけの不思議な雰囲気に包まれる場合も多いため、会場へ足を運んでいただいた方は、「今日来て、本当に良かった！」と思っていただけるでしょうし、演者も生涯忘れることは無いでしょう。

「餅犬」は、他の落語とは違う、摩訶不思議な魅力に包まれているネタだけに、機会があれば、是非とも、お付き合いいただき、その瞬間を味わって下さいませ。

算段の平兵衛

さんだんのへえべえ

大坂近郊の村に住む、算段の平兵衛という異名を取る男は、周りの者が気付かんように利を得て、汗水垂らして働いてる者より、美味い酒を呑んで暮らしてる。

その村の庄屋が、お花という妾《てかけ》を囲てることを本妻が知ると、角《つの》を生やして騒いだので、お花へ某《なにがし》かの金を渡し、手を切ることになった。

妻「お花を、どうするつもりや！　お花が村に居ったら、縒りが戻るかも知れん。持参金を付けて、嫁に出しなはれ」

庄「犬の子や、猫の子をやるような訳には行かん。わしの持ち物やったことは、村の者も知ってる。ほな、算段の平兵衛へ相談をしてみよか。平兵衛は独身《やもめ》やよって、あいつがもろてくれたら、一番納まりが良え。一遍、聞いてみるわ」

平兵衛へ話をすると、「お花さんは若《わ》て《こ》、別嬪。早速、嫁にもらいます」と、二つ返事。お花も心細なってるだけに、「どうぞ、宜しゅうに」という訳で、庄屋夫婦が仲人になり、お花を平兵衛の許へ嫁がせた。

お花の持参金で、平兵衛は朝から好きな肴で酒を呑み、博打にも手を出したが、負けが込むと、お花の着物や簪《かんざし》まで手を付ける。

お花が持ってきた物が無くなると、彼方此方で口銭や掠《かす》りを取ろと、ブローカーみたいなことをしたが、悪い時は何をやっても上手に行かず、出来掛かった話は潰れ、八分通り纏まった話でも、トンビに油揚げを攫われ、博打は負けが込む。

弱り目に祟り目、泣き面に蜂、貧すりゃ鈍する、藁打ちゃ手打つ、便所へ行ったら人が入ってるというぐらいで、八方塞《ふさ》がりになってしもた。

平「お花、米はあるか？」
花「いえ、早うに切れてます」
平「ほな、酒は？」
花「切れてます」
平「醤油は？」

花「切れてる」
平「味噌は？」
花「切れてる」
平「ほな、切れてない物は無いか？」
花「ヘェ、鋏《はさみ》と包丁が切れません」
平「いや、それは切れた方が良えわ。一寸した金儲けを思い付いたよって、手伝え。今朝、お庄屋が隣り村へ行って、まだ帰ってこん。禿《はげ》ちゃんは、お前に未練タップリや。わしは押入れへ隠れるよって、隣り村から帰ってきたら、家の中へ誘い込め。禿ちゃんが、お前の手を握るか、肩でも抱き寄せたら、わしが押入れから飛んで出て、『間男、見付けた！　さァ、そこを動くな！』と言うて、金を取る。美人局《つつもたせ》と言うて、こないだ、辰もやったわ」
花「まァ、上手いこと行った？」
平「辰が『間男、見付けた！』と言う所を、『美人局、見付けた！』と言うてしもて」
花「それやったら、白状してるのと同じや」
平「わしは、しくじらん。お庄屋が帰ってくるまでに、白粉でも叩いて、顔を直せ。神棚のお神酒《みき》を下ろして、呑ましたらええ。ほな、わしは押入れへ隠れるわ」

こうなると女子は亭主へ従うのか、お花も諦め、酒の段取りをする。
何も知らん庄屋は、フラフラッと隣り村から帰ってきた。

花「もし、お庄屋さん！　お変わりもございませず、お元気そうで」
庄「お花、久し振りじゃな。窶《やつ》れたようじゃが、平兵衛は真面目に働いてるか？」
花「実は、お話がございます。一寸、上がっとおくなはれ」
庄「いや、遠慮する。平兵衛に見つかったら、どんなことを言われるか」
花「今日、ウチの人は帰りません。お話がありますよって、お上がりを」
庄「こんな所を村の者に見られたら、具合悪い。ほな、上がらしてもらうわ」
花「クサクサするよって、お酒を呑んでました。お一つ、どうぞ」
庄「お花に酌をしてもらうのは、久し振りじゃ。(酒を呑んで)あァ、美味い！」
花「旦さんを、お恨みしてます。ほんまに、えらい男の許へ嫁がせなはった。ここへ来る時に拵えてもろた着物から簪まで、質へ入れて」
庄「ウチの婆が煩《うるさ》いよって、こんなことになってしもた。あの婆も長《なご》ないよって、アレが片付いたら、平兵衛は金で話を付けて、縒りを戻すわ」
花「まァ、ほんまですか？　そやけど、私も窶れてしもて」

庄「そんな恰好をしてるよって、窶れて見える。化粧をして、良え着物を着たら、こんな別嬪は村に居らん。この村の嫁はん連中の顔や皆、無茶苦茶やよって」
花「まァ、お口の上手いこと。ほな、当てにしても宜しいか？」
庄「あァ、ほんまじゃ。一寸、此方へ来なはれ」
平「（押入れから、覗いて）さァ、手を握れ。おッ、握ったわ！（押入れから、飛び出して）間男、見付けた！　さァ、そこを動くな！（庄屋を殴って）えい！」
庄「あッ、平兵衛！（倒れて）ウゥーン！」
平「今は、わしの女房や！　あッ、いてしもた！」
花「まァ、息をしてないわ！　あァ、どうしょう？」
平「年寄りはモロいよって、一打《ひとう》ちで倒れてしもた。こうなったら、何とか算段をする。表から見えんように、お庄屋を屏風の後ろへ隠しとけ」

日が暮れると、庄屋を背負て、物蔭へ潜《ひそ》みながら、ソォーッと庄屋の家へ来た。
倅夫婦は母屋、年寄り夫婦は離れへ住んでるだけに、足を忍ばせ、離れへ近寄る。
庄屋を表の戸へ後ろ向きに凭《もた》れさせ、トントンと叩く。
家の中から戸を開けたら、仰向けに引っ繰り返り、頭を打って死んだことにする魂胆。

平「(鼻を摘み、戸を叩いて) コレ、開けとおくれ」
家「はい、誰方! 朝早う出て行って、今時分まで何をしてなはった!」
平「隣り村からの帰りに、平兵衛の家へ寄って」
家「えッ、平兵衛! まァ、お花へ会いに行きなはったやろ」
平「お花と違《ちご》て、平兵衛に会うて」
家「お花が居るよって、寄りなはった! ほな、平兵衛の家へ泊めてもらいなはれ」
平「庄屋が閉め出されたら、恰好が付かん。こうなったら、首でも吊って死ぬしかないわ」
家「そんなに安い首やったら、吊りなはれ! 『吊る、吊る』と言うて、吊った人は無いわ。首を吊るなと、お花の所に行くなと、好きにしなはれ!」
平「ほな、そうするわ」

この一言を言わせたかっただけに、庄屋の帯を解き、輪を拵える。
傍の松の木の枝へ掛け、庄屋をブラ下げ、自分の家へ帰ってしもた。

家「まァ、表が静かになったわ。(戸を開け、泣いて) アハハハッ! あァ、こんな正直な人じゃとは思わなんだ。コレ、親父どん！（庄屋が落ちて）あァ、息が止まってる！
痴話喧嘩の挙句に、庄屋が首を吊ったやなんて、伜夫婦や村人へも面目無い。変死だけに、お役人の検屍を受けなあかん。一体、どうしたらええ？　ほな、算段の平兵衛へ相談をしょう。（平兵衛の家へ来て）平兵衛はん、開けとおくれ」
平「へェ、誰方？（戸を開けて）あァ、お家。今時分、何か御用で？」
家「折入って、算段をしてもらいたい。ウチの人が、暗《くろ》なってから帰ってきて」
平「最前、ウチの前を通りはって、一寸だけ呑んで帰らはりました」
家「あァ、やっぱり。お花はん、気を悪せんといて。この家へ寄ったと聞いて、悋気《りんき》して、表の戸を開けなんだ。『恰好が付かんよって、首を吊って死ぬ』と言うよって、売り言葉に買い言葉で、『あァ、吊りなはれ』と言うたら、ほんまに吊ってしもて」
平「えッ、お庄屋が！」
妻「村の庄屋が首を吊ったら、変死じゃ。良え齢をして、痴話喧嘩で首を吊ったと、伜夫婦にも言えんよって、穏やかに納まるように算段をしてもらいたい」
平「いや、堪忍してもらいます！　お庄屋の変死を誤魔化したら、罪になる」
妻「さァ、そこが相談じゃ。門跡《もんぜき》さんへ上げるつもりで取っといた、死に金（※葬式代のこと）の二十五両を上げるよって、無事に納まるように算段をしてもらいたい」

平「金の顔を見て、言い方を替えたら薄情やけど、変死は調べも煩い。余所の村へ聞こえても、体裁が悪いわ。お庄屋は、そのまま？　ほな、今から行きますわ」

早速、庄屋を家の中へ入れ、派手な浴衣を着せ、頬被《ほおかぶ》りをさせると、腰へ団扇《うちわ》を差す。

自分も同じ恰好をすると、庄屋を背負て、目立たんように、隣り村へ行く。

丁度、盆踊りの頃で、踊りの稽古をしてる輪の方へ、わからんように、ブラブラ。〔ハメモノ／堀江の盆踊り。三味線・大太鼓・篠笛・当たり鉦で演奏〕

広場の真ん中へ、櫓《やぐら》が組んである。

電気の無かった頃、篝火《かがりび》を二つ灯し、薄暗い中を音頭取りの唄に合わして踊るが、太鼓の音の他は、手拍子に足音だけで、誠に静か。

平兵衛は、庄屋の身体を抱えると、踊りの輪へ紛れ込み、庄屋を踊らしながら、仏の冷たい手で、踊ってる者の顔を、ヒョイ！

○「おい、皆！　冷たい手が、わしの顔を撫でた」
△「何ッ、お前もやられたか？　わしも最前、冷たい手で顔を撫でられた」
○「近所の村から、踊りを潰しに来たかも知れん。今度、冷たい手で撫でたら、『さァ、

こいつや！』と言うて、ドツけ！」
平「しっかり、（庄屋を踊らせて）踊りや」
△「（庄屋の手を掴んで）さァ、このガキや！」
○「（庄屋を殴って）ソォーレ！」

平兵衛は、庄屋を放り出し、パッと逃げてしもた。

○「おい、静かにせえ。手応えが無いけど、頬被りを取れ。あッ、隣り村のお庄屋や！」
△「『さァ、ドツけ！』と言うよって、ドツいた」
×「おォ、わしは蹴ったわ」
○「おい、何をする！　あァ、脈が止まってるわ。皆、逃げるな！　おい、この場に余所の村の者は居らんな？　隣り村のお庄屋は、酒を呑んだら、ケッタイなことをするのが好きや。向こうが悪ても、殺したら、無事では納まらん。二、三人は、下手人《げしゅにん》を出さなあかんわ。あァ、どうしょう？　ほな、算段の平兵衛へ相談をしょうか？」
△「死んだのは、平兵衛の村のお庄屋や」
○「あいつは金で、どうにでもなる。辰の家が村一番の金持ちやよって、二十五両一包み

を立て替えて。お年寄りは知らん顔をして、若い者で納まらん時、お願いしますわ。金の都合が出来たら、二、三人付き合うて。(平兵衛の家へ来て)もし、平兵衛はん。夜分、済まんことで」
平「へェ、誰方？　寝てるよって、用事があったら、明日にしてもらいたい」
○「休んでる所を、誠に済まんことで。実は、隣り村から来まして」
平「えェ、隣り村から？　(戸を開けて)大勢で、どうしなはった？」
○「皆で、雁首《がんくび》を揃えて参りまして。あんたを男と見込んで、算段をしてもらいたい。盆踊りの稽古をしてたら、冷たい手で顔を撫でる者が居るよって、ボカボカボカッ！　手応えが無いよって、よう見たら死んでまして。それが、此方の村のお庄屋で」
平「えッ、お庄屋！」
○「コレ、大きな声を出さんように！　悪気があってしたことやなし、村の若い連中がやったことで、お年寄りは知らん。これが後々のシコリになって、二つの村が仇同士になったら困る。丸う納まるように、算段をしてもらいたい」
平「いや、それだけは堪忍！　ウチの村のお庄屋の一件の算段をしたことが知れたら、この村に居られんだけやのうて、どんな目に遭わされるか！」
○「無理は承知で、お願いをしてます。若い者ばっかりで、半端な金しか出来んけど、二十五両一包み。これが精一杯で、何とか算段をしてもらいたい」
平「金の顔を見て、言い方を替えたら薄情やけど、これから両方の村が睨み合うのは良えことやない。況《ま》して、お庄屋にも悪い所がある。この金はいただいて、一世一代の算段をさしてもらいます。皆が手伝《てつど》て、口裏を合わしてもらいたい」
○「村から下手人を出すぐらいやったら何でもするし、口裏は合わします」
平「ほな、お庄屋を背負て、崖端《がけはな》の一本松の崖の上へ上がってもらいたい。お庄屋の家から、お婆《ば》ンを連れ出して、紋入りの提灯を提げて行く。私らが崖下を通り掛かって、提灯を上げ下げしたら、お庄屋を崖の上から突き落として、『わァ、お庄屋が滑り落ちた！』と言うて、ダァーッと下りなはれ。己の前で、崖から滑り落ちたら、お婆ンも得心する。医者へ診せて、怪我で死んだということにしたら宜しい」
○「それぐらいはしますけど、そんなことで、お婆ンが得心をしますか？」
平「いや、お婆ンは任しなはれ！　あァ、どうにでも承知をさせるわ」

これから後は、上手に算段をしたと言うて、お婆ンへ恩を着せると、庄屋の家の提灯を持ち、崖下へ連れて行き、平兵衛の合図で、庄屋を崖の上から、ザァーッ！

世の中で、これぐらい気の毒な仏は無い。

ドツかれ、蹴られ、崖の上から突き落とされ、どの怪我で死んだかわからん。
田舎の役人の検屍は、ええ加減で。
庄屋は、酒の上の事故死ということで、片付いた。
葬式を済ませると、八方無事に納まり、平兵衛の懐へ五十両の金が転がり込んだ。
隣り村の連中は、命に関わるだけに、口に出さんが、暫くすると、怪しい噂が流れた。

○「おい、聞いたか。お庄屋の一件を平兵衛が片付けて、大金を懐へ入れたらしい。お庄屋のお内儀《ないぎ》と、隣り村の一団を、示談にしたそうな」
×「何ッ、一団を示（二）談？　やっぱり、算（三）段の平兵衛や」

解説「算段の平兵衛」

幼い頃、日本テレビの長寿番組「笑点」で、大喜利の座布団運びが、後に交通安全を推奨したことで表彰された松崎眞氏へ替わり、出演者が「一体、どんな可愛い女の子？」と期待していた所へ松崎氏が登場した姿を見て、桂歌丸師が「まるで、鬼瓦平兵衛だよ！」と叫んだ姿が印象的で忘れられず、平兵衛と聞くと、今でも松崎氏を思い出します。

しかし、このネタの主人公の平兵衛は、警察から表彰されるような善人ではなく、令和の今日であれば、警察から追われる行いを繰り返した犯罪者でしょう。

また、平兵衛と言えば、中田ダイマル・ラケット師の漫才「僕の農園」で、「持ってる農園が、百平米」「ほゥ、百平方メートルか？」「いや、百姓の平兵衛さんの土地や」という件を思い出します。

「算段の平兵衛」は、長らく上演者が無く、昭和へ入ってから、二代目笑福亭福松・二代目桂圓枝が時折上演したぐらいで、桂米朝師も実際の口演は聞いたことが無く、師匠の四代目桂米團治や古老から粗筋を聞き、工夫を重ね、何とか復活することが出来たと伺いました。

幕末から明治中期までの東京落語界の大立者・三遊亭圓朝が創作したと言われる芝居噺で、後に八代目林家正蔵師が上演した「引窓与兵衛」も同様の趣向で、落語には珍しいサスペンス調のストーリーであり、ヒッチコック映画「ハリーの災難」に似た展開で、悪が栄える、ピカレスク落語になっていました。

「算段の平兵衛」の原典は、雑誌『上方芸能』六十六号（上方芸能編集部、昭和五十五年）へ、演芸研究家・宇井無愁氏が詳細な考証を掲載しています。

ヨーロッパの古い説話や民間笑話に類話があるそうで、自分の殺した死骸を利用し、何度も他人に自殺したと思わせる所にポイントがあると述べ、ヨーロッパで広く分布している「五度殺された死体」という民話や、『千一夜物語』にも似た話があることを示しました。

落語の場合、殺される回数が多いのも善し悪しで、「『算段の平兵衛』も、もう一回殺される所があったらしいけど、これぐらいで良い。この種の噺は、芝居も同様で、主人公が酷い奴でも、悪人ながら、どこか憎めないとか、好感が持てる所があるとか、『あの場合、ひょっとしたら、俺でも』と共感する所があるとか、悪い奴ではあっても、嫌な奴ではないとか、そのような印象を与えなければ、一篇の落語は成り立たない」というのが、米朝師の言。

原典では、噺のラストに平兵衛が揺すられるシーンを付けた方が、立場が逆転して面白いという考えから、按摩《あんま》を登場させ、「盲、平兵衛（※蛇の洒落）に怖じずじゃ」という諺《ことわざ》を使ったオチになりました。

これは「借家怪談」でも使用され、初代桂春團治のＳＰレコードや、「夢八」が十八番だった二代目桂圓枝（※昭和十九年没）が上演するときも使っていたそうです。

オチまで演ると、観客が理解出来ず、「オチが、わからなかった」で終わるため、後には米朝師も「平兵衛の悪事が露顕《ろけん》し、これから大捕物が始まるという、『算段の平兵衛』という噺で」という段取りで上演するようになりました。

五代目松鶴の持ちネタを記した手帳に、「三段平兵衛」という記載があったと述べた者もいますが、米朝師は「五代目が演ったとしても、わずかな期間か、何遍かやろ」という見解でした。

第二次世界大戦前、四代目桂米團治に教えを乞い、五代目笑福亭松鶴へ入門し、笑福亭松朝を名乗った後に廃業し、家業の印刷業を継いだ阪本俊夫氏（※平成三十年没）に伺うと、「二代目桂圓枝や五代目松鶴師の高座は仰山見てるけど、『算段の平兵衛』は見たことが無い」とのこと。

知らないことは「知らない」と仰り、当時の寄席や落語会へ足繁く通った方が仰ったことだけに、当時でも上演されるのが珍しかったことは間違いなく、「四代目米團治や五代目松鶴から、粗筋も聞いてない」とのことだけに、二代目圓枝・五代目松鶴が上演したのは、特殊な会以外は無かったと考えてもよいでしょう。

昭和三十何年かに、桂右之助が「こぶの福松（※笑福亭福松郎から、二代目笑福亭福松を継ぐ。顔の何れかに、こぶがあったらしい）と、二代目桂圓枝の高座を聞いてる。内容は詳しく覚えてないけど、高谷伸（※劇評家）なら知ってるかもしれん。何かの会の時、圓枝が演り、高谷伸が解説した」と、桂米朝師へ述べたそうです。

約三十年前、古本屋で見つけた「上方笑ひの集ひ」という、戦前の落語会のプログラムに、この答えが掲載されていました。

年は不明ですが、六月十六日正午開演で、会場となった上徳寺は、京都市下京区本塩竈《がま》町にある由緒ある古い寺で、京都人は「よつぎ（世継）さん」と呼び、参詣客で賑わい、高谷伸氏が当時の住職と懇意だったそうです。

当日の番組は、「第一部／『上方言葉の特質』高谷伸。第二部／落語。『東の旅』右之助。『宿酔』『住吉駕』圓枝。『三段平兵衛』『駱駝』松鶴」と記されていました。

早速、米朝師に見ていただくと大変驚かれ、「何と、えらい物が出てきたな。『上方芸能』へ連載してる『上方落語ノート』へ書きたいよって、貸してくれるか」。

プログラムを返していただく時、「『三段平兵衛』は『算段平兵衛』の誤植で、『住吉駕』と『算段の平兵衛』は、演者が入れ替わってると思う」とのことでした。

つまり、「算段の平兵衛」は、二代目圓枝が上演したと考えるのが自然だそうですが、そうなると、桂右之助が語っていたことが事実であると言えましょう。

一枚のプログラムから、いろんなことが見えてくるだけに、昔の資料は値打ちがあり、大切にしなければなりません。

さて、「算段の平兵衛」は、師匠（二代目桂枝雀）も上演していましたが、頻繁に高座へ掛

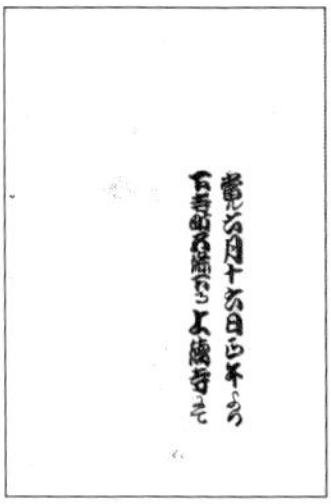

「上方笑ひの集ひ」のプログラム。

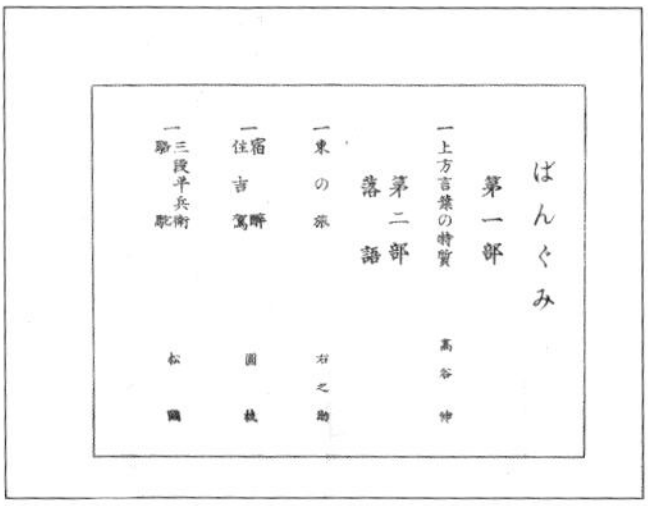

ばんぐみ

第一部

一 上方言葉の特質　高谷伸

第二部　落語

一 東の旅　右之助

一 宿醉 住吉駕　圓枝

一 三段平兵衛 駱駝　松鶴

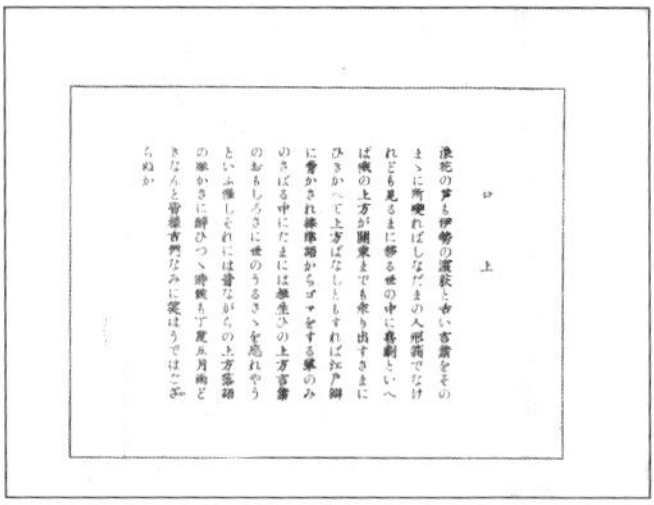

口上

けるほどではなく、時折、独演会の番組へ組み込む程度でした。

　私の場合、平成十九年四月十九日、大阪梅田太融寺で開催した「第四十回／桂文我上方落語選（大阪編）」で初演しましたが、学生時代に米朝師のレコードで台詞を覚え、在学中、落語研究会の発表会でも演じていたので、米朝・枝雀両師の高座を参考にさせていただき、自分なりにまとめた次第です。

　新しいオチを思い付いたことで、高座へ掛ける気になりましたが、兵庫県西宮市の落語会で、月亭八方兄と共演した時、廊下の椅子へ座り、このネタのオチについて述べると、「今度、NHKで『算段の平兵衛』を演るけど、そのオチを使わしてもろたらあかんか？」と聞かれたので、「どうぞ、お使い下さい」と申し上げました。

もっと違うオチを思い付くことがあれば、それに差し替えるかも知れませんが、しばらくの間、今のオチで行くつもりです。

このネタの見せ場は、仏になった庄屋を踊らせるシーンで、仕種も色々あったそうですが、その時に演奏されるハメモノが「堀江の盆踊り」。

江戸時代、北方へ行く海洋航路の北前船の発着地で賑わった大坂堀江の廓で、芸妓が盆踊りへ参加し、太棹三味線の伴奏で唄った盆踊り唄が「堀江の盆踊り」となり、後には義太夫の師匠連まで参加したと言われていますが、太棹と細棹の三味線で合奏する場合も多く、情緒豊かな雰囲気の曲になっています。

歌詞は「それェ、それェの、やっとや。よォーい、よいよい」という囃し言葉から始まり、「〔1〕かんてき割った、すり鉢割った。えの、叱られた。おかして、たまらん。それ、西瓜。それ、真桑瓜《まっか》。えの、焼きなすび。食いたい、食いたい。それ、堀江。それ、廓。大江の、里景色。名どころ、名どころ。竹、色で迷わす、浅漬けなすび。よォい、よォい。〔2〕影映す、春の水。堀江は、都鳥。この花、この花。涼しさの、四ツ橋も、河岸、糸柳。夕風、夕風。阿弥陀池、澄み渡る。真如の、月の顔。和光寺、和光寺。梁棟木、松にさあえ、やっちきどしたいな。おォさ、竹に雀は、品良く止まる。よォい、よォい。止めてさあえ、やっちきどしたいな。止めて止まらぬ、こいつはまた、色の道。よォい、よォい。色でさあえ、やっちきどしたいな。

が、世間普通のやりくりなるものは、まづ必要の金に困ツて餘儀なく物品を質に入れるのが抑も第一歩で、株券の類を銀行の抵當に入れて、其金を他の有利に運轉しながら、一方また株の騰貴を待ツて首尾よく賣り抜けるといふが如きは、聊か冒險的だが遣繰の比較的巧みなるもので、この外にも種々雜多の融通術がある、

この遣繰に就いて、面白い話しがある、豫め誤解を防ぐため斷ツて置くが、この遣繰は面白いことは面白いが實は善くない方で、寧ろ惡い奴の遣繰に屬する、しかし遣繰としては、いかにも上手に活用し巧妙に應用されて居る、

算段の平兵衛

河内の國に算段の平兵衛といふ男があツて、どンな人の思案に餘ツて困ツた事でも、この平兵衛のところへ持ツて行けば直ぐ即座に工夫が付くから、彼奴は算段が巧い算段が巧いと、いつしか苗字のやうになツて仕舞ツて、算段の平兵衛といへば誰知らぬものもない、

ところが遣繰算段の巧い奴に限ツて金がない、金がないから自然に遣繰算段が巧いのかも知れ

ないが、この平兵衛また約束通りの貧乏で年が年中、ぴい〳〵の風車を廻して居る、おまけに賭博が飯よりも好きだから、猶更ら以て堪らない、しかし他人の考へに及ばない事を引受けての算段は實に妙を得て居た、

この平兵衛の村に近頃お梅といふ小意氣な仇ツぽい女がある、元は大阪の藝妓で、今は庄屋の隱居に圍はれて妾となツてゐるが、この庄屋老爺の嬶アといふのが年にも恥ぢない大の嫉妬家で、お梅の事を知ツて以來、明けても暮れても喧しく老爺を責め立てる、

あまり若蠅いので、仕方なしに嫌々ながら、お梅と手を切る事にしたが、嫉妬婆まだ安心しない、落著く先を見屆ける料簡で、あらためて誰か村の者の嫁に遣ツて仕舞へとの注文、そこで老爺も色々と考へた末、算段の平兵衛を呼んでいふには、お前ほど智慧も工夫もある男が年中その貧乏は例の賭博もあるが第一は獨身で居るからだ、幸ひ今度お梅に暇を遣るが、どうだ、外に約束の女でもなければ女房に持ツてくれないか、これまでの簞笥衣裳と手廻りの諸道具一切に少々の金も附けて遣るし、私が媒酌人になる、その代り賭博だけ止めろ、賭博を止めて女房に持てば、この河内一國、どこへ出ても退けを取る男ぢやないといへば、平兵衛は夢に牡丹餅、自己の

頬邊を叩きながら喜んで其お梅を貰ひ受けた、

これで流石の嫉妬婆も、ほツと胸を撫で下したが、老爺は間もなく病氣になツて、およそ三月ばかり外へ出なかツた間に、平兵衛は相變らずの賭博で、加之も運わるく出ては取られ出ては取られ、また元の杢阿彌、お梅の持ツて來た金は固より簞笥も手道具も悉く、盆蓙の中に打ち込んで仕舞ツて、夫婦もろとも丸裸の境遇になツた、

奸策

そこで平兵衛め、惡い遣繰算段を考へ出した、お梅に向うて、おい嬶ア、かうなツては仕方がない、背に腹は代へられないといふ譬へだ、あの隱居、近ごろ病氣も癒ツて、ちよい〳〵外へ出るらしいが、お前を乃公に渡したのは嫉妬婆に責められた一時の苦し紛れで、實は山々の未練、惜しくて堪らないンだから一番こゝで藝をしてくれ、連れ添へば亭主のため元は元で今は今だと、内々その策略を授けた、恩を仇で返すやうな事、お梅も始めは驚いたが、さし當り着るものも食ふものも切れて來た時で、加之も藝妓あがりの成れの果だし、今更ら愚痴も滾せず、それ〳〵

『毒舌』（修文社、昭和２年）の箱と速記。

おォさ檜、咲く、雪の花。朝市、朝市。花にさあえ、やっちきどしたいな。おォさ、花に柳で、彩る廓。よォい、よォい。染めてさあえ、やっちきどしたいな。おォさ、染めて、染めましょ。こいつはまた、濃く浅く。よォい、よォい。月にさあえ、やっちきどしたいな。おォさ、月を鏡に、こいつはまた、夕化粧。よォい、よォい、よォい」。

囃子言葉の「やっちきどしたいな」は、大阪から北陸までに及ぶ盆踊り唄の「やっちきどっこい」の堀江バージョンですが、芸妓衆が色街らしく、仕立て直したのでしょう。

面白い文句ですが、しっかり聞くと艶っぽく、殊に一番の「かんてき（※七輪のこと）割った、すり鉢割った」は、女性と交わったことで、「西瓜、真桑瓜、焼きなすび。食いたい、食いたい」は、女性と交わりたいことを隠語で表現しています。

三味線は盆踊り唄らしく、ノンビリ弾き、大太鼓で胴と縁を大間で打ち分け、当たり鉦も「祇園囃子」のコンコンチキチンのような手をノンビリ打ち、篠笛は曲の旋律通りに吹きますが、いつも入れる訳ではありません。

ちなみに、大正時代の人気作家・村上浪六が著した『毒舌』（修文社、昭和二年）に「算段の平兵衛」という一文がありますが、詳細は『桂米朝上方落語ノート』第四集（青蛙房、平成十年）に掲載されていますから、目を通して下さいませ。

LPレコード・カセットテープ・CDは、三代目桂米朝・二代目桂枝雀・三代目桂南光などの各師の録音で発売されました。

蝋燭喰い

ろうそくくい

奈良時代、仏教伝来と共に、中国から日本へ輸入されたのが、蝋燭。
江戸時代は、日本各地で作られ、明治になり、西洋蝋燭の製造販売も始まったが、明治以前は、蝋燭を知らん村があったそうで。

庄「さァ、皆。座って、落ち付け」
甲「しかし、お庄屋さんよ。これが不吉な物じゃったら、川へ流したり、山へ埋めたりするけんども、神様からの賜り物じゃったら、ぞんざいに扱うと、罰が当たるでのう」
庄「これが何か、サッパリわからん。太いような、細いような、長いような、短いような、固いような、柔らかいような。尻の尾ッポにしては細いし、頭の毛にしては、太い物が生えとる。この齢になるまで、こんな怪しげな物は見たことが無《ね》え」

甲「お庄屋さんが知らなんだら、わしらが知らんのも当たり前じゃ」
乙「あァ、そうだな」
丙「いや、尤《もっと》もじゃ」
丁「ンダ、ンダ」
庄「一体、誰が拾てきた？」
茂「それじゃったら、ムカデ坂の茂十《もじゅう》じゃ」
庄「コレ、茂十よ。一体、どこに落ちとった？」
茂「それじゃったら、早え話がな。今朝、目を覚ましたら、良え天気じゃで、お天道様へ機嫌良う挨拶をした。『あァ、お早うごぜえやす。いつも皆を照らして下さって、済まんことだ。何方が先へ、おっ死ぬか知れんけんども、それまでは宜しく付き合て下され』と言うて」
庄「誰が、お天道様のことを聞いとる！　これを、どこで拾たと聞いとるわ」
茂「それじゃったら、早え話がな。お天道様へ挨拶をしたら、嬶が大きな声で、『一寸、見なされ！　アレ、大きなムカデが居る！』。ムカデ坂で、こんな大物を見たのは初めてじゃ。背中が紫色の時はええけんども、もっと齢を取ると、青光りがして、恐ろしや、恐ろしや！」

庄「誰が、ムカデの話を聞いとる！　ムカついて、皆の顔も青なってきたぞ。そんなことは、どうでもええ。この怪しげな物を、どこで拾た？」
茂「それじゃったら、早え話がな」
庄「いや、一寸も早ないわ。どこならどこと、早う言え」
茂「子どもが拾てきたで、オラは知らん」
庄「コレ、馬鹿タレ！　知らなんだら知らんと、初めから言え。お天道様や、ムカデの話まで聞かしよって」
ヒ「アノ、お庄屋さんよ」
庄「ヒョコ作、どうした？」
ヒ「今朝早う、そこの道を、見知らん馬車が、荷を積んで通って行ったのを見たぞ」
庄「何で、それを先へ言わん。どうやら、その荷から落ちたようじゃ」
茂「あァ、思い出した！　ひょっとしたら、魚でねえか？　山三つ越した隣り村へ行った時、白身魚の煮付けを食べたけんども、それにソックリじゃ。今朝の荷車も、山三つ越した隣り村へ、この魚を運んで行くつもりじゃったらしい」
庄「山三つ越した隣り村は行ったことが無えけんども、噂によると、食べる物も違うようじゃ。味は、どうじゃった？」

茂「アッサリして、あんな美味《うめ》え物は無かったわ」
庄「ほゥ、良え物を落としてくれた。早速、鍋で煮いてみよう。醤油と砂糖で、味が付けてあったとな。コレ、婆どん。茂十の言う通り、これを煮いてくれ。このまま、鍋へ放り込んだらええ。どんな味か、楽しみじゃ」
乙「あァ、そうだな」
丙「いや、尤もじゃ」
丁「ンダ、ンダ」
婆「爺さん、煮けたがな。えろう脂《あぶら》が浮いて、ズルズルになりよった」
庄「いや、アッサリした魚じゃそうな。さァ、蓋を取れ。(咳をして) ブワッハッハッハ！ 何と、えぐい匂いじゃな！」
茂「あァ、これじゃ！ あの時も、こんな匂いがしとった」
庄「そんなら、皆で食べてみるか。(箸で摘み、食べて) わァ、ええ味じゃ！ (吐いて) ペッペッ！ 何が、アッサリしとる。脂ぎっとるけんども、その時と同じ魚か？」
茂「いや、違う！ これは、キリシタンバテレンの毒じゃ」
庄「今頃、何を言うだ！ (吐き出して) ペッペッ！ あァ、呑み込んでしもたぞ。毒じゃったら、死んどる。一体、何じゃ？」

侍「(玄関へ立って) あァ、許せよ」
庄「えれえ時に、お侍様が来られた。はい、何ぞ御用で？」
侍「諸国行脚《あんぎゃ》の武者修行じゃが、次の村までの道を教えてもらいたい」
庄「(口を拭って) 真っ直ぐ北へ行って、山三つ越えると、隣り村へ出ますで」
侍「心へ鞭《むち》打ち、山を越えて参る。アイヤ、邪魔を致した。何やら、奇妙な匂いが致す。一体、何じゃ？」
庄「この村へ到来した物を、鍋で煮いて、村人で食べとります」
侍「アイヤ、これは食《しょく》する物の匂いではない。身共に、その鍋を見せてみよ」
庄「おい、嬶。その鍋を、此方へ持ってこい」
侍「(鍋の蓋を取り、鼻を袖で押さえて) ウッ！　その方らは、これを存じおらんか？　蝋燭と申し、食する物ではない」
庄「ロウソクとは、何でございます？」
侍「あァ、火を点ける物じゃ」
庄「えッ、火の点く物でございますか！」
侍「おォ、左様じゃ。コリャ、馬鹿なことを致すではない。日も西へ傾き掛けた故、急がねば相ならん。然らば、御免！」

庄「皆、聞いたか？　わしらは、火の点く物を食べてしもたぞ！」
茂「そう言うと、胸が焼けてきた」
乙「あァ、そうだな」
丙「いや、尤もじゃ」
丁「ンダ、ンダ」
庄「あァ、えれえことになった！　身体が燃えてしまうだが、どうしたらええ？」
茂「腹の中が燃える前に、外から冷やしたらええだ。イモリ池は、首から下ぐらいの深さじゃ。あの池へ頭を並べて、浸かるがええ」
庄「早速、イモリ池へ行くだ」

皆が真っ青な顔をし、イモリ池まで走ってくると、次々に飛び込んだ。

侍「おォ、日が暮れて参った。今宵の内に、峠は越せまい。今一度、先程の村の庄屋の許へ参り、一宿を頼むと致そう。その前に、池の畔で煙草を一服」

侍が煙草を喫い、火の点いた吸殻を、ポォーンと、イモリ池へ落とすと、池の水が、バシャバシャバシャバシャーッ！

侍「この騒ぎは、何じゃ？」

侍が池を覗くと、村人が首まで水へ浸かり、声を揃え、「火の用心、火の用心！」

解説「蝋燭喰い」

「ちりとてちん」「ちょうず廻し」「軽石屁」など、食べられない物を口にする落語も数多くありますが、「蝋燭喰い」は一番奇妙なネタと言えましょう。

蝋燭を煮て食べるということ自体、奇妙な発想ですが、食べ物でない物を食べる話は、日本昔話にも見られるだけに、このような愚行は、日本各地で行われていたようで、それが巡り巡って、落語へ行き着いたと考える方が自然です。

この落語を初めて知ったのは、「増補落語事典」(青蛙房、昭和四十八年)でしたが、粗筋を読んだ時は、「何と、奇妙なネタだ」という印象で、「どのように上演されているか、実際に見たい」と思いましたが、実演者は無く、録音されたレコードもありません。

ところが、昭和六十二年八月十日、東京新宿・京王プラザホテルで開催された「東西師弟会」の打上げで、米朝師に「蝋燭喰い」の粗筋を尋ねると、その場で手短に演じて下さったのです。

第二次世界大戦中、大東文化学院へ通っていた時、東京の寄席で聞いたそうで、「誰が演ったか忘れたけど、池の中から首を出して、『火の用心、火の用心!』と喚《わめ》く姿が可笑《おか》して、吹き出してしもた」とのことでした。

その時の記憶を頼りに、私なりに構成し、平成十年七月二十四日、大阪梅田太融寺で開催し

「東西師弟会のプログラム」(東京新宿・京王プラザホテル、昭和62年)。

「東西師弟会のプログラム」(東京新宿・京王プラザホテル、昭和62年)の番組。

た「第十七回／桂文我上方落語選（大阪編）」で初演しましたが、気色悪いネタにならないように気を付けました。

知ったかぶりで失敗する落語は数多くありますが、知らない者同士が一生懸命に考え、スカタンで終わるというネタは、気の毒でありながら、濃厚な滑稽味を感じます。

この落語の登場人物は、田舎の山中に住む者ですが、その時に使う田舎言葉は、どこの地域の言葉とも言いにくい、ユニークな言葉遣いとアクセントで、師匠（二代目桂枝雀）の言では、「どこの町や村で演っても、差し障りのない言葉にしてある」とのこと。

確かに、その通りで、昔、地方の村で落語会があり、ある噺家が「山村だけに、田舎者の出てくるネタが良かろう」と思い、田舎言葉満載の落語を演ったところ、一番前で聞いていた者が、「オラの村を、馬鹿にするでねえ！」と、怒り出したそうです。

「地方に住んでいる方は、自分の町や村を田舎と思っていても、人からは言われたくない」という気は、三重県松阪市の山間部で生まれ育った私には理解が出来ますし、地方へ行くほど、都会の噺をする方が良いのかも知れません。

噺家仲間に、高知県高岡郡檮原町《ゆすはらちょう》字越知面《おちめん》という四国山地の真ん中付近にある、坂本龍馬の脱藩街道が近くに通る村で生まれ育った桂三象という奇人（！）がおり、今でも訛《なま》りがきついのですが、愛すべき訛りであり、三象落語が大好きな私は、彼の訛りを真似しているうちに、落語の田舎言葉の全てが、三象訛りになってしまいました。

『滑稽倶楽部』（金櫻堂・松陽堂、明治33年）の表紙と速記。

○足《あし》一本《ぽん》はもらひ物《もの》

萬《よろづ》の事《こと》、古實《こじつ》知つた顔《かほ》するものありしが、咄《はなし》のついでに神代《かみよ》には、犬《いぬ》の足《あし》三本《ぼん》あり、如何《いか》にしても不自由《ふじゆう》なることを迷惑《めいわく》に思《おも》ひ、諏訪《すは》の明神《みやうじん》へ訴訟《そしやう》申しければ、ふびんとおぼしめされ、いろ〳〵御思案《ごしあん》なされ詮議《せんぎ》して見《み》たまへども、世間《せけん》に入《い》らぬ足《あし》は一本《ぽん》もなし、併《しか》しながら五徳《ごとく》や、鍋《なべ》の尻《しり》には、三本《ぼん》にても立《た》つべしとて、一本下《くだ》されければ、夫《それ》より犬《いぬ》の足《あし》四本《ほん》づゝに生《うま》るといへば、一座《ざ》の人、それはつひに承《うけたまは》らぬ、何の書《しよ》に見《み》ゑました、証據《しやうこ》があるかと云《い》ふ、中々《なか〳〵》其の證據《しやうこ》には、明神《じん》から下《くだ》されし足《あし》なれば大事《だいじ》がつて、犬《いぬ》の小便《せうべん》するときは、片足《かたあし》あげて居《ゐ》るといふた。

○蠟燭《らうそく》喰《くひ》

すつと遠國《ゑんごく》の百姓《ひやくせう》より、大坂《おほさか》の町人《ちやうにん》へ娘《むすめ》を縁組《えんぐみ》しける、聟《むこ》の方《はう》より舅《しうと》

への音物《いんもつ》に、蠟燭《らうそく》を箱入《はこいり》にしてやりけるが、蠟燭《らうそく》といふことを知《し》らずして、何といふものだと、さま〴〵評議《ひやうぎ》すれども知《し》れず、どうでも喰《くひ》物《もの》なるべしとて、燒《や》いて喰《く》ひけれども、香《か》あしく、味《あぢ》も宜《よろ》しからねば、庄屋殿《しやうやどの》の所《ところ》へ行《や》いて、右《みぎ》の次第《しだい》を物《もの》がたりすれば、庄屋は大《おほ》きに驚《おどろ》き、膽《きも》を潰《つぶ》して云《い》はるゝは、去年《きよねん》大坂へ參《まゐ》りしとき見申《みまを》したが、其の物《もの》より毎晩《まいばん》火《ひ》を出《いだ》す、世《よ》におそろしきものを喰《く》ふてたまるものか、各々《おの〳〵》の腹中《ふくちう》が燃《も》ゑぬ内《うち》に、池《いけ》へ行《ゆ》いて水《みづ》をあび腸《はら》へと申《まを》さるれば、皆々《みな〳〵》おどろき、邊《あたり》の池《いけ》に飛《と》びこんで、水《みづ》を浴《あ》びければ、庄屋は鐵棒《かなぼう》を引《ひ》き鳴《な》らし、火《ひ》のまはり、といふて池《いけ》をまはられた。

○小判《こばん》の化物《ばけもの》

ある所《ところ》に化者《ばけもの》ありて、人の往來《わうらい》なし、心不敵《こゝろふてき》なる若者《わかもの》、正體《しやうたい》を見屆《みとゞ》けんと、彼所《かしこ》へ行《ゆ》きけるに、化者《ばけもの》出《いで》て高入道《たかにふだう》となり、小坊主《こばうず》と變《へん》じ、さま

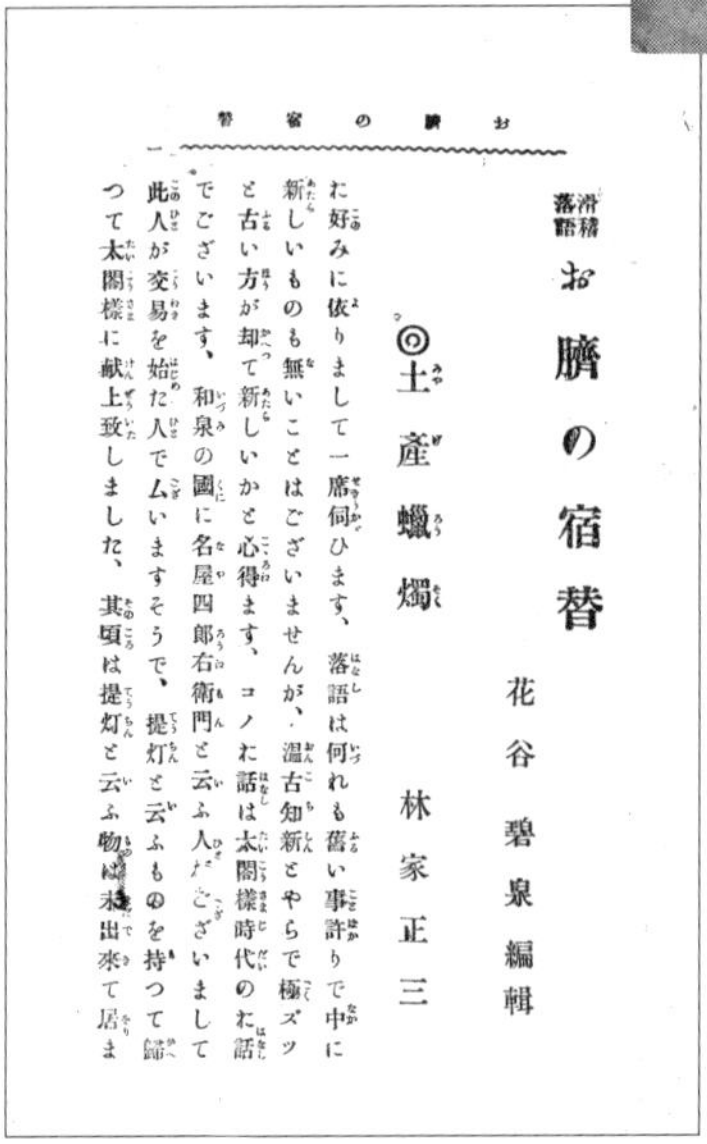

滑稽落語 お臍の宿替

花谷碧泉編輯

◎土《みや》産《げ》蠟《ろう》燭《そく》

林家正三

た好《この》みに依《よ》りまして一席伺《せきうかゞ》ひます、落語《はなし》は何《いつ》れも舊《ふる》い事許《ことばか》りで中《なか》に新《あたら》しいものも無《な》いことはございませんが、温古知新《をんこちしん》とやらで極《ごく》ズッと古《ふる》い方《ほう》が却《かへつ》て新《あたら》しいかと心得《こゝろえ》ます、コノた話《はなし》は太閤様《たいこうさま》時代《じだい》のた話《はなし》でございます、和泉《いづみ》の國《くに》に名屋《なや》四郎右衛門《ろうゑもん》と云《い》ふ人《ひと》がございまして此人《このひと》が交易を始《はじめ》た人《ひと》で厶《ござ》いますそうで、提灯《てうちん》と云《い》ふものを持つて歸《かへ》つて太閤様《たいこうさま》に献上致《けんじやういた》しました、其頃《そのころ》は提灯《てうちん》と云《い》ふ物《もの》は未《いま》だ出來《でき》て居《を》りま

『滑稽落語お臍乃宿替』（立川文明堂、大正12年）の表紙と速記。

『三遊柳連名人落語十八番』（いろは書房、大正14年）の表紙と速記。

名人落語十八番　火の用心

知《し》つて居《を》つて、伊之助《いのすけ》の姿《すがた》に化《ば》け、おわかと媾曳《あひびき》をしたに相違《さうゐ》ない、最前《さいぜん》お前《まへ》の言葉《ことば》に昨夜《きふべ》は伊之助《いのすけ》は來《こ》ないが、今夜《こんや》のは伊之助《いのすけ》だといふ、實《じつ》に不思議《ふしぎ》な事《こと》だ、實《じつ》は私《わし》も内々《ないない》狐狸《こり》の所業《しわざ》ではないかと思《おも》つたから、撃止《うちと》めて見《み》れば案《あん》の如《ごと》く古狸《ふるだぬき》だ、おわかは姙娠《みもち》であるから、之《これ》をおわかに知《し》らしてはならないから』と其《そ》の儘《まゝ》に介抱《かいはう》を致《いた》しますと十月《つき》を經《た》て、女《をんな》が一人男《ひとりをとこ》が二人《ふたり》の三《み》ツ子《ご》でありました、是《これ》が後《のち》に男《をとこ》の兄弟《けうだい》が淺《あさ》ましくも一人《ひとり》の妹《いもと》に血道《ちみち》を上《あげ》るといふ根岸因果塚《ねぎしいんぐわづか》の由來《ゆらい》でございます。

252

火《ひ》の用《よう》心《じん》

五明樓玉輔口演
今村次郎速記

玉輔《わたくし》が豐後《ぶんご》の方《はう》へ參《まゐ》りました時《とき》に、或《あ》る百姓家《しやうや》へ泊《とま》りました、其家《そこ》の主人《あるじ》が、厠《かわや》へ行《ゆ》くのに佛縄《ほとけなわ》を取《と》つて呉《く》れと云《い》ひました。何《なん》の事《こと》かと思《おも》ひまして見《み》ると、縄《なわ》の心《しん》を拔《ぬ》きまして、軟《やは》らかくしたのを摑《つか》みまして、便所《べんじよ》へ參《まゐ》り、用達《ようた》しをして出《で》て來《き》ました。如何さま縄《なわ》で尻《しり》を拭《ふ》くといふのは何國の田舍《いなか》にも能《よ》くあることだが、佛縄《ほとけなわ》といふのは可笑《をかし》いと存《ぞん》じまして爺《おやぢ》に聞《き》きました『どうも尻《しり》を拭《ふ》くものを佛《ほとけ》といふは甚《ひど》いぢやアないか。何《なん》とか外《ほか》に名前《なまへ》の附《つ》けやうがありさうなものだ』と申《まを》しますと、爺《おやぢ》がセヽラ笑《わら》つて『佛《ほとけ》で尻《しり》を拭《ふ》くなア愚《おろ》かの事《こと》だ、東京《とうきやう》の者《もの》はかみで尻《しり》を拭《ふ》くぢやアかねえ』と云《い》ひました。日本《にほん》が開《ひら》けたといつても極《ごく》の田舍《いなか》へ參《まゐ》りますと、隨分《ずゐぶん》ひどい所《ところ》がございます。況《ま》して昔《むかし》の事《こと》、江戸《えど》などで日用品《にちようひん》として無《な》くてならない位《くらゐ》、始終使《しじうつか》つて居《を》る物《もの》で、土地《ところ》に依《よ》つて無《な》いものがございます。饅頭《まんぢう》の無《な》い國《くに》といふのがありました。饅頭《まんぢう》などは何の國《くに》にもありさうなもので、田舍《いなか》饅頭《まんぢう》とさへいふ位《くらゐ》。其《そ》れがまるで無《な》い。勿論《もちろん》遠《とほ》い國《くに》で……處《ところ》が何《ど》うしたものか往來《わうらい》に饅頭《まんぢう》が一《ひと》つ落《お》ちて居《を》りました。大方烏《おほかたがらす》でも咥《くは》へて來《き》たのでございませう。百姓が農《のう》業の歸《かへ》り二人《ふたり》連《つ》れで通《とほ》り掛《か》ゝると妙《めう》なものが落《お》ちて居《ゐ》るので　○『ハテナ訝しな物《もの》が落《お》ちてるぞ。政五郎奇態《たい》なものがあるぞ。何《なん》だな是《これ》やア』△『然《さ》うさ、見《み》たことのねえものだが、何《なん》だンべ

名人落語十八番　火の用心

253

これは困ったことか、有難いことか……。

それを確かめるためにも、「蝋燭喰い」と、三象落語を聞き比べて下さいませ。

戦前の速記本は、『滑稽倶楽部』（金櫻堂・松陽堂、明治三十三年）、『滑稽落語お臍乃宿替』（立川文明堂、大正十二年）、『三遊柳連名人落語十八番』（いろは書房、大正十四年）などへ掲載されています。

菜種切り

なたねきり

或る年の春先、船場の大家の旦那が「大阪城の馬場、城の馬場で遊ぼか」と、堀江のお茶屋の女将《おかみ》・芸妓・舞妓・幇間を連れ、森の宮辺りへ出て来た。

その頃、森の宮近辺は、菜種畑が広がってたそうで、刈り取った菜種の花から油を絞り、食用油や燃料にする。

空を見上げると、雲一つ無い上天気で、向こうに見える生駒の山が、春霞《はるがすみ》で霞んでる。

ハンナリした中を、喧しゅう言うて出て来た、その道中の陽気なこと。〔ハメモノ／扇蝶《おうぎちょう》から砧《きぬた》。三味線・〆太鼓・篠笛・当たり鉦で演奏し、析へ替わる〕

旦「皆、此方へ来なはれ。一八や繁八も、足が遅いわ」

一「お座敷の修業はしますけど、歩く稽古はしてない。足の速い者が良かったら、飛脚を連れて歩きなはれ。旦さんも足の勢いが頭へ廻ったら、禿げんでも済んだ」
旦「おい、何が禿じゃ？」
一「いえ、いつも仕事に励まなあかんと言うて」
旦「コレ、何を言うのじゃ。春爛漫《らんまん》やよって、生駒の山が霞んで見えるわ。生駒の山も、ウトウトしてる」
一「もし、生駒の山が居眠りをしますかいな。起きる時に欠伸をしたら、大阪や奈良が地震になりますわ」
旦「一々、逆らうな。皆も疲れたと思うよって、この辺りで一服しょうか？」
一「茶店も何も無い菜種畑ですけど、どこで一服します？」
旦「広い所へ敷物を敷いて、一杯呑みたい。あァ、お百姓の鎌が置いてある。その鎌で菜種を刈って、その辺りを広げて、敷物を敷いて、一服しょう」
一「人の畑の菜種を刈ってるのが見つかったら、目の玉が飛び出るほど怒られますわ」
旦「一八は奥目やよって、丁度良え」
一「もし、ケッタイなことを言いなはんな。人の鎌を勝手に使たら、目の玉が飛び出るほど怒られますわ」
旦「ほな、両目が出揃う」

一「コレ、ええ加減にしなはれ！　怒られるのは、私らですわ」
旦「一々、大きな声を出すな。菜種の花へ停まってる蝶々が、飛んで逃げるわ。心配せんでも、お百姓が怒ってきたら、金で話を付ける」
一「何でも金やよって、成金は嫌いや」
旦「コレ、誰が成金じゃ！」
一「人の畑の菜種を勝手に刈るのは、恰好悪いと言うただけで。へェ、承知しました。おい、繁。ほな、菜種を刈ろ。もし、姐さん。私と繁が菜種を刈るよって、見てなはれ。形良う刈っても、惚れんように。さァ、東西！〔ハメモノ／二丁析〕二人の幇間が、菜種の花を刈り取って参る！〔ハメモノ／錣《しころ》。三味線・〆太鼓・大太鼓・篠笛・当たり鉦で演奏〕（鎌で、菜種の花を刈って）あァ、蝶々が飛んで行く。仰山飛び廻ると、黄色い紙を千切って投げてるみたいや。おい、しっかり刈れ！」
百「アレ、何をしてる！　昼飯を食べに帰ってる間に、ウチの畑の菜種を、わしの鎌で刈ってるわ。良え齢をした連中が仰山寄って、何をする！」
繁「おい、一八。百姓が鬼みたいな顔で、わしらを睨んでるわ」
一「心配せんでも、旦さんが『もしもの時は、金で話を付ける』と言うてはった。百姓へ頭を下げてる姿を見せたら、旦さんの機嫌が悪なる。百姓に睨まれたら、此方も睨み返せ。百姓を睨んで、菜種を刈ってたら、周りで見てる者が『あァ、此方の人らの畑か』と思うわ。さァ、百姓を睨め！」
繁「一八は、良え度胸をしてるわ。（菜種を刈り、百姓を睨んで）ほな、これで良えか」
一「ほゥ、上手や。ほな、わしも睨むわ。（百姓を睨んで）さァ、どうじゃ！　（旦那へ微笑んで）いえ、何でもございません。（菜種を刈り、百姓を睨んで）さァ、どうじゃ！」
百「コレ、何で睨み返してる！　あいつらの傍で、禿親爺が笑てけつかるわ。禿親爺の言付けで、菜種を刈ってるらしい。おい、そこで笑てる蠅滑り！」
旦「蠅滑りとは、何じゃ？」
百「頭へ蠅が停まってても滑るよって、蠅滑りじゃ。よう覚えとけ、逆ボタル！」
旦「逆ボタルとは、何じゃ？」
百「良え齢をさらして、そんなことも知らんか。ホタルは尻が光ってるけど、己は頭が光ってるよって、逆ボタルじゃ。よう覚えとけ、初日の出！」
旦「一々、いろんなことを言うわ。一体、何を怒ってる？」
百「おォ、当たり前じゃ！　わしの畑の菜種を、勝手に刈りやがって。一体、誰に断って刈ってる？　嘗めたことをさらすと、お前らの首を刈り取るわ！」
旦「ほゥ、この畑の持ち主か？　足が草臥《くたび》れたよって、この辺りで一服しょうと思て。菜種畑から見る生駒の山は綺麗やよって、幇間に無茶を言うた。（財布から、金を出して）ほな、これで堪忍して」
百「僅《わず》かな端銭《はしたぜに》で、堪忍出来るか！（金を受け取って）ほゥ、仰山の金！本日は、良え御陽気で！いえ、何も怒ってません。宜しかったら、皆、刈ってもろて。広々した所で、ごゆっくりなさいませ」
一「おい、繁。『金の光は、阿弥陀ほど』と言うけど、ほんまや。鬼みたいな顔が、仏の顔に変わったわ。ほな、菜種を刈ってるのは堪忍してくれるか？」
百「堪忍するもせんも、百年後まで堪忍しますわ。心行くまで、菜種を刈りなはれ」
一「恐ろしいほど、変わってしもた。もし、旦さん。ほんまに、ケッタイな百姓で」
旦「これも趣向で、思い出になるわ。僅かな金で済んだら、安い物じゃ」
一「旦さんは僅かな金でも、私らには大金ですわ。旦さんみたいな大金持ちは、金で事が納まりますけど、私らみたいな貧乏人だけやったら、どんな目に遭わされるか」
旦「菜種やよって、コッテリ油を絞られるわ」

解説「菜種切り」

高校時代、『笑辞典／落語の根多』（宇井無愁著、角川書店、昭和五十一年）で、この落語の粗筋・解説・ネタの枠組みを知りましたが、噺家になり、桂米朝師の『続・上方落語ノート』（青蛙房、昭和六十年）で、より深く把握することが出来ました。

米朝師の解説には、「古くから上方落語のネタ帳にあったが、内容が不明で、初代桂南天が二代目桂三木助で一度聞いたことがあった」と記されています。

その内容は、森の宮近辺が一面の菜畑だった頃、旦那が大勢を連れて出掛け、この辺りで一杯呑むため、幇間達に鎌で菜種を刈り取らせると、それを見ていた百姓が睨むので、幇間が旦那を見てから、百姓の方へ向き直り、グッと睨み返すという構成だったそうで、そのパントマイム的な演じ方が大変面白かったそうですが、オチは覚えていないとのことでした。

初代桂文治門下・桂文公が筆記したと言われる『落噺桂の花』（文化年間）に、「ものずきだんな」と題する噺があり、これが「菜種切り」の原話に違いないとのことですが、『笑辞典／落語の根多』で紹介されている『しんぱん笑眉噺大集』（桂文治・桂熊吉著、文化頃、大坂版）と、ほぼ同じ内容です。

『しんぱん笑眉噺大集』は、中略で掲載されていますが、そのまま紹介しましょう。

＊＊＊＊＊

ものずきなるあそびをする旦那（略）、畑にゐる百姓をよび、「なんとこの菜種の花ざかり、これをミな此ままにて売つてくたさらぬか」と頼まれけれバ、百姓「ハイ、おのぞみなれば売つてあげましょが、見へわたり、これからあれまで銀目（略）、弐百目ほどのものでござるが、お買ひなさるか」。

旦那「ずいぶん承知々々」と紙入れから小判五両出し、「これで買ひましょ、おれがあした、ここへ来ても（略）、他の百姓が何のかのといハぬやうに、こなたここについていて下され」と約束して、小判をつかハし（略）、明日はおやま、芸子、幇間、中居大ぜい引つれのあそびと出かけ、（略）「何と菜種の花ざかり、どふもいへぬなァ」といへば、おやま、芸子が「いつかうゑいわいな。ちとほしいな」といへバ、旦那「ほしくば取てやろふ」といひさま、五株六株引ぬけバ、幇間の嶋八びつくりして「コレ、めつそふな、旦那、百姓が見付たら野荒しじやとて、棒しばりに致します。コレ、もうしもうし」といふ程、旦那「かまふな」といふてハなぐり、脇差をぬいては菜種を切りちらす。

幇間は気の毒がり、「さりとハ旦那、やめなされ」、とめるを昨日の百姓が見て、「あの（略）男めは何奴じゃ。旦那が（略）買ふておかしやつたものを、じやましをる」と、「コレ、こなさん、何でそのやうにするのじゃ」といへバ、幇間、気の毒がり、「お百姓様、もつともでござります。コレ、もうし、旦那々々」といへど、めったやたらに引ぬくゆへ、幇間、もてあぐミ、ふところより金弐両とりだし、「これまあもうし」と百姓に渡せバ、「あなたも、おのぞミなりや、東側になされませ」

＊＊＊＊＊

少し句点を増やし、読みやすくしましたが、いかがでしょう？

米朝師は「何だか変なはなしで、サゲの意味はわかるが、さほど妙味もおもしろ味もない。想像するに、これがもとであろうが、きっといろいろと変わっていって、かなり納得のゆく、もうちょっと笑いもあり……というネタになっていったのではなかろうか。そうでないと大正頃まで演じられたはずがないと思う。まぁ滅んでもしかたのない話であろう」と記していますが、このネタのことを旅先で尋ねた時、米朝師が語られた粗筋は面白く、滅ぼすには惜しいネタだと思いました。

その時の記憶と、このような構成・演出ではなかったかと推測した所を付け加えた上、独自のギャグも入れ、平成二十七年四月二十二日、大阪梅田太融寺で開催した「桂文我の強烈な三日間」の中日で初演し、その後、何度か演じましたが、少しずつ面白味を加えることが出来、全国各地で上演が出来るネタになる兆しが見えてきたのです。

いまだ発展途上で、ヨチヨチ歩きのネタですが、ユニークな春の噺として、定番ネタになればと考えています。

噺を盛り上げるためのハメモノに、「扇蝶」と「錣」を使用しました。

「扇蝶」の原曲は、『弦曲粋弁当』（安永頃）という俗曲集に掲載されているそうで、以前に刊行された「上方寄席囃子集」のレコードの解説に「歌舞伎では、遊山の場などの人物の出入りに用いる」と記されていますが、どの歌舞伎に使用されたかはわからないので、ご存じの方はご教授くだされば幸甚です。

「野崎詣り」「愛宕山」の冒頭で、大勢で野辺を道中するシーンで演奏されますが、歌詞は「扇蝶、菜種、菜の花、咲き乱れ。粋な枝葉に仮寝の枕、好いた同志の仲の良さ。しどけないのは（も、が）、蝶のくせ」。

原曲は「扇蝶、菜種、菜の花、咲き乱れ。粋な枝葉に仮寝の枕、蜜は情けの仲直り。しどけないのが、蝶のくせ。飛んで枝葉の葉隠や、可愛《かわゆ》らしいじゃないかいな」となり、落語のハメモノより長い曲でした。

原曲を聞いたことはありませんが、全曲を演奏すると、中だるみになると考えたか、ハメモノには長いと思ったか、歌詞を変形させ、演奏を短くまとめたと思われます。

春の麗《うらら》かさが濃厚に出ている曲だけに、三味線は陽気に、テンポ良く弾かなければならず、後ろ髪を引かれるような、ベッタリした演奏にならないように心掛けるべきでしょう。

〆太鼓は格調の高さを保ちながら、曲に合わせ、各々のセンスで打ち、大太鼓を入れることもありますが、〆太鼓だけの方が、曲に合うと思います。

当たり鉦は自由に入れ、篠笛は曲の旋律通りに吹くこともありますが、いつも入れる訳ではありません。

「錣」は、歌舞伎下座音楽で「錣の合方」と呼ばれ、三味線は二上りで弾き、カンカラ（※大きな長胴の鋲《びょう》打ち太鼓のこと）と当たり鉦を、役者の仕種に合わせて打ちます。

歌舞伎では、手品・曲芸・軽業のシーンに使用され、見世物・寄席などの滑稽な場面の所作にも使われますが、それを寄席囃子にまとめ直した曲が、落語のハメモノで使用されるようになり、同じような曲が二種類出来ました。

「菜種切り」で使用する「錣」は、「地獄八景亡者戯」のラストで、四人の亡者が地獄の針山を登ったり、人呑鬼の腹中で暴れ回るシーンや、「疝気《せんき》の虫」では、人間の腹中で、疝気の虫が餅を食べ、疝気筋を引っ張る場面などで演奏されます。

三味線はリズミカルな弾き方をし、鳴物は〆太鼓で「テテテン、テテテン」と「騒ぎの手」を繰り返し、大太鼓も過不足なく打ち、当たり鉦は自由に入れ、篠笛は曲の旋律通りに吹きますが、曲の調子へ付いたり離れたりすると、面白味が加わるでしょう。

また、析頭を一定の間で打ち、曲に勢いを付ける場合もあります。

まだまだ発展途上のネタですが、少しずつ春の季節感を加えながら、他のネタと肩を並べるようなグレードへ仕上げる所存ですので、宜しくお付き合い下さいませ。

三重県松阪市の山間部で生まれ育った私は、春先は菜種畑で遊ぶことも多く、菜種の花に、黄色い蝶々が舞い遊ぶ姿を見るのは日常だっただけに、このネタを演じているときは、目の前へ浮かんできます。

季節感タップリのネタが存在してこそ、落語の値打ちが出るのではないでしょうか。

附焼刃《つけやきば》

作「叔父さん、こんにちは」
叔「おォ、誰じゃ？」
作「声だけでは、わからんか。ヘェ、私ですわ」
叔「誰やと思たら、極道の阿呆か。お前の顔は、見るのも嫌じゃ。いつも、大層なことばっかり吐かしくさって、家から放り出された」
作「叔父さんの意見は辛いけど、お天道さんと、米の飯は随いて廻ります」
叔「まだ、懲りてないわ。お天道さんは随いて廻っても、米の飯が随いて廻るか？」
作「いや、一寸も随いて廻らん」
叔「コレ、当たり前じゃ！　お前と話をしてると阿呆らしいよって、出て行け！」
作「そんな薄情なことを言うたら、私が気の毒」

叔「一体、何が気の毒じゃ。一ト月前も兄貴が怒った時、わしが中へ立って、堪忍してもろたわ。そんなことがあっても、十日も経たん内に、店の金を持って、色街へ遊びに行きよった。『仏の顔も三度』と言うけど、中へ立ったのは、五遍や十遍やないわ」
作「今日来たのは、中へ立ってもらうためやない。皆に愛想を尽かされたよって、淵《ふち》川へ身を投げて、死のと思て」
叔「おい、一寸待った！」
作「いや、待った無し！」
叔「何じゃ、相撲みたいに吐かしてけつかる。死ぬと決めるのは、よくせきのことじゃ。この度は、土性骨（※心根をののしる言葉）に入《い》ったらしい。ほな、わしが中へ立つわ」
作「あァ、スックリ行った」
叔「何ッ？」
作「いえ、何でもない。ほな、叔父さん。一つ、早幕でやっとおくなはれ」
叔「コレ、散髪するみたいに言うな。また、お前に一杯喰わされた」
作「いや、何にも御馳走はしてない」
叔「あァ、ほんまに応えん男じゃ。ほな、家へ帰れるようにしたる。兄貴は、お稲荷さんに凝ってるわ。狐憑《つ》きに化けて、竹の皮へ馬の糞を包んで持って帰って、『もし、お父っつぁん。今、帰ってきました。コン！』と言いなはれ」
作「ほゥ、ケッタイなことをしますな」
叔「兄貴が『どの面下げて、帰ってきた！』と怒ったら、『お父っつぁんへ、お土産ですわ』と言うて、竹の皮の包みを広げると、ホコホコの馬の糞。下駄を履いたまま、座敷へ飛んで上がって、兄貴の前へ立って、『コリャ、神妙に致せ。我は、稲荷の眷属《けんぞく》（※身内のこと）じゃ！　先日の五百円は、稲荷の入用で遣て、作次郎に咎《とが》は無い。埋め合わせに、商いで儲けさしてやる』と言うて、引っ繰り返れ。『作次郎に、お稲荷さんの眷属が乗り移りなさった！』と拝んで、お前の罪が消えるという訳じゃ」
作「なるほど、上等の趣向ですな」
叔「やり損なわんように、一遍、稽古をしなはれ」
作「稽古事も仰山したけど、狐憑きの稽古は初めてや。一体、どうしたら宜しい？」
叔「羽織を脱いで、帯を解け。後ろは緩い目に結んで、ダラリと下げる。胸を広げて、着崩れてる恰好にしなはれ。お前は商人《あきんど》の倅に似合わん痩せ型で、綺麗過ぎるわ」
作「この恰好に、女子が惚れる」
叔「コレ、解《ほど》けた顔の紐を結び直せ。この鍋墨を、両手と顔や手足へ塗れ」
作「（鍋墨を、顔や手足へ塗って）わァ、真っ黒や。さァ、噛もかァーッ！」

叔「ええ齢をして、阿呆なことをすな。さァ、稽古じゃ。竹の皮の包みを持って、『今、帰ってきた。コォーン！』と言いなはれ」
作「今、帰ってきた。コン！」
叔「それでは、あかん！　もう一寸、しっかり言え」
作「(大声を出して) 今、帰ってきた。コン！」
叔「今度は、元気が良過ぎる。もっと、しんどそうに言え」
作「(震えて) 今、帰ってきた。コン！」
叔「それでは、中風《ちゅうぶう》じゃ。震えんと、長う伸ばせ」
作「(長く伸ばして) 今、帰ってきた。コォーン！」
叔「あァ、上手い！　その調子で、しっかり言え」
作「(長く伸ばして) 今、帰ってきた。スココンコン！」
叔「コレ、要らんことを言うな」
作「『お父っつぁんへ、お土産ですわ』と言うて、竹の皮を広げたら、ホコホコ饅頭。(座敷へ飛び上がって) えいッ！」
叔「おい、ウチへ飛んで上がる奴があるか。家へ帰ってから、飛んで上がれ」
作「猿飛佐助の真似をしたけど、恰好良え？」

叔「一々、しょうもないことをすな。さァ、稲荷の眷属へ化けなはれ」
作「あァ、そや。コリャ、神妙に致せ！　我は、稲荷の眷属じゃ。先日の五百円は、稲荷の入用で遣て、作次郎に咎は無い。埋め合わせに、商いで儲けさしたるよって、三百円をもらいたい」
叔「一々、要らんことを言うな」
作「これは、私の工夫で」
叔「コレ、しょうもない工夫はせんでもええ」
作「この後、倒れたら宜しいか？（倒れて）ウゥーン！　ほな、こんな塩梅で？」
叔「あァ、結構！　婆さん、竹の皮を出しなはれ。さァ、これへ馬の糞を包んでこい」
作「叔父さん、それは殺生や。顔へ鍋墨を塗ってるよって、表へ出られん」
叔「その顔で家へ帰るよって、何方にしても、表へ出るわ。最前、馬が表を通って、ホコホコの糞を落として行った。さァ、拾てこい！」
作「へェ。（戻って）叔父さん、拾てきた。ホコホコやよって、一つ如何？」
叔「コレ、阿呆なことを言うな。家へ帰ったら、上手にやれ」
作「へェ、おおきに！　（表へ出て）あァ、叔父さんは洒落た人や。何遍も親から勘当されてるだけに、人間の厚みが違うわ。狐憑きの趣向は洒落てるよって、もう一遍、稽古をしょう。『もし、お父っつぁん。今、帰ってきた。コォーン！』『どの面下げて、家へ帰ってきた！』『お父っつぁんへ、お土産ですわ。コリャ、神妙にせよ。我は、稲荷の眷属じゃ！』。あァ、嬉しなってきた。ウチの親父は無粋《ぶすい》の固まりで、あんな親父の許へ、こんな粋な御子息が御誕生なさるとは、鳶が鷹を生んだような。おい、子ども。ジロジロと、人の顔を見るな。訳のわからんことを言うて、狐が憑いてる？　コレ、向こうへ行け！　日向《ひなた》臭い紅木綿の腰巻を巻いて、木綿の襦袢を着た女子と寝てる訳やなし。麝香《じゃこう》の匂いのする女子と寝よと思うと、こんな思いをせんならん。何ッ、狸も憑いてる？　コレ、向こうへ行け！　ゴジャゴジャ言うてる内に帰ってきたけど、親父と番頭が店先で、目を剥いてるわ。二人が並んでると、閻魔の庁の門番みたいや。諦めて、どこかへ行こか。いや、叔父さんに教えてもろたことをせなあかん。便所の火事で、焼糞や。思い切って、入ったろ。（家へ入って）もし、お父っつぁん。今、帰ってきました。コォーン！」

父「誰やと思たら、極道じゃ。ようも、ノコノコ帰ってきたな」

作「お父っつぁんへ、お土産ですわ」

父「家を放り出された伜が、土産も糞もあるか」

作「糞が、バレたか？　さァ、開けてみい。ホカホカの、何やった？」

父「自分で持って帰って、わからんか。ホカホカの、何じゃ？」
作「喜べ、馬の糞や！　さァ、嬉しいか？」
父「何ッ、馬の糞？　そんな物を持って帰って、誰が喜ぶか。土産やったら、わしの好きな巻き寿司でも買うて帰れ」
作「えッ、巻き寿司？　あァ、惜しいわ！」
父「一体、何が惜しい？」
作「巻き寿司やのうて、稲荷の眷属へ化けるわ」

解説「附焼刃」

約四十年前、大阪ミナミ相合橋商店街の古本屋・イサオ書店で見つけたのが、四代目笑福亭松鶴の速記をまとめた『笑福亭松鶴落語集』（三芳屋書店、大正三年）で、当時の値段で、五千円。

カバーも無く、状態も悪く、値打ちの無い本に見えましたが、内容は充実しており、私が最初に手に入れた三芳屋本だったのです。

東京三芳屋書店が刊行した落語の速記本は、以前から三芳屋本と呼ばれ、明治末期から昭和初期まで数多く刊行し、噺家の選定・内容の充実度・装丁の良さなど、どの点から見ても、文句の無い本ばかりと言えましょう。

東西の噺家の速記本を次々刊行し、版を重ねていることから見ても、かなり好評だったようですが、いつの間にか、落語の速記本から手を引き、会社も閉じてしまったのです。

第二次世界大戦が始まり、東京・大阪も空襲で焼かれ、各方面の貴重な書籍も灰となりましたが、その中に落語の資料も数多く含まれており、三芳屋本も数を減らし、古本屋で見ることも少なくなった上、状態が悪くても、高額となりました。

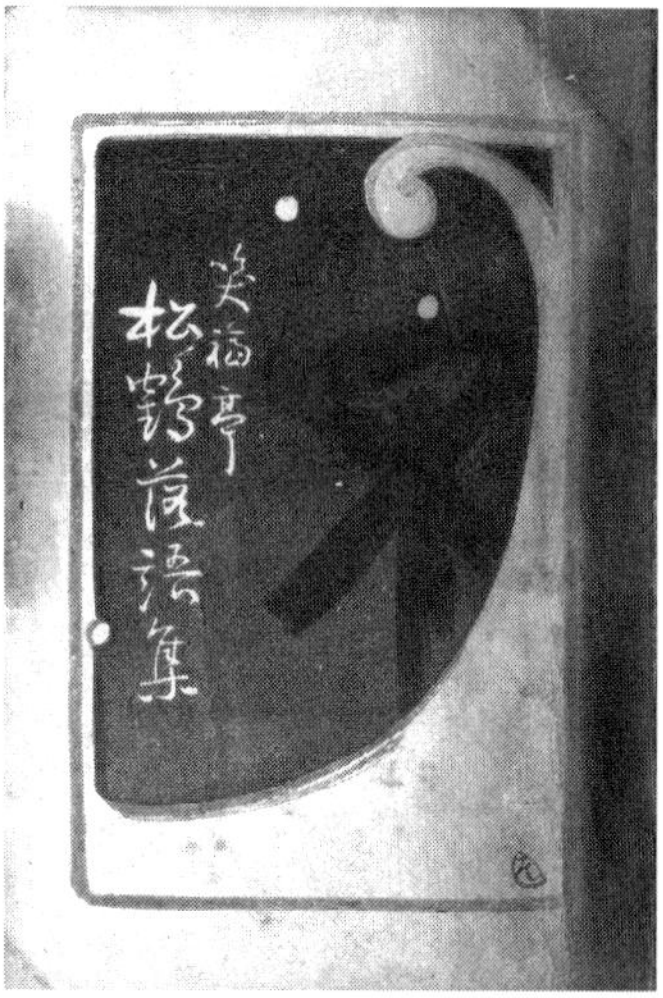

『笑福亭松鶴落語集』（三芳屋書店、大正３年）の表紙と速記。

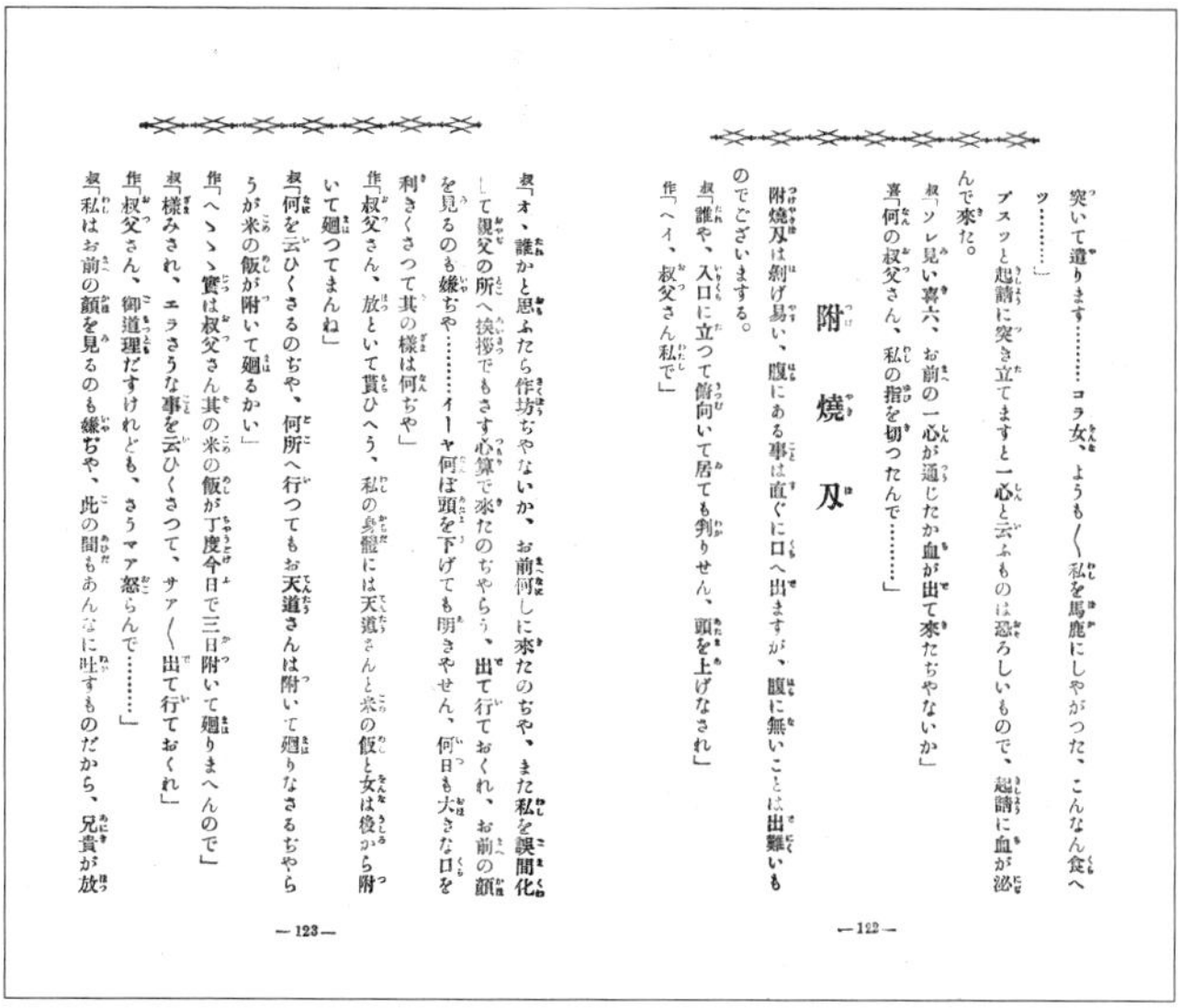

突《つ》いて遣《や》ります………コラ女《をんな》、ようも〳〵私《わし》を馬鹿《ばか》にしやがつた、こんなん食《く》へッ………」

ブスッと起請《きしやう》に突《つ》き立《た》てますと一心《しん》と云《い》ふものは恐《おそ》ろしいもので、起請《きしやう》に血《ち》が滲《にじ》んで來《き》た。

叔「ソレ見《み》い喜《き》六、お前《まへ》の一心《しん》が通《つう》じたか血《ち》が出《で》て來《き》たぢやないか」

喜「何《なん》の叔父《おつ》さん、私《わし》の指《ゆび》を切《き》つたんで………」

附《つけ》燒《やき》刄《ば》

附燒刄《つけやきば》は剝《は》げ易《やす》い、腹《はら》にある事《こと》は直《す》ぐに口《くち》へ出《で》ますが、腹《はら》に無《な》いことは出難《でにく》いものでございまする。

叔「誰《たれ》や、入口《いりくち》に立《た》つて俯向《うつむ》いて居《ゐ》ても判《わか》りせん、頭《あたま》を上《あ》げなされ」

作「ヘイ、叔父《おつ》さん私《わたし》で」

—122—

叔「オ、誰《たれ》かと思《おも》ふたら作坊《さくばう》ぢやないか、お前《まへ》何《なに》しに來《き》たのぢや、また私《わし》を誤間化《ごまくわ》して親父《おやぢ》の所《とこ》へ挨拶《あいさつ》でもさす心算《つもり》で來《き》たのぢやらう、出《で》て行《い》ておくれ、お前《まへ》の顏《かほ》を見《み》るのも嫌《いや》ぢや………イーヤ何《なん》ぼ頭《あたま》を下《さ》げても明《あ》きやせん、何日《いつ》も大《おほ》きな口《くち》を利《き》きくさつて其《そ》の樣《ざま》は何《なん》ぢや」

作「叔父《おつ》さん、放《ほつ》といて貰《もら》ひへう、私《わし》の身體《からだ》には天道《てんたう》さんと米《こめ》の飯《めし》と女《をんな》は後《うしろ》から附《つ》いて廻《まは》つてまんね」

叔「何《なに》を云《い》ひくさるのぢや、何所《どこ》へ行《い》つてもお天道《てんたう》さんは附《つ》いて廻《まは》りなさるぢやらうが米《こめ》の飯《めし》が附《つ》いて廻《まは》るかい」

作「ヘヽヽヽ實《じつ》は叔父《おつ》さん其《そ》の米《こめ》の飯《めし》が丁度《ちやうど》今日で三日附《つ》いて廻《まは》りまへんので」

叔「樣《ざま》みされ、エラさうな事《こと》を云《い》ひくさつて、サア〳〵出《で》て行《い》ておくれ」

作「叔父《おつ》さん、御道理《ごもつとも》だすけれども、さうマア怒《おこ》らんで………」

叔「私《わし》はお前《まへ》の顏《かほ》を見《み》るのも嫌《いや》ぢや、此《こ》の間《あひだ》もあんなに吐《ぬか》すものだから、兄貴《あにき》が放《ほつ》

—123—

第二次世界大戦後は、東西の噺家の数も減り、寄席や落語会の開催も少なくなっただけに、落語の速記本へ興味を示す者も、皆無に等しくなったのです。

しかし、三芳屋本の存在を重視し、わずかな稼ぎの中から買い集め、ネタの復活へ取り組んだ噺家がいたことも見逃せません。

落語の歴史において、口移しの稽古だけで、ネタが伝えられたのではなく、江戸時代の和本・明治半ばから刊行された活字の速記本・ＳＰレコードが、当時の噺家の杖になってくれたことは間違いないでしょう。

さて、三芳屋本の『笑福亭松鶴落語集』へ掲載されていたのが「附焼刃」で、初めて読んだ時、このネタを演る人が無くなったのも無理は無いと思ったのも事実で、何が面白いのか、サッパリわかりませんでした。

短いネタの割に、内容が複雑で、理屈に合わないこともあり、上演するには無理があると感じたのです。

その後、いろんな落語を演じるうちに、気になるネタの一つとなり、約二十年後、改めて速記本へ目を通すと、多少面白さが感じられた上、ネックになっている部分を解消する工夫も思い付きました。

以前は上演の可能性を感じず、縁遠い落語と思ってたネタが、急に傍へ寄ってくる場合もありますが、「附焼刃」は、その一つと言えましょう。

狐が稲荷のお遣わしということは昔から言われており、崇め奉られていますが、それと反対に、狐は人間を化かすことも当然のように言われ、私が幼い頃、三重県松阪市の山間部では、狐に化かされた者もあり、夜になっても帰宅せず、本人の記憶も無くなっていたという話を、数多く聞きました。

小学生の頃、私も山中で、日光東照宮陽明門のような御殿を発見しましたが、後日、その場へ行ってみると、崩れかけた小屋があっただけだったのです。

そのような経験があるだけに、令和の今日でも、狐に化かされた者の話を聞くと、無視することは出来ません。

話は逸れましたが、「附焼刃」は東京落語でも上演されたようで、四代目笑福亭松鶴から教えを受けた六代目春風亭柳枝が演じ、演題も「稲荷の土産」「馬の糞」「狐つき」などに替えたようです。

私の場合、平成二十八年七月十二日、大阪梅田太融寺で開催した「第六十回／桂文我上方落語選（大阪編）」で初演し、その後、思い出した折に演じていますが、その時々で構成・演出が変わり、これからの変化が楽しみなネタになってきました。

今後も、このようなコント仕立ての噺を、ドラマを見るような感じで、楽しんでいただくため、極めて自然に、不思議な世界を表現したいと思っています。

コラム・上方演芸の残された資料より

『桂文我上方落語全集』での連載コラムは、元・サンデー毎日の編集長で、祇園小説に才を発揮し、織田作之助へも影響を与え、戦前戦後の噺家と付き合いも出来、落語研究家として、『落語の研究』という本まで著した、渡辺均氏の自筆原稿を採り上げている。

第七巻は、昭和二十四年二月五日、大阪私立文化会館で講演した「上方大衆藝術の変遷及特質について／特に最も多くの問題を孕める落語を中心として」の原稿を掲載するが、上方落語と東京落語の本質の違いに関する指摘は慧眼に値し、令和の今日、これだけの意見を私見で述べることが出来る演芸研究家や落語作家は皆無に等しいだろう。

落語関係の本やＣＤなどで解説を依頼された者であらば、渡辺均氏を含めた、過去の智者・達人の見識を見習い、落語や噺家の歴史も学んだ上で、世の中へ噺の側面を呈示していただきたい。

この際、正直に述べるが、今まで演芸研究家や落語作家が書いた、ＣＤやＤＶＤの解説の内容が怪しいと感じた制作会社から、内々で精査を依頼されることも多く、その度に訂正を繰り返してきた。

誰でも間違いや、ウッカリはあるが、長年世話になり、高座を見てきた執筆者が、ありもしないことを書くことは許せず、少し調べればわかることでも、調査をしない怠惰な仕事に対し、強烈な怒りを感じている。

令和の今日、信頼出来る落語の解説本は、どれほどあるのだろう?

厳しいことを述べたが、これは肝心なことだ。

この度の渡辺均氏の文に目を通すと、さまざまなことを考えさせてくれるのである。

「上方大衆藝術の変遷及特質について／特に最も多くの問題を孕める落語を中心として」（昭和二十四年二月五日午後一時、大阪私立文化会館に於て）

渡辺　均

大阪の人は東京の落語を聞いて、面白くないといふし、東京の人は大阪の落語を聞いて、分からないといふ。何故か？　勿論この「分からない」といふのは、言葉が分からないといふ皮相的な意味も多分にある事は申すまでもないが、その「面白くない」「分からない」といふ事の真相、或は実態は、もっと本質的な宿命的なものにかかっていると思はれる。

一言にていへば、東京落語と大阪落語とは、その咄の構成に於ても演出に於ても、その本質を異にしてゐるし、従って性格が違うのである。

今ここで、東京落語、大阪落語と申しましたが、嚴密に言へば、江戸ばなし、上方ばなしといふべきで、この両者の相違は、又偏に江戸と上方、江戸人と上方人その性格の相違といふことにつらなってゐることは勿論である。この事は後で群述するが、まづ第一に、その咄の「筋」からのみ見れば、今日では、どれが果して江戸咄であるか又は上方咄であるか、その区別さへはっきりとは分からない位になってしまい、又、実際、今では東京落語にも大阪落語にも、同じやうな題名で、同じやうな筋や事件を取扱ったものが、既にどちらにもあるといふ状態になってゐるので、尚更ら物事がこんがらがってしまふのである。

然らば、なぜそのやうに同じやうなものが東西両方にどちらにも在るかと申せば、これは勿論、明治の終から大正へかけて東西の交流が激しくなるにつれて、当然起った現象で、強いて言へば、ひとり落語のみならず、社會生活一般に於ても同じことがいへるのだが、殊に落語に於ては、その頃、大阪落語から東京落語として東京へ移植せられたものが非常に多く、今仮りに私の私見として数へ上げてゐるものだけでも百五六十種はあり、例へば先々代の小さんが得意とした有名な「らくだ」の如きも、寧ろ立派な東京落語として、しかも押しも押されもせぬ大物の切ネタとして使はれ、今では反って、これが元来大阪落語であったことを全然知らない人が多い位、純然たる東京落語になり切ってしまってゐる。所がこれは実際は、小さんが大阪で文吾から習ひ覚えて、東京へ持って帰り、しかも東京落語としての構成と演出とを以て東京落語の本質的な性格を持たせた咄に換骨奪胎してしまひ、咄の「筋」からのみ言へば、殆んど同じやうな筋である事は勿論だが、咄の取扱ひ方、即ち演出その他を全然東京落語としての、それに変へてしまひ、人間も純然たる江戸人に変ってしまってゐるのである。しかも小さん自身、その後大阪でこの「らくだ」を演る時には、いつも前口上で、文吾から教はったネタを練習させて貰いますといふやうな意味の事を附がへてゐた。

小さんが移植したものは、その他にも沢山ある。一々例を挙げないが、故円馬が東京の研究会や名人会で持って行ってそのまま東京落語となったもの、円喬、円生、馬楽、小勝、小南等の故人が移植したもの、円馬から現在の桂文楽に移して東京落語になり切ったもの等、数へ上げれば際限のない位に多い。

然らば、この東西両者の根本的な性格の違ひといふものはどこにあるか。

最も簡単に結論を述べるならば、この構成と演出とに於て、東京落語は粋でアッサリしてゐて明快だが、大阪落語はモッサリしてゐて油濃くて悪どい。東京のは單的に事件に突入して一元化した筋の進展と人物の描寫とに向って直截的に突進んで行くが、大阪のは筋の進展の合間々々には、屡々脇道へ入って、人物の側面描寫を試みたり、或はその場の雰囲気や背景の描寫に長々と道草を食ふ。東京のはすべてによく整理が行き届いて明確に割切れるが、大阪のは寧ろ紛然雑然としてゐて、反って「無駄」を尊重する。

右のやうな次第で、東京落語の明快さと澄み切った感じに対して、大阪落語には悪どさとコクがある。もう一度繰返して言へば、その構成及び演出上に於て、

東京……スッキリ、粋、明快、ムダがなくて直截的、合理的、

大阪……モッサリ、無粋、ムダが多く、晦渋、割り切れず、

からいふ比較対照が出来る。かういってしまふと、一見、大阪落語は、いかにもツマラなさそうなものに聞こえるかもしれないが、実はこれが問題のカギで、かういふ点に寧ろ大阪落語のコクがある。含蓄のある、ニュアンスに富んだ味を澱なせたり、或はトボケタは、間の抜けた味といふものをもそこに漂はせるのである。

従って、東京のが屡々平面的に陥り易い傾向があるのに対して、大阪のは立体描寫ともいへやうし、ニュアンスが浮上ってくるのである。そして明快に割り切れないムダに、得もいはれぬ味とコクが澱んでゐると私は思ふ。これこそ上方ばなしの個性であり、そこに上方ばなしの特長と存在価値とが認められるのである。

このことは、しかし、煎じ詰めれば、前述の通り、畢竟、江戸と上方との土地柄の違ひ、風俗、習慣、人情の違ひ、つまり江戸人と上方人との性格の違ひから来ることで、落語といふものの上に於ても現はれて来て、落語の性格をも本質的に両者異るものとして形成してしまった次第である。これは落語のみならず講談に関しても言ひ得ることであり、カブキに就ても江戸カブキと上方カブキとの相違、浄ルリでも江戸浄ルリと大阪の義太夫浄ルリとの性格の相違はここから出発してゐる。

先程、粋とか無粋とかいふことを述べたが、この粋といふことも、東京で粋といへば、これは先づスッキリとしてゐるといふことが第一條件であらうと思はれるが、大阪で、例へば粋なことをいふと言へば、それは寧ろさういふ意味ではなくて、強いて言へば、はっきりとズバリと物を言はないで、或る含み含蓄を持たせたウガチといふやうなものが粋と呼ばれる。まづそれほどの相違があるのである。

東京落語がせいぜい英雄物を排除して、スッキリと整理を行届かせて行くのに反して、大阪落語はせいぜい尾や鰭（ひれ）をつけ、肉付けをして行って、出来るだけ複雑なカゲを多くする。或はエピソード的な脇道が長々と道草を食ったりしながら、それがしかも登場人物の性格描寫に大きな効果をもたらせるとか、或は、正面からの描寫は勿論だが、それと共に、さまざまの他の角度から見た側面描寫をも試みて、それらの集積になって、情調や状景を盛り上らせるとか、更に又、それらによって主体的にその人物の性格や生活状態までも浮彫のやうに浮上らせるとか、さうした実に手のこんだ手法や構成を選ぶ。そして、これにほのぼのとした色や匂ひを与へて、聴者の感覚に訴へしめる。幾たびかあちらこちらと脇道へ遠慮会釈なく踏込みながら、それらの脇道をもこめて、それら全体から、話の中の人物や状態の全貌を盛り上らせるのである。そのため、一見して寧ろガタガタとしたムダのやうに思われたものが、実はそれによってカゲが描かれ、ニュアンスをも含ませ、コクがあるといふことになる。このコクが大阪落語の身上である。

桂文我さんとの本づくり

(株)燃焼社社長　藤波　優

文我さんと小生が初めて会ったのは、今から二十余年前、彼の師匠の桂枝雀師が亡くなられた時、「枝雀師が生前、相愛大学で講義されていたときの録音テープがあるから、本にしないか?」という話がきっかけです。そのテープを聞いた時、もともと本にするために発言されたものではありませんでしたので、ご本人(枝雀師)がご健在ならともかく、「とても無理だ」と返事しました。

すると、「ならば現在、枝雀師の後を継いで、相愛大学で講義している噺家がいる。その人物と会ってみないか?」ということで、大学へ会いに行ったのです。

その頃の文我さんは、桂雀司という名前から、三代目桂文我の後を継いで、四代目桂文我を名乗って、間もないころでした。

三代目桂文我という噺家は、桂我太呂の時代から小生はよく知っていましたので、「四代目は、どんな人物か?」と思っていましたが、会ってみると、三代目とは大分違う雰囲気の噺家で、何で彼が四代目を継いだのか、不思議でした。しかし、噺家というものは、全て個性の塊で、名前は伝統を守っていくためのものでしかありません。初代桂春團治と三代目桂春團治は、まったく芸風は違いますが、それぞれ自分の時代を築かれています。

話は逸れましたが、この三代目桂文我師というのは、その風貌、生き方からは、とても考えられないほど落語に対する研究家で、集められた資料などが大量にあったそうです。ただ、三代目は引き継ぐ弟子もおらず、「それらの資料を、どうするか」となった時、当時から落語に対する研究や資料集めに熱心なことで認められていた雀司さんに白羽の矢がたてられ、「お前が全て継ぎ、名前も継げ」ということになったそうです。

四代目と初めて会った時、彼は小生のことを「三代目と、そっくりだ！」と言ったのです。「何と失礼な！　ワシャ貧乏やけど、あんな貧乏くさないわい！」と思っていましたが、「似てる、似てる」と言ってきかないのです。

というのが、文我さんと小生の出会いです。そこから何となく一緒に本を作ることになったのです。それが小生と、ケッタイな、いや、ややこしい、いや、問題の多い、いや、何と言っていいのか、素晴らしい著者との付き合いの始まりです。

結局、いろいろ話し合って、最初に手掛けたのが『復活珍品上方落語選集』というものでした。新作落語ではなく、いまでは埋もれてしまった噺を掘り起こし、現代に復活再生させようというものです。

ただ、この本をつくるにおいて、スムーズに出来たわけではありません。これほど手間の掛かったものはありませんでした。著者として、良く言えば完璧主義者、早い話が思いつくままに、いろんな注文をしてくる。校正をしたら、真っ赤にして返してくる。「初めから、もう一度、書き直せ！」と言ったことも、一度や二度ではありません。

そして、注文を一つひとつ聞いて行くうちに、最初、こちらが想定していたものよりも遥かに立派な、豪華なものとなりました。製作費も想定していたものよりも、立派なものでした（トホホホ）。

まず、並製でなく上製本にする、布クロスにして金箔の箔押しにする、グラシン紙を巻く、等々。「並製でも上製でも、中身は一緒やないかい。グラシンなんか巻いても、すぐにぐちゃぐちゃになって、捨てられる。ケースなんて、図書館ではいらないから、ほられる」などと説明したのですが、聞く耳持たずで、気の弱い小生は押し切られました。

というような過程を経て出来たこの本は、今でもどこへ出しても恥ずかしくない、素晴らしいものだと自負しています（当たり前じゃ！）。

今から思えば、これは文我さんの噺家としての信念というか、上方落語に対する深い思い入れの表れだったような気がします。現在では、彼のライフワークとなっていると言ってもよい本書『桂文我上方落語全集』の前身と言えるでしょう。それと最初に付き合えたのは、出版屋として、これほどの喜びはありません。この信念を貫くべく、本書が巻を重ねていくことを願ってやみません。

信念と言えば、本書解説にたびたび登場するお囃子についての蘊蓄《うんちく》ですが、彼は落研時代から鳴物に親しみ、入門してからは、師匠連や先輩諸氏に教えを受けて腕を磨いていったと聞いています。そうなると、当然のことながら、お囃子をまとめた本を出したいという話になります。

落語家が高座に上がるときの「出囃子」、上方落語の特徴でもある「ハメモノ」、その他「合囃子」「受け囃子」「鳴物」などを、ほとんど網羅した実録CDに、解説書を付けたいと言うのです。

これはもちろん、本そのものの製作にも大変手間がかかりました（『復活珍品』の比ではありません）が、それ以上に文我さんたち演奏家の苦労がしのばれるものでした。

たとえば、録音する場合、普通は三味線、笛、太鼓などに、それぞれマイクを付けて録音するものですが、それでは実際の感覚とは違うということで、マイク一本で全体の音を録音するという方法で収録しました。これによって、実際に客席にいる雰囲気が味わえるものとなったのです。こうして、CD四枚組、解説書付き『上方寄席囃子大全集』という大層な名前の本が出来上がりました。

本書（『桂文我上方落語全集』）にもＣＤが並行して刊行されていますが、彼の信念が昔から変わらず、よりこだわりを持って実演、音、文字という三本柱で「落語」と向かい合っていることに敬意を表し、今後とも初志貫徹、刊行が続くことを楽しみにしています。

ところで、私たちの付き合いは、出版だけではありません。芸の上でも、少しの縁がありました。むかし、テレビに「素人名人会」という番組がありましたが、文我さんもそこで名人賞を取られたそうです。関西の芸人には、素人時代、この番組に出て、名人賞を取ったという人が、たくさんおられます。一つの力試し、ステップだったのでしょう。

実は小生も学生時代に出演して、名人賞を取ったことがあるのです。二回目からは番組から呼ばれて、名人賞大会を含めて、五回ほど出演しました。ただ、プロになるほどの度胸がありませんでした。小生の時の司会者は西条凡児さんで、審査員の落語家は三代目林家染丸師、三回目以降は米朝師でした。文我さんの時、司会はおそらく漫才の西川きよし師だったのではないかと思います。

小生の出し物は、基本的に落語でなく、香具師《やし・テキヤ》の口上で、「蛇遣い」でした。ただ、それまで、そんなことをする人物がいなかったので、予選が通るかどうかだけ心配でした。予選さえ通れば、名人賞を取る自信はありましたが。

何とか名人賞は取れたのですが、その後、番組に「あの学生、また出せ」という投書がいっぱい来たそうで、一ケ月後の三百回記念名人賞大会に出たのです。

そんなことがあって、文我さんの本を出版した時、出版記念落語会をすることになり、その最後に二人の座談会の中で、小生の芸を披露することとなったのです。珍しかったのか、それなりに受けたようでした。それ以来、本を出す度に、落語会で芸をするようになりました。

出版屋だけでなく、彼と関わりのある芸人以外の人達の中で、芸人としての付き合いをしたのは、小生だけでしょう。

そのほか、文我さんには、知る人ぞ知る、もう一つの顔があります。それは、古書や古文書などの収集家としての顔です。何しろ、彼の収集癖、いや収集家としての情熱は、並大抵のものではありません。若い時から巡業などで地方に行った時、一寸時間があると、すぐ姿を消すのです。みんなに、「あいつは、どこへ行っとおるんやろ。女あさりをしとるようでもないし」と思われていたそうです。

それぐらいの収集家ですから、現在の彼の家は古本や資料で一杯になっており、最近では古書だけではなく、古い玩具や、珍しい物などの収集も加わったため、大変な状態になっていることが想像されます。いつも彼に「そんなガラクタ、死んだら嫁はんに、みんな売り飛ばされるに決まってるで」と言うのですが、何ら気にしていないようです。

ところが、この前、世の中には似たような人物も多く居るらしく、明治時代の大和郡山市で収集家として名高い、水木十五堂《じゅうごどう》氏を記念して作られた、歴史的に重要な物を蒐集し、博識をもって、社会に貢献した人物を表彰するという「水木十五堂賞」というものがあるのですが、それに何と文我さんが選ばれ、表彰されることになったのです。

なぜ、文我さんが選ばれたかを考えてみると、もっともだなと思う所があります。それは彼の単なる収集家としてだけではなく、整理家としての能力だと思えるのです。世の中には、ただ集めるだけという収集家が多い中、文我さんは古本屋から買ってきた古書を、グラシン紙で全てカバーをかけ、綺麗に、そして、大事に整理しているのです。これは中々、出来るものではありません。そのあたりのことも評価され、認められたのでしょう。

みんな、よく見てはるんやねー。ともかく、良かった、良かった。こうなったら、とことん頑張ってもらいたいものです（言わんでも、やるか）。

そのうちに、文我さんの出身地の松阪市で、「桂文我賞」なるものが出来るのではないでしょうか。楽しみです。

いずれ彼は、上方落語だけでなく、日本の落語界のトップになることは間違いありません。その時に、「あのな、あの男な、むかし、ワシがいろいろ教えたったんや。それで、今、あんな偉うなりよったんや」と、みんなに自慢出来ることを楽しみにしています。

●参考文献

桂米朝『米朝上方落語選』〈正・続〉立風書房、一九七〇、一九七二年
桂米朝『上方落語ノート』〈全四集〉岩波現代文庫、二〇二〇年
五代目笑福亭松鶴編『上方はなし』〈復刻版　上・下〉三一書房、一九七一〜七二年
東大落語会編『増補落語事典』〈改訂新版〉青蛙房、二〇〇三年
宇井無愁『笑辞典　落語の根多』角川書店、一九七六年
池原昭治『日本の民話３００――旅先で聞いた昔話と伝説』木馬書館、一九九三年
飯島吉晴『一つ目小僧と瓢箪――性と犠牲のフォークロア』新曜社、二〇〇一年
阿部主計『妖怪学入門』雄山閣（雄山閣アーカイブス）、二〇一六年

パンローリング（株）・後藤康徳社長、岡田朗考部長、組版の鈴木綾乃さん、編集作業の大河内さほさん、校閲の芝光男氏に、厚く御礼を申し上げます。

■著者紹介

四代目 桂 文我（かつら ぶんが）

昭和35年８月15日生まれ、三重県松阪市出身。昭和54年３月、二代目桂枝雀へ入門し、桂雀司を名乗る。平成７年２月、四代目桂文我を襲名。全国各地で、桂文我独演会・桂文我の会や、親子で落語を楽しむ「おやこ寄席」も開催。平成25年４月より、相愛大学客員教授へ就任し、「上方落語論」を講義。国立演芸場花形演芸大賞、大阪市咲くやこの花賞、NHK新人演芸大賞優秀賞、芸術選奨文部科学大臣新人賞、水木十五堂賞など、多数の受賞歴あり。令和３年度より、東海テレビ番組審議委員を務める。

・主な著書

『桂文我 上方落語全集』第一巻～第六巻（パンローリング）
『上方落語『東の旅』通し口演 伊勢参宮神賑』（パンローリング）
『復活珍品上方落語選集』（全３巻・燃焼社）
『らくごCD絵本　おやこ寄席』（小学館）
『落語まんが　じごくごくらく伊勢まいり』（童心社）
『ようこそ！　おやこ寄席へ』（岩崎書店）など。

・主なオーディオブック（CD）

『桂文我 上方落語全集』第一巻～第六巻 各【上】【下】
『上方落語『東の旅』通し口演 伊勢参宮神賑』【上】【下】
『上方落語 桂文我 ベスト ライブシリーズ１～５』
『おやこ寄席ライブ 1～10』（いずれもパンローリング）など多数刊行。

2023年2月1日　初版第1刷発行

桂文我 上方落語全集 <第七巻>

著　者　　桂文我
発行者　　後藤康徳
発行所　　パンローリング株式会社
〒160-0023　東京都新宿区西新宿 7-9-18　6階
TEL 03-5386-7391　FAX 03-5386-7393
http://www.panrolling.com/
E-mail　info@panrolling.com
装　丁　　パンローリング装丁室
組　版　　パンローリング制作室
印刷・製本　株式会社シナノ

ISBN978-4-7759-4283-3